Kadokawa Fantastic Novels
U0025871
作者†秋
Illustration†
しずまよしのり
魔王學院的不適任者6
MAOH GAKUIN NO FUTEKIGOUSHA
~史上最強的魔王始祖，
轉生就讀子孫們的學校~

Keyword

MAOH GAKUIN NO FUTEKIGOUSHA

地底世界

有著迪魯海德與亞傑希翁相加起來這麼大的巨大空洞，由吉歐路達盧、阿蓋哈與蓋迪希歐拉這三個大國一面對立一面進行著穩定的統治。

龍人

據說居住在地底世界，與人類、魔族相似但是不同的種族，一如其名是以龍為祖先。當中由龍直接生下的第一世代龍人們被稱為「子龍」，擁有比其他龍人還要無比強大的力量。

神龍國吉歐路達盧

存在於地底世界的三大國之一，由以教皇為頂點的吉歐路達盧教團統治，信奉名為「全能煌輝」艾庫艾斯的神明。雖是龍人居住的國家，但對魔族與人類都很寬容，治安也很不錯。

聖都蓋艾拉黑斯塔

不屬於地底三大國的神聖都市，在圓形展開的都市中央有一間神代學府艾貝拉斯特安傑塔坐鎮。經由「不戰盟約」，除了艾貝拉斯特安傑塔城內，都市裡不論什麼地方都禁止鬥爭。

盟珠

自古以來一直用在「召命儀式」這個儀式上的神具，能用來召喚神或是龍締結盟約，借用他們的力量。除了用在選定審判上的「選定盟珠」之外，還存在著能讓選定者以外的人使用的盟珠。

背理神耿奴杜奴布

過去向眾神的秩序掀起反旗而被視為「不順從之神」，其名在吉歐陸達盧遭到忌諱，雖然是神卻無人信仰。儘管龍人在看到融合後的米夏與莎夏宣稱她就是背理神，然而——？

魔王學院的不適任者

MAOH GAKUIN NO FUTEKIGOUSHA

～史上最強的魔王始祖，
轉生就讀子孫們的學校～

作者†秋
Illustration†しずまよしのり

6

Kadokawa Fantastic Novels

§序章　【～魔王與妹妹～】

這是某人的夢——

月光灑落的森林裡，「嘰、嘰——」的龍鳴聲中，有個小女孩在拚命奔跑著。她是魔族，年紀約六七歲，就算擁有與年齡不符的強大魔力，要與龍交戰還早了十年。

她哭哭啼啼地穿梭在樹木之間。龍撞倒這些樹木，露出凶惡的獠牙不停追來。

「不、不要過來……！」

少女在逃跑途中遺失了鞋子，手腳處處都滲出血液。她忘我地不斷奔逃，卻被大樹根絆倒，整個人摔在地面上。

「嗚……啊啊……」

少女強忍著疼痛，爬起身來。在朝著猙獰的低鳴聲回頭後，眼前竟然是個龍頭。

「啊……」

腳軟站不起來的少女就這樣癱坐在地上一點一點地向後退。龍的眼睛盯著獵物一直不肯離開。

「…………救、救救我……」

巨龍張開血盆大口。

「吼喔喔喔喔喔喔喔喔喔喔喔喔喔喔喔喔喔喔喔喔喔喔喔！」

「救、救我……哥……哥哥……！」

伴隨著巨大咆哮聲，龍牙逼向少女用力咬下，卻沒能將她一口吃掉。

「唔嗯，我聽說這裡是龍不會靠近的森林啊。」

一名魔族少年出現。只見他一手抓住龍的長牙抬起，一腳踏住龍的下顎。

他的年紀約十歲，黑髮黑瞳。只要是明眼人，就能確實看出他帶有超乎常軌的魔力。

少年名叫阿諾斯．波魯迪戈烏多，是他尚未被稱為暴虐魔王之前的模樣。

「『灼熱炎黑（guriado）』。」

喉嚨被灌入灼熱的漆黑火焰讓龍發出悲鳴，但不論牠怎麼鳴叫，都無法滅掉在體內燃燒的火焰，就這樣承受著五內俱焚之苦倒下。

「就先這樣吧。」

阿諾斯將半死不活的龍用「拘束魔鎖（gijieru）」牢牢綁住後，就將牠關進收納魔法之中。

他接著轉向少女。也許是緊繃的情緒鬆懈下來了吧，她哭得比方才還厲害，啜泣不已。

「別哭了，欺負妳的龍已經被哥哥解決了。」

阿諾斯摸著妹妹的頭，溫柔地朝她笑道：

「不用再怕了。」

「……嗚……嗚嗚……哥哥……」

少女一把抱住阿諾斯，哭得更加大聲。

「……人家好怕喔，哥哥……！」

阿諾斯輕撫少女的背安慰她，然而妹妹還是哭個不停。看不下去的他只好在手掌上畫起魔法陣。

「妳看好了。」

阿諾斯一張開手，掌心就多出一顆閃著紅色光澤的寶石。

「哇……」

少女看得兩眼發光，直盯著那顆寶石不放。

「我在今天早上掌握到『創造建築（airisu）』的訣竅了。這就送給妳吧。」

「可以嗎？」

「當然。」

少女彷彿百花盛開般地綻開笑容，破涕為笑。

「謝謝哥哥。」

「妳這個看到寶石眼就開的勢利鬼。」

「人家才不是勢利鬼。人家是魔族，是哥哥的妹妹啦。」

阿諾斯笑笑帶過妹妹幼稚的反駁，將她像是公主一般地抱起。恢復魔法的光芒緩緩治癒著少女的傷勢。

就這樣施展「飛行（furesu）」升空後，阿諾斯朝著森林深處飛去。

「看來這裡也被龍找到了。等明天一早，我們就立刻搬家吧。」

「那個，哥哥。我知道一個好去處喲。」

阿諾斯懷中的少女說。

「哦？是哪裡？」

「哥哥知道城鎮嗎？城鎮裡住著許多人喔。而且聽說還有魔法防壁，就算龍來了也不必害怕。」

妹妹眉開眼笑地說：

「所以只要住到城鎮裡，就肯定再也不用逃跑了。」

「妳是怎麼知道的？」

「那個呢，是在撿到的書上看到的。所以這附近也有住人，有著人們居住的城鎮喲。」

阿諾斯在沉默了一會兒後開口回答：

「很遺憾，我們不能住到城鎮裡。」

「為什麼？哥哥也不知道城鎮在哪裡嗎？」

「……我之前曾經教過妳，龍會緊追著獵物不放吧？」

少女點頭。

「我雖然沒有騙妳，但本來的話，牠們是不會窮追不捨到沒有龍出沒的土地上，特別是這片森林的土壤還充滿著牠們不想靠近的魔力。是我把龍吸引過來的。」

「……龍在追著哥哥嗎？」

「沒錯，所以我們不能住到城鎮裡。這樣會害住在那裡的魔族遭到牽連，而且要是他們發現龍是追著我而來的話，也不會歡迎我們。」

阿諾斯雖然這樣說明，但被龍盯上的其實是妹妹。他不想讓年幼的妹妹背負上讓他們不得不流亡各地的責任。

「要為了我到處遷移，我也覺得很對不起妳。雖然也能讓妳獨自住在城裡，即使如此，我也還是不想跟妳分開。」

聽到他這麼說，少女的表情就明亮起來。

「不要緊的。人家最喜歡哥哥了，與其留在城裡看家，更想一直陪在哥哥身邊！」

在這麼說之後，少女就緊緊抱住阿諾斯。

「呵呵。」

「怎麼了？」

「聽我說、聽我說。人家一直覺得自己很沒用，老是受哥哥保護，是一點忙也幫不上的慢烏龜。」

少女開心地說：

「可是，哥哥需要人家呢。」

「是啊。因為妳是我唯一的家人嘛。」

阿諾斯露出暖暖微笑，點頭回應著她。

「既然如此，哥哥要更加更加地疼愛人家喲？」

「已經夠疼愛了。」

「嘿嘿嘿……」

少女不好意思地笑著。

「聽我說喔，人家長大之後要和哥哥結婚。」

「妳知道結婚的意思嗎？」

「知道。就是兩個人約好要一直在一起喲。人家最喜歡哥哥了，所以要跟哥哥結婚。哥哥會跟人家結婚嗎？」

阿諾斯噗哧笑了出來。

「等妳長大後還這麼想的話，我們就結婚吧。」

少女「呵呵」笑了起來。

「約好了絕對絕對要結婚喲？要一直一直跟人家在一起喲？」

「當然，我是不會違背這個約定的。」

不久後，他們眼前出現了一棟木造房屋。兩人一降落地面，少女就小碎步地朝屋子跑去。正要開門，她就忽然轉向阿諾斯。

「啊，身上弄髒了……還有辦法洗澡嗎？」

她看著自己被泥土弄髒的身體。

「雖然不大，妳就先用這個將就一下吧。」

阿諾斯畫起魔法陣當場造出水球，並讓周圍長出樹木遮掩，用枝葉代替浴簾，弄出一間臨時浴室。

「謝謝哥哥。」

她褪去身上衣物衝進浴室裡，還以為要開始洗澡了，突然又探出頭來。

「哥哥要一起洗嗎？」

「我方才洗過了。我先去準備明天的事。」

阿諾斯走進屋內將家具與日用品接連放進收納魔法裡，幾乎沒有留下寢具以外的東西。

他隨即再度來到屋外，在地上畫起魔法陣，從收納魔法裡拿出被「拘束魔鎖」綁住的龍，對牠施展「根源偽裝」的魔法。

這是為了要將龍的根源偽裝成妹妹的。儘管原因不明，但龍不是追尋著味道或模樣，而是衝著她的根源而來。所以這麼做是為了要在搬家後把其他的龍引誘到這裡來。

阿諾斯的「根源偽裝」雖然還不純熟，但多少能瞞過龍的魔眼（眼睛）。他耗費時間盡可能地提高「根源偽裝」的精度。

等到施法結束、返回屋內時，洗好澡的妹妹正在用毛巾擦拭頭髮。

「這樣擦乾了嗎？」

「會感冒的。」

阿諾斯在她頭上畫起魔法陣，用暖風吹乾頭髮。妹妹似乎很喜歡風吹在她頭上的感覺。

「明天還要早起，今天就先睡吧。」

阿諾斯對自己畫起魔法陣換上睡衣。

「好～」

兩人前往寢室，室內並排著兩張床鋪。阿諾斯躺在右邊，妹妹則躺在左邊的床鋪上。

吹熄油燈後，室內就只剩下微微月光灑落。阿諾斯闔眼思考著明天要前往何方。

龍會追到天涯海角。儘管他們兄妹尋找著能不受龍牙威脅的場所，在迪魯海德各地到處流亡，至今仍然未能發現安住之地。

就連現在所處的森林也應該有數百年以上沒有龍跡出沒，但這個紀錄也在他們搬來才一個月左右就被打破了。阿諾斯甚至覺得只剩下讓龍滅絕這個方法，但年幼的他還未有足以這麼做的力量。

大約經過了一個小時吧，隔壁床鋪傳來詢問。

「哥哥還醒著嗎？」

妹妹翻身朝向阿諾斯。

「是啊。妳睡不著嗎？」

「……嗯。」

響起微弱的答覆。

「……那個……人家今天也能跟哥哥一起睡嗎？」

「真拿妳沒辦法。」

一聽到阿諾斯的答覆，妹妹就飛奔到他床上，開心地把腳勾在阿諾斯身上，並且把臉靠過去。

「哥哥，下次住的地方會冷嗎？還是會熱？」

「我打算往北方走，多少會有點冷吧。」

「那能換上冬衣了呢。」

少女開心地說道，然後近距離注視著阿諾斯的雙眼。

「那個啊，哥哥。」

「人家一點也不怕龍喲，因為哥哥比龍還要厲害。」

她嫣然一笑。

阿諾斯瞇眼說：

「我這個妹妹老是說謊。」

「……人、人家才沒有說謊！才沒有說謊呢……」

「直到方才都還哭著一張臉的人就別逞強了。」

少女一副無法反駁的模樣。

「人家是說了一點謊……但才沒有老是說謊呢。」

「妳說會待在家裡，結果卻偷偷跑出去了不是嗎？我叫妳晚上不要太常出門吧？」

「……對不起……」

她沮喪地垂下臉，不過阿諾斯卻摸起她的頭。

「別這麼沮喪。妳的謊言很可愛啊。」

聽到他這麼說，少女就欣喜地抱住阿諾斯。

「……那個啊，聽我說聽我說聽我說！」

「怎麼了？」

「人家最喜歡哥哥了。」

「這樣啊。」

「嗯……因為只要有哥哥在，就不用害怕龍，晚上也能睡得著。只要有哥哥在，其他東西人家什麼都不要……」

妹妹緊緊抱著阿諾斯。

「我有個好妹妹呢。」

「這是在稱讚人家嗎？人家是個好妹妹？」

「是啊。要是能趕快睡著就更好了。」

「人家睡得很快啦。只要哥哥幫人家施展平時的魔法，馬上就會睡著了。」

妹妹在阿諾斯眼前露出微笑。

「真是個讓人拿妳沒辦法的妹妹。」

阿諾斯輕輕捧著妹妹的後腦勺，溫柔地吻在她的額頭上，讓她開心地闔上眼睛。

「嘿嘿嘿……哥哥晚安。」

他就這樣摸著妹妹的頭低聲說：

「晚安，亞露卡娜。」

§1　【魔眼之謎】

沐浴在陽光下，沉睡的意識漸漸清醒。

好像作了個兒時的夢。

「叩叩」敲門聲響起。

「阿諾斯？我進去嘍？」

莎夏的聲音傳來。

一睜開眼，白銀秀髮就映入眼簾。那個把額頭抵在我額頭上酣睡的少女，是選定神亞露卡娜。

「亞露卡娜。」

在我呼喚後，祂立刻睜開眼睛。

「祢何時鑽到我床上的？」

「你睡著後。」

響起「喀嚓」的開門聲後，兩道腳步聲朝著這裡走來。

「還在睡？」

米夏的聲音傳來。

「阿諾斯，你趕快起床啦。是你說有事要談，我才為了避免睡過頭而特地熬夜耶。」

莎夏邊說邊搖晃我的身體，亞露卡娜則扭動著身體從我身上爬起。

「……咦？」

被單從輕輕坐在床上的亞露卡娜身上滑落。那尊通透的神一絲不掛的模樣，彷彿散發著純潔的光芒。

「為……為……」

莎夏一臉驚訝地瞪大眼睛。

「為什麼祢會跟阿諾斯睡在一起！」

面對這個質問，亞露卡娜懶洋洋地回眼看著她。

「在這個國家，神與魔族同床共枕會有罪嗎……？」

「同、同床共枕！」

明明是自己問的，莎夏卻驚慌失措地大叫起來。

「唔嗯，既然莎夏妳們來了，就表示已經很晚了吧。抱歉，看來我難得睡過頭了。」

「是我的責任，對你造成太大的負擔了。」

亞露卡娜裸著身體轉過來。

「如何？」

「什麼如何？」

「我是第一次，不知道表現得好不好。」

莎夏臉色蒼白地靠在米夏身上，一臉非常混亂的樣子。

「……祢、祢、祢……因為阿諾斯很溫柔，就利用這點央求他做了什麼啊！就算是神，也有分能做與不能做的事吧……！」

「央求？」

亞露卡娜就像沒印象似的用眼神詢問我。

「……那、那麼……是阿諾斯……？」

莎夏戰戰兢兢地問道，亞露卡娜搖頭否定。

「我是出於善意這麼做的，認為這是他想要的。」

莎夏就像抓到話柄一樣地指責祂。

「阿、阿諾斯才沒有想要做這種事！」

「我覺得這是誰都想要的事。我作為神，想要賜予他救贖。」

「說、說得好像男人全都這樣……但還真是遺憾呢！」

儘管瞬間退縮了，莎夏還是狠狠地瞪向亞露卡娜。

「我的魔王大人對這種事是一點興趣也沒有！」

亞露卡娜以問心無愧的純潔眼神回望著莎夏。

「怎樣啦，祢就算是神，也是尊不檢點的神。要是覺得做這種事會是救贖的話，那祢就大錯特錯了！」

「妳為何會這麼想？」

就彷彿天真的疑問般，亞露卡娜問道。

「……因、因為……就連我……都沒被要求做過這種事……」

亞露卡娜一臉疑惑地注視著莎夏。

「所、所以說……與其拜託剛認識的祢，他應該會來找我……」

「妳做不到，所以才會由我來做。」

莎夏頓時漲紅了臉。

「我、我做得到！如果阿諾斯要我做、如果阿諾斯說他想要，不論是什麼樣的要求……才沒有什麼做不到的事！」

「要填補他的空虛並不簡單，就連這副神體都會受不了。」

「受、受不了！這麼厲害……！」

莎夏用害羞的眼神偷瞧我一眼，不過這讓她的臉變得更紅，於是她直接把臉別開瞪向亞露卡娜。

「怎、怎麼啦，祢怕了嗎？我可是一點都不怕喔，就算會被搞得亂七八糟也無所謂。如果阿諾斯想要，不論是什麼樣的要求我都樂意之至。而且，我還能靠米夏的『創造魔眼』大幅強化！」

米夏納悶地喃喃自語。

「在說什麼？」

「總、總之，說到底阿諾斯並不想做！妳說對吧，米夏。」

莎夏用力抱緊米夏，依賴似的看著她。米夏在眨了眨眼後朝我看來，微微地歪著頭。

「誤會的連鎖？」——由於她像是在這麼問，所以我點了點頭。

「亞露卡娜對阿諾斯做了什麼？」

米夏問道。

「就跟方才說得一樣，我打算讓他缺失的記憶恢復。」

亞露卡娜回答後，莎夏愣了一下。

「我聽說他轉生時缺失了記憶。這副身軀吞噬了掌管記憶的神——列諾・迦・羅亞滋，我就利用這個秩序刺激著他的記憶。只不過，要取回轉生之前的記憶並不容易。所以才會對我的身體造成負擔，亞露卡娜的身體也才會受不了啊。」

「……別、別做這種讓人誤會的事啦……」

莎夏羞恥地喃喃低語。

「而且要是這樣的話，也不需要特地鑽進阿諾斯的床鋪裡吧？」

「溢出夢境，記憶搖盪。列諾・迦・羅亞滋是夢境守護神，在夢中最能發揮秩序。」

「……至少穿上衣服啦……」

「毫無隔閡，不分境界。當神與人這樣互相接觸時，最能受到秩序的恩惠。」

亞露卡娜看向我的衣服。

「要發揮列諾・迦・羅亞滋的秩序，本來褪去他的衣物才是最正式的做法。」

「這、這怎麼行啊！為什麼神的魔法會這麼不檢點啊！雖然祢說自己忘記了神名，但難道不是掌管不檢點秩序的不檢點之神嗎！」

「魔族之子，此身乃神，並非為人。神的裸體乃神聖的，無人會心懷邪念。對此妳無須在意。」

莎夏就像在求救似的看著米夏。

「我覺得現在穿上衣服比較好。」

很普通的意見。不過，亞露卡娜也許是被她說服了吧，祂在自己身上畫起魔法陣。

「神衣顯現。」

祂的嬌小神體穿上了吉歐路達盧的服裝。

「溢出夢境，記憶搖盪嗎……？」

在我不經意地喃喃低語後，亞露卡娜朝我看來。

「如何？」

亞露卡娜重複方才的詢問。

「我作了個夢。是我在被稱為暴虐魔王之前——兒時的夢。」

我回想著方才所作的夢。

「我與妹妹一塊兒生活著。」

「……阿諾斯有妹妹嗎？」

莎夏不可思議地問道。

「以前說沒有。」

語罷，米夏也朝我看來。

「應該沒有才對。說起來兩千年前的我就連父母是誰都不曉得，母親在生下我的時候就死了。」

「記憶有錯？」

如果是被竄改的話，情況就有點棘手了。

「或是遺忘了嗎？說不定是同父異母的妹妹，也說不定是以魔法生下的，因為我也沒有父親的記憶呢。而且也不一定有血緣關係。」

妹妹好像正在被龍追殺，但龍會追殺特定人物這種事，就連在兩千年前都不曾耳聞。

倘若那段記憶無誤，那就是唯獨妹妹是特別的了。

為何她會被龍追殺？

「……唔嗯，但我完全沒有實感，不覺得自己有過妹妹呢。」

妹妹的名字就叫做亞露卡娜也太過巧合了。

不對，又或者是說——這並非巧合嗎？

「就只是看到在夢中搖盪的記憶。」

亞露卡娜說道。也就是在真正回想起來之前是沒有實感的吧。

「遺忘神名之前的我也許擁有與夢境守護神相反的秩序，讓我跟列諾・迦・羅亞滋很合不來。說不定只是我無法完全控制住秩序，才無法讓你一次回想起來。」

與夢境相反的秩序嗎？那會是什麼樣的秩序呢？讓人真在意。

「只要持續下去，說不定就會回想起來。」

「還要做嗎！」

莎夏驚叫出聲。

「我的記憶會缺失，說不定是某個人的陰謀。就如同亞露卡娜說得那樣，最好還是回想起來。」

「也、也……也是呢……」

「也有著比夢境守護神列諾・迦・羅亞滋掌管著更廣泛記憶的神。只要使用那個秩序，或許就能立刻回想起一切。」

「要是能這麼剛好遇到那尊神就好了。祢心裡有底嗎？」

亞露卡娜點了點頭。

「那我等一下再問祢吧。都特地讓米夏與莎夏跑這一趟了，有件事我想先確認。」

「想先確認的事？」

莎夏問道。

「關於不順從之神──背理神耿奴杜奴布的事。」

龍人士兵們在看到莎夏與米夏融合之後的模樣、她們的魔眼後，這麼稱呼她們。她們雖是魔族，但也不是不可能與神有關聯性。

「我依照阿諾斯說的試著詢問他們，但是一點風聲也不肯透漏。」

「抱持著恐懼與憤怒。」

米夏說。

「不順從之神是指與神敵對的神、意圖毀滅秩序的神。背理神耿奴杜奴布是第一位反抗秩序的神。『背理魔眼』會毀滅一切魔法將萬物重造，是甚至號稱會擾亂常理、重創世界的背理神權能。」

亞露卡娜的說明讓莎夏感到困惑。

「可是，這樣不對吧？我們的不是『背理魔眼』，就只是同時使用『創造魔眼』與『破滅魔眼』耶。雖然因為融合了，所以看起來說不定像是同一個魔眼的效果。」

米夏點了點頭。

「實際看過會知道嗎？」

她詢問亞露卡娜。

「……我不曾見過背理神。不過那要是秩序的話，就能在某種程度內感受到神力。」

「那妳們就試試看吧。」

莎夏與米夏點了點頭，兩人互相握起雙手，各自畫出一半的魔法陣連結起來，然後在上頭畫起另一道魔法陣注入魔力。

「『分離融合轉生（deino jikusesu）』。」

從魔法陣中冒出光粒子將室內照亮，在耀眼的光芒之中，兩人的身體彷彿融化般倏地交錯，緊接著能看到一名少女的身影。有著銀髮、銀眼的女子就出現在眼前。

「只要展現一下魔眼就好了吧？」『……嗯……』

米夏回答莎夏的詢問後，她就在這棟屋子的上空創造出仿真的德魯佐蓋多。銀髮少女就這樣同時施展了「破滅魔眼」與「創造魔眼」。

亞露卡娜直直注視著畫出這道魔法陣的魔眼，但是沒有馬上做出任何答覆。

「怎麼了？」

「……我好像看過……」

亞露卡娜注視著少女的魔眼喃喃說道，似乎就連祂自己都很驚訝認識這個魔眼的樣子。

「恐怕是我在成為無名神以前，曾經在哪裡看過這個魔眼吧。」

§2　【三段記憶】

「唔嗯，這樣也很奇怪呢。」

能施展「破滅魔眼」的不只有莎夏。

這就連「創造魔眼」也一樣。米里狄亞也擁有這個魔眼，畢竟祂是擁有創造秩序的神，就算具備關於創造魔法的一切力量也不足為奇。

總而言之，這兩個魔眼並非米夏與莎夏專屬。

但是「分離融合轉生」就另當別論了。

「能以融合魔法同化的兩人剛好擁有『破滅魔眼』與『創造魔眼』的情況很罕見吧？外

加上『分離融合轉生』可是涅庫羅的祕術。」

這並不是十分普及的魔法。

「亞露卡娜，祢是什麼時候喪失記憶的？」

「一千年前。」

「『分離融合轉生』是十五年前在米夏與莎夏身上首度施展的魔法。至少在這之前地上沒有留下融合『破滅魔眼』與『創造魔眼』的紀錄。」

要是亞露卡娜曾經見過的話，認為是在地底會比較合理吧。

「背理神耿奴杜奴布據說擁有銀髮與『背理魔眼』，我說不定曾經見過那尊意圖毀滅秩序的神。」

亞露卡娜說。

「也就是融合之後的莎夏與米夏……唔嗯，沒有名字很不方便呢。就叫妳愛夏如何？要是想取其他名字也行。」

銀髮少女點了點頭。

「就叫愛夏吧。」『好名字，我很開心。』

莎夏與米夏的聲音響起。

「就將在『創造魔眼』與『破滅魔眼』融合之後同時顯現的魔眼稱為『創滅魔眼』吧。

亞露卡娜，祢的意思是愛夏說不定曾是背理神耿奴杜奴布嗎？」

「是的。背理神耿奴杜奴布是不斷反抗秩序的神。神就算轉生也依舊是神，但背理神就連這種秩序也應該會反抗。死去的耿奴杜奴布轉生成魔族，為了推翻秩序，成為弒神的暴虐魔王的部下。」

儘管這終究只是預測，但確實無法否定這種可能性。

「『創滅魔眼』就是『背理魔眼』，是因為被『分離融合轉生』分離，才變成了『創造魔眼』與『破滅魔眼』也說不定。」

也就是說，不是在莎夏與米夏融合之後才產生「創滅魔眼」，而是反過來。

「莎夏要是沒有被施展『分離融合轉生』的話，就會擁有『創滅魔眼』？」

米夏問道。

「一個根源被分割成兩個，如果不是將根源具備的力量均等分割，而是分成創造與破壞兩種特性的話就有可能。」

就算認為是因為被「分離融合轉生」給分離了，才會分成擁有「創造魔眼」的米夏與擁有「破滅魔眼」的莎夏也沒有不自然之處。

「我們是神？」『嗯──完全沒有這種感覺耶。一點記憶也沒有。』

愛夏困惑地扶著頭。

「假如轉生了，有時也不會留下記憶。既然亞露卡娜曾在遺忘神名之前看過『創滅魔眼』，就算不是背理神，愛夏也有可能曾經待在地底過。」

「作為龍人？」『啊，對耶。也能認為是從龍人轉生成為魔族呢。』

在米夏提出疑問後，莎夏就像理解似的說。

「亞露卡娜，我問祢，祢說自己捨棄了神名，但祢還記得是怎麼捨棄的嗎？」

「這也在遺忘的記憶之中。」

祂不記得啊……

「就算利用夢境守護神列諾．迦．羅亞滋的力量也回想不起來吧？」

「是的。」

我打從之前就很在意了。神要怎麼樣才能捨棄自己的名字？是要怎麼捨棄記憶，然後獲得人心？

「祢難道不是轉生了嗎？」

就像在思索我的發言似的想了一會兒後，亞露卡娜說：

「即使轉生了，神也依舊是神。就算遺忘了記憶，神也依舊是秩序，無法獲得人心。只不過——」

「如果是背理神耿奴杜奴布的話就能做到。如果是甚至能轉生成為魔族的神，就能輕易奪取神名、給予人心吧。」

要是亞露卡娜的推測無誤的話，就能這樣認為。

「你說得沒錯。」

「祢有可能見過背理神耿奴杜奴布，並在當時看到了『背理魔眼』。說不定就是『背理魔眼』讓祢轉生成為無名之神。」

我看向愛夏接著說：

「然後，那個背理神說不定就是愛夏。祂轉生成名為莎夏的魔族，為了成為會轉生到這個時代的暴虐魔王的部下。愛夏遺忘了身為背理神時的記憶，被『分離融合轉生』分成了米夏與沙夏。」

愛夏直眨著眼睛。也有可能是因為發生了在轉生後根源被一分為二的意外狀況，才讓她喪失了本來不可能會遺忘的記憶吧。

「要是這樣的話，我或許曾經見過愛夏——背理神。」

「見過我們？」『兩千年前？』

米夏與莎夏說。

「妳還記得嗎，米夏？妳在第一次看到我在密德海斯地下建造的城市時，曾說過自己好像似曾相識。」

那座地底城市是我重現了兩千年前的密德海斯。

「這也能證明妳們的記憶角落中，還遺留著些許轉生前的印象。」

愛夏就像要回想起遙遠過往似的陷入沉思。

「然後，我因為轉生遺忘了背理神耿奴杜奴布，所以就算在這個時代與妳們兩人重逢，也沒有注意到這件事。」

或許就連亞露卡娜也跟我在某處有過關聯。

在今早作的夢裡，妹妹的名字就叫做亞露卡娜。她們或許不只是同名的不同人。

就算是這樣，我也完全想不到是因為什麼樣的緣由，才讓神變成了自己的妹妹。

「我們三人在兩千年前說不定曾在哪裡見過面，然後在轉生時將這一切全部遺忘了。」

所以在最初相遇時，才沒有人注意到這件事。

「這真的是巧合嗎？」

亞露卡娜如果是為了捨棄神名才轉生的話，就能理解祂為何沒有記憶。

背理神耿奴杜奴布轉生成為魔族。神就算轉生也依舊是神，就算是作為推翻這個秩序的代價喪失記憶也不足為奇。

但是我會喪失記憶，則是怎麼樣都無法理解。既然如此，亞露卡娜與愛夏會喪失記憶，也能用單純的巧合來解釋嗎？

「我不這麼覺得。很有可能是某人奪走了我們的記憶。」

「你說某人……？」『神族？』

「視我為眼中釘的存在是以神族為首吧？但目前還無法斷定。假如是與我為敵的某人奪走了我的記憶，就應該會將與那個人有關的記憶全都奪走才對。」

也就是說，我會記不得那個與我為敵的存在。

「……能奪走阿諾斯記憶的敵人……？」

「不記得這種存在，是不是相當糟糕啊？」

米夏與莎夏不安地詢問。

「別擔心，不會有問題的。要是對那傢伙不利的記憶被消除掉的話，只要追尋著這些被遺忘的記憶去找，就自然能找出那傢伙的真實身分吧。」

記憶中的空白正是最大的線索。

「就趁著選定審判順便去找。只要調查地底，說不定就能知道些什麼。」

「這麼說來，你雖然說過要設法解決選定審判，不過是要怎麼做啊？」

莎夏問。

「選定審判據說是由審判的秩序所成立的。」

亞露卡娜回答。

「那只要消滅那個審判之神就好了嗎？」

「是的。只不過擁有選定審判秩序的神，就連在神的面前都不曾出現過，是從未有人見過的神。」

愛夏微歪著頭。

「要怎麼找？」

「我不知道。不存在著神，卻存在著審判的秩序。基於這點，地底的人們與一部分的神推論出『全能煌輝』艾庫艾斯的存在。也就是所有的神都是『全能煌輝』艾庫艾斯伸出的手，選定審判是『全能煌輝』艾庫艾斯本身帶有的秩序，所以從未有人見過祂的存在。」

「……呃，也就是『全能煌輝』艾庫艾斯不是實際存在的神，而是龍人們想出來的類似概念的東西？」

亞露卡娜點頭回應莎夏的提問。

「這就某種意思上來說沒錯。『全能煌輝』說不定存在，也說不定不存在。信不信單憑各人。」

「唔嗯，如果是那個『全能煌輝』奪走了我的記憶，事情就簡單多了。能將所有事情一次解決。」

愛夏目瞪口呆地看著我。

「就算你說要一次解決，但要是那個艾庫艾斯真的存在的話，就能使用一切的神力吧？這是要怎麼對付？這不就相當於是世界本身嗎？」

「也是呢。」

我毫無畏懼地笑道：

「既然如此就毀滅世界吧。」

愛夏就像嚇到似的退開。

不好，是表情有點太殘虐了嗎？

「我開玩笑的。即使是我，也做不出那種事。只要思考有什麼好辦法就行了。」

「聽起來一點都不像是在開玩笑耶……」『惡魔……』

我朝亞露卡娜看去。

「方才祢說有著比夢境守護神掌管著更廣泛記憶的神。只要使用那個秩序，不只是我，也能讓亞露卡娜與愛夏的記憶恢復。」

至目前為止一切都只是臆測。只要恢復記憶，就能讓真相大白了吧。

「那個神是記錄世界足跡的秩序——痕跡神利巴爾修涅多，據說祂就沉睡在神龍國吉歐路達盧。」

神龍國吉歐路達盧嗎？是亞希鐵的國家啊。

「那就去那裡吧。」

「那麼是要請假吧？到底不是去上學的時候呢。」

『要請假嗎？』

莎夏與米夏這樣問道。

「別擔心，不一定需要請假。如今地底世界的存在已公諸於世，將來要治理迪魯海德的魔皇候補們怎麼能不去親身體驗呢。」

「……我有種不好的預感耶。」

『……有預感……』

「妳們先去學院，我跟耶魯多梅朵與辛交代完事情後再過去。」

愛夏點了點頭，在自己兩人身上畫起魔法陣。

「分離融合轉生」伴隨著光芒解除，愛夏的身體分開成米夏與莎夏。

「那待會兒見啦。」

莎夏這樣告別，米夏輕輕揮手。

兩人就這樣離開房間。

數十分鐘後——

德魯佐蓋多魔王學院第二訓練場——

上課鐘聲響起，教室門開啟。熾死王耶魯多梅朵踏著輕快的腳步，一副歡欣痛快的模樣走進教室。

魔王的右臂辛默默闔上教室門，站在耶魯多梅朵身旁。

「咯、咯、咯，好消息，好消息，有個好消息喔，各位！」

熾死王一面舉起雙手握拳，一面興高采烈地說。

「今天要臨時進行已經計劃多時的特別課程！」

他在跳起來「咚」的一聲踏響地面後，就旋轉著手杖「噠、噠、噠、噠、噠」地刺向黑板，在上頭畫起魔法陣。魔法陣才剛發出光芒，就從中飛出數十隻鴿子，同時緞帶與紙花漫天飛舞。

「今天的課程居然是——！」

在原地讓身體高速旋轉之後，耶魯多梅朵就「唰」的一聲用手杖指向學生們。

「大．魔．王．教．練啊！」

講臺上出現「轉移（gatomu）」魔法陣。

我穿著平時的白制服，從中以阿諾斯．波魯迪戈烏多的模樣現身。

辛倏地跪下，耶魯多梅朵也跟著照做。

椅子伴隨著一陣「喀答喀答喀答喀答喀答喀答」的聲響被用力拉開，學生們爭先恐後就像是要一頭撞在地板上似的低頭跪下。

我站在講臺上泰然地說：

「我是擔任從今天開始的特別課程──大魔王教練的臨時講師，暴虐魔王阿諾斯・波魯迪戈烏多。哎，就省略這些繁文縟節吧。」

我就像在跟以前的老朋友們打招呼似的展露開朗的笑容。

「各位，好久不見了。」

大半的學生都露出絕望的表情。

§3　【大魔王教練】

教室裡鴉雀無聲。

平時總是會在這種時候開始竊竊私語，此時學生們卻是全身僵硬，默不吭聲。

「怎麼啦？今天非常安靜呢。我還以為這間教室吵吵鬧鬧是很普通的事？」

就在我這麼說後，學生們就一齊開口：

「……他、他好像生氣了耶……！」

「總、總之，先吵鬧吧……！大家快用阿諾斯大人聽不見的音量吵鬧……！」

教室就像往常一樣吵鬧起來。

「……或是說，完了，這下真的完蛋了……」

教室後方的黑制服學生們喃喃低語。

「我……不曉得直呼阿諾斯大人的名諱多少次了……」

「笨蛋，只是直呼名諱還算是可愛的吧？哪像我，可是天天嘲笑他是不適任者耶……」

「我才嚴重啊！老是得意忘形地對他說『你的血不尊貴』啊……！」

「喂……他該不會是要以上課為由，來收拾我們的吧……？」

「…………只是要殺的話，交給辛老師處理就好了吧……會特意前來，難道不是想親眼看到我們痛苦的模樣嗎……？」

「不對，他可是暴虐魔王，是那個暴虐魔王喔。說到底根本就沒把我們這種人放在眼裡不是嗎？」

「就、就是說啊。肯定是忘了吧。或是說，拜託……請忘了吧……！」

唔嗯，看來他們很緊張的樣子。

「把頭抬起來，照常就好。」

辛與耶魯多梅朵抬起頭站起身來。

接著學生們也仿照著他們起身，儘管惴惴不安卻還是坐回椅子上。

「別這麼緊張。就算知道我是暴虐魔王，我也不會因此改變。與你們一塊兒在這個班級度過的日子，我至今依然歷歷在目。」

為了讓他們回想起我就只是與他們同窗共學的一名同學，我朝著他們露出爽朗的笑容。

「不論誰在何時、何處說過什麼話、做過哪些事，這些與你們之間的點點滴滴，我都絲毫不曾忘記。那是一段愉快的學院生活，各位不這麼覺得嗎？」

黑制服學生們輕顫了一下。

「……完完完……完蛋了……！他好像絲毫不曾忘記啊……！」

「那個表情……是太過想要用什麼手段折磨我們，才變得非常爽朗的笑容不是嗎！」

「他可是暴虐魔王，那個暴虐魔王啊……擁有比神還要慈悲、比惡魔還要殘虐兩種性質的完美存在……我記得在傳承之中曾經提到，他笑起來的時候是最可怕的吧……」

「是、是啊……！居然露出這麼和藹可親的笑容……究竟是在思考多麼殘虐的事啊！」

唔嗯，看來他們誤會得很嚴重的樣子。沒辦法，這邊就坦率地否定吧。

「我先說好一件事。」

我一一看著每位學生的臉平靜地說：

「你們當中有人因為我是不適任者就對我出言不遜，但我一點也不在意。我跟各位在當時還是同學。既然是同學，立場就是對等的，有話想說就直說無妨。我的心胸可沒有狹窄到會去譴責這點小事。」

我明確地向皇族學生們表示我們之間沒有留下任何怨恨。

「……他說一點也不在意，也就是說……」

「他非常在意啊！完全沒救了！」

「如果真的一點也不在意的話，就根本連提都不會去提……」

「立場是對等的，也就是他不會手下留情的意思吧！」

「是『我也會去做想做的事』的意思嗎？……完蛋了……」

「……要是能饒我們一命就好了……」

唔嗯，原來如此。

「莎夏，想想辦法解決吧。」

「突然跑來，是在強人所難什麼啦！你自己去想辦法！」

莎夏的發言讓黑制服學生們全都嚇得縮了起來。他們「咕嘟」一聲吞了口口水。

「……就連那個莎夏大人……都會感到猶豫……？」

「到底打算進行什麼樣的折磨啊……？」

「……一件事，我就預言一件事吧……這會是地獄的開端……」

莎夏一臉啞口無言的表情看著他們。

「咯哈哈，莎夏。妳這不是讓情況惡化了嗎？」

「你在笑什麼啦。是你讓他們誤會的，是·你·啊！」

莎夏呲牙裂嘴地反駁。

「那麼，米夏。妳能代替沒用的姊姊想辦法解決嗎？」

被說是沒用的，似乎讓莎夏很不服氣的樣子。

米夏倏地站起。

「請聽我說。」

米夏難得的意見吸引了學生們的目光。

「別看阿諾斯這樣，他很喜歡吃焗烤蘑菇。」

原來如此。她打算強調我喜歡庶民食物的事讓他們產生親近感，減輕我作為暴虐魔王的可怕感啊。

「我為了阿諾斯，經常在做焗烤蘑菇。我拚命地練習了，也曾失敗過，但是阿諾斯總是誇獎我做得很好吃。阿諾斯就是這樣的人，他很溫柔。」

只要說出日常的小插曲，就能相對減輕他們對暴虐魔王的恐懼。倒不如說，這還能讓他們認為我是庶民派的魔王吧。

這樣一來——

「……焗、焗烤蘑菇…………！」

皇族學生們露出前所未有的恐懼表情。

「…………這是什麼意思……這是在指多麼可怕的拷問啊……！」

「喂……該不會……該不會……是指要把我們活生生地弄得像焗烤蘑菇一樣吧……？」

「笨蛋……那不就糊成一團了嗎……！甚至看不出原樣了……！」

「等等喔，說是經常在做……他該不會是讓米夏妹妹去做那種事……甚至還要她練習……這是……何等暴虐啊……！」

「然後會被吃掉嗎！還說很好吃！我們會被活生生做成焗烤蘑菇吃掉嗎……！」

「不對，問題不在這裡。聽好，最大的問題是——」

學生們「咕嘟」一聲發出吞嚥聲。

「就連做到這種程度都還算是很溫柔啊……」

「那麼……他要是真的生氣了……會是多麼…………」

「……我不該反抗的……雖說不知情，但我到底做了什麼啊…………！」

學生們各個臉色蒼白，渾身發抖地把頭壓在桌面上。

米夏眨著眼睛直盯著我看。

「惡化了。」

「沒關係，有時也會有這種情況。」

米夏默默坐下。

「米夏妹妹很努力了喔。」

艾蓮歐諾露鼓勵著有點沮喪的米夏，潔西雅則從後方摸著她的頭。

「……好乖、好乖……」

哎，就這樣吧。暴虐魔王之名有時會不受控制地產生不必要的恐怖，這就連在兩千年前也經常發生。倒不如說，這種程度就只是輕微的誤解。

只要擺出泰然的態度，他們就遲早會明白真相吧。

「我就來說明大魔王教練的概要吧。」

在我這麼說後，耶魯多梅朵就用手杖指向黑板，用魔力畫出世界的概略圖，也就是我們所處的地上與位在內側的地底世界。

「就在前些日子，我們確認到地面下存在著廣闊的地底世界。有著與地面同等程度面積的地底世界居住著以龍所生下之人為祖先的龍人們，他們祭祀著神明，與神締結盟約並進行召喚等，構築著獨自的文化。」

學生們全都認真地聽我說話。

「龍群襲擊亞傑希翁與迪魯海德的事件至今還記憶猶新，然而這件事的主謀看來就是這些龍人的樣子。這次的大魔王教練就是要前往位在地底世界的龍人國度。」

學生們驚訝地瞪大眼睛。

「那個，阿諾斯大人。我們是要去意圖侵略迪魯海德的國家嗎？」

愛蓮戰戰兢兢地舉手發問。

「沒錯。雖說如此，我們還不清楚是不是所有龍人都與迪魯海德敵對。不論魔族還是人類都存在著壞人，但也存在著好人，而龍人應該也一樣。我們就前往未知的國度，讓我看看你們會怎樣判斷這些人吧。」

我就像是要讓憂心忡忡的學生們更加不安地說：

「這趟行程應該會有生命危險，說不定會遭到毀滅，無法復活。但也正因為如此，才有學習的價值。」

「不、不過，因為有阿諾斯大人跟著，所以能放心……」

「這次的大魔王教練我還有其他事情要做，無法保證能二十四小時照顧你們。你們要與同學們攜手合作，靠自己的力量活下去。」

當然，我會做相應的準備。但要是一直覺得我會幫忙的話，他們就不會有任何進步，這種程度的威脅還是做一下比較好吧。

只見學生們當下全都露出一點也不想去的表情。

「別緊張，我不會勉強沒自信的人參加。畢竟是未知的世界、未知的國度，會存在許多危險吧。因此正確評估自身的實力也很重要。要是覺得勉強的話就請假吧。」

粉絲社少女們互相使了個眼色，開始交頭接耳。

「……該、該怎麼辦？」

「……老實說我們還打不贏龍，會很困難吧……？」

「還是請假比較好嗎？」

「也是呢。畢竟我們說不定會給大家添麻煩。」

「妳們等一下！我明白了！」

「妳說明白了，是指阿諾斯大人的想法嗎？」

「是要測試我們之類的嗎？」

「不是這樣的。既然說是未知的國度，那就代表阿諾斯大人也沒去過吧？」

「是、是啊。我覺得是這樣。」

「那只要一起去的話，不就是間接初體驗旅行了嗎！」

「「「啊啊──！」」」

愛蓮這句話讓全員異口同聲地大叫起來。

「而且要是我們毀滅的話，就像是基於阿諾斯大人的意思毀滅的──」

「被、被間接初體驗旅行毀滅！」

「「「要、要毀滅了啦啊啊啊啊啊啊啊啊啊啊啊啊啊啊啊啊啊啊啊啊啊！」」」

就像是把地底世界的事情忘得一乾二淨似的，粉絲社少女們激動地尖叫連連。

她們下定決心的方式還是一樣令人佩服。只要認為自己早已毀滅，恐懼也會退去，反而讓自己不會毀滅。

或許是因為班上最弱的她們宣稱要去的關係吧，其他學生中沒有人說要請假。也是呢，畢竟明顯比粉絲社她們還不擅長魔法的人，頂多就只有娜亞了。只要擁有某種程度的尊嚴，就很難說自己要請假。

「唔嗯，算了。你們要是改變主意的話，隨時都能請假。出發日是在明天。」

總之有了能考慮的時間，讓學生們鬆了一口氣的樣子。

「那麼，你們有聽過這則逸聞嗎？」

我就像在詢問學生們似的開口說：

「某座魔族城堡被人類與精靈的精銳們重重包圍，陷入了危機。就偵察的結果看來，人類大軍恐怕明天就會攻來吧。敵軍有兩千人，而我方是五百人，並且大都是新兵，沒有增援，也沒有祕密武器，但是勝利的卻是魔族。是一名男人帶領他們贏得勝利的。他到底做了什麼，你們試想一下吧。」

我朝愛蓮看去後，她就煩惱地說：

「……他是想出什麼很厲害的作戰打倒敵軍嗎？」

「要說的話是作戰沒錯，但還差一點。」

愛蓮「嗯──」地陷入沉思，一副想不太到答案的模樣。

「其他人有答案嗎？」

我這麼詢問後，米莎舉手說：

「雖然不清楚具體的狀況，不過是利用了地形嗎？」

「不，和地形無關。」

「好的、好的──接下來我要回答了喔。」

艾蓮歐諾露舉了好幾次手。

「說吧。」

「不是因為他們很努力了嗎？」

「當然，他們應該很努力吧。」

就像在模仿艾蓮歐諾露一樣，這次是潔西雅舉起手來。

「那麼，潔西雅。」

「加倍……努力了……努力了很多……！」

潔西雅握緊雙拳，堂而皇之地回答。

「這要說的話算是正確答案。」

「……正確……答案……！」

「啊～阿諾斯弟弟太寵潔西雅了啦。」

艾蓮歐諾露噘起嘴巴。由於沒有其他人舉手了，我就朝那個就像事不關己一樣在微笑聽課的男人看去。
「那麼，雷伊。你來說正確答案吧。」
他立刻回答：
「是花一天時間反覆鍛鍊魔族的士兵，讓他們能一個人當四個人用，藉此擊退了人類與精靈的大軍嗎？」
「等等，雷伊。你有在認真回答嗎？」
莎夏傻眼地瞪著雷伊。
「正確答案。」
「……騙人，真的嗎？」
莎夏驚訝地叫道。
「我如果不是敗退的當事人的話，也會這麼想吧。」
他苦笑著說。
「這個答案太狡猾了啦……」
莎夏趴在桌上抱怨。
「當時守住這座城的，是臨時派遣的一名魔族。這名魔族不是別人，正是你們的班導師熾死王耶魯多梅朵。」
他「咯咯咯」地發出笑聲。
「這不是很久以前的事了嗎？結果在那之後，還是被那邊那個男人攻陷城堡了呢。」

耶魯多梅朵一看向雷伊，他就爽朗地露出微笑。

相對於用一天時間將士兵鍛鍊成材的耶魯多梅朵，雷伊是在戰鬥中超越自身的極限，將士兵們擊敗。會一度撤退，是為了要讓軍心動搖的其他士兵重整態勢。

「你要是沒選擇棄城撤離的話，就不知道會鹿死誰手了。」

熾死王咧嘴回以一笑。

我向半傻眼地看著兩人對話的學生們說：

「明天說不定會有戰力強大到令人絕望的敵人攻來。這種時候是要認為只剩下一天，還是要認為還剩下一天，一個念頭就能讓戰況大幅改變。要是沒有增援，那麼只要加強實力就好。如此一來就算在數量上處於劣勢，也能在戰力上超越敵人。這就是兩千年前的——不對，是熾死王耶魯多梅朵的守城戰。」

學生們全都露出難以置信的表情。

「事實勝於雄辯。接下來要進行的教練比當年熾死王進行的還要危險一點。順利的話，你們的實力會大幅提升；但要是掉以輕心，應該會在轉眼間毀滅。小心挑戰吧。」

§4　【魔王的授課慘絕人寰】

魔王學院後方——魔樹森林。

才剛陸續出現「轉移」的魔法陣，學生們就全都轉移過來了。

「那就開始吧。」

我在學生們身上畫起魔法陣，施展對象是他們的根源。

「沉思吧。」

我經由與學生們連接的魔法線將魔力注入他們的根源之中。

「去思考自己視為目標，並且應該要實現的未來。深深地、深深地、深深地潛入窺看那道深淵吧。喚醒沉睡在你們根源深處的未來，將你們的理想在此具體化。」

他們照我說的窺看起自己的深淵，想像著自己的理想，漸漸地學生們的身體一個接著一個地被光芒籠罩。

只要他們在腦海中明確想像著作為目標的未來，這個魔法就完成了。發光的學生們輪廓出現扭曲，光芒開始分成兩道。他們越是深入窺看理想的深淵，分裂眼看就越來越快。

不久後，大半學生們的身體與根源就分裂成兩個。

「『理創像（edonika）』。」

在被更加耀眼的光芒籠罩後，學生們眼前出現成長後的另一個自己。

「……這、這傢伙是什麼啊……這不是長得跟我一模一樣嗎……！」

拉蒙儘管嚇得後仰，卻還是大叫出聲。

在他眼前有著以「理創像」創造出來，跟他長得一樣的拉蒙。其身高比他還高，全身包覆著肌肉鎧甲，容貌精悍得跟本人無法相提並論。

「『理創像』是你們今後作為目標的將來模樣，是根據你們所想像的理想與一部分的根源，再加上我的魔力讓你們的可能性具體化。」

眼前的「理創像」是他們的一種終點。

「去與他們戰鬥，竊取他們的技術，偷走他們的力量，然後再度沉思吧。要是你們作為目標的理想發生改變，『理創像』就會依照改變不斷地變化並且深化。不過超乎自身能耐的理想無法實現。就用你們的魔眼（眼睛）窺看『理創像』的深淵，看出自身的極限吧。自己適合什麼、不需要什麼，你們就親自去體會吧。」

學生的「理創像」們就像要帶他們離開似的一齊跑了起來。

「喂、喂！你是要跑去哪裡啊……！」

拉蒙追著自己的「理創像」。

「一般的『理創像』是將力量與技術的理想具體化，不過到底無法連思考都重現，因為不管給予多少魔力，都無法讓頭腦變好，也無法累積知識，那只是純粹的鬥爭本能的化身。但是——」

我把手掌伸向地面。

背後的德魯佐蓋多冒出大量的魔力粒子，全都聚集到我的腳邊。顯現出劍形的影子靜靜浮上空中，同時在我面前遞出劍柄。

在我握起後，理滅劍貝努茲多諾亞就實體化。我將劍刺在地面上注入魔力。

「我要破壞這個道理。」

貝努茲多諾亞伸出層層的影子連接到「理創像」們身上。

「喂，拉蒙。」

經由理滅劍帶有思考後，「理創像」拉蒙說：

「怎、怎樣……？」

「你是不是以為自己很聰明啊……？我就說吧，你是個笨蛋，永遠都只會是個笨蛋。」

「你……你說什麼？不做做看怎麼會知道啊！」

「我就教教你吧，笨蛋有著笨蛋的戰鬥方式。」

「理創像」拉蒙畫出一門魔法陣，從中出現漆黑的太陽。

「……不、不會吧……！我在施展『獄炎殲滅砲』嗎！」

拉蒙就像是要躲到樹後似的不斷後退。

「那種東西是擋不了這招，也沒辦法混淆視線的啦。你不要動腦，不斷使出全力來防禦就好。因為你是個笨蛋啊！」

「獄炎殲滅砲」將樹木燒盡，直擊拉蒙。

「呀、呀啊啊啊啊啊啊啊啊啊啊啊啊……！」

拉蒙被燒成了灰燼。

我立刻施展「復活」讓他復活。

「你們要死幾遍都無所謂，但要記住被復活的感覺。只要掌握到訣竅，就試著自己施展『復活』吧。就算辦不到，我也會在三秒後復活你們。」

拉蒙盯著自己的「理創像」來到眼前。

「看清楚，『獄炎殲滅砲』是要這樣用！要是不懂的話就用身體記住！」

「……混帳……！你是誰啊！絕對不可能是我吧！」

他懷著必死的覺悟衝向「理創像」。

魔樹森林到處都跟這邊一樣，學生們在與自己的「理創像」戰鬥。那是壓倒性地比自己強大的敵人，而且還熟知自己的一切本領。

由於怎麼樣都不可能抵抗得了，他們接二連三死去。經由被逼迫到死亡邊緣、瀕臨毀滅的地步，根源會釋放出更為強大的光芒。雖說如此，但也不是要惡作劇般地折磨他們就好，還得讓他們累積足以成長的經驗才行。

親身體會自己作為目標的理想與現在的自己有多少差距，讓那個理想來鍛鍊自己，然後再藉此鍛鍊那個理想本身，即是「理創像」的魔法。

接受理想的自己指點，學生們就像被指導似的學習著那份力量與技術，哪怕瀕臨無數次的毀滅、歷經無數次的死亡。

這樣一來，等到用在「理創像」上的根源回到他們體內時，那個理想就會化為他們的血肉，展現出更大的成長吧。

符合授課中的光景，森林形成慘絕人寰的地獄繪圖。

我不經意看向一名少女，那是被耶魯多梅朵取了暱稱的留校的娜亞。她面前站著一動也不動的「理創像」，模樣就跟現在的她幾乎一樣。

「咯咯咯。」

一臉愉快地看著學生們激戰的熾死王走到娜亞身邊。

「妳看起來很沮喪呢，留校的。」

耶魯多梅朵拄著手杖探頭看著娜亞的表情。

她垂著頭喃喃說：

「……我沒救了呢。因為我……就連魔王大人的『理創像』都不肯動起來……」

熾死王默默聽著。

「跟大家不同，『理創像』的我跟現在的我魔力幾乎沒有變化……這也就是說我沒有成長空間吧……」

「咯、咯、咯，沒有成長空間？妳為何會這麼想？」

「因為……用魔王大人的魔法、以魔王大人的魔眼（眼光）看過後這樣判斷，不就代表是這個意思……嗎？」

娜亞看起來很沮喪地說。

「的確，妳說得沒錯，魔王的魔眼（眼光）是絕對的，魔王的『理創像』是完美的。沒能獲得他的判定，就是一點才能也沒有，不論是誰都會這麼想吧。」

毫不留情的評語讓娜亞更加氣餒。

將身體撐在手杖上，熾死王以輕視般的視線注視著她。

「不過，本熾死王可就不同了。」

娜亞眼中充滿疑問地看著熾死王。

「妳聽過這個故事嗎？有位在魔王學院的入學測驗中進行魔力測量，其魔力數值被判定是零的魔族。他成為學院有史以來第一位不適任者，在學院裡受到眾人冷眼看待。」

耶魯多梅朵以輕蔑的表情說。

「那是……」

「沒錯，就是暴虐魔王阿諾斯．波魯迪戈烏多。就連擁有像他這樣強大魔力的人都曾被判定完全沒有魔力。」

娜亞在想了一下後戰戰兢兢地反駁：

「……但那只是魔力測量的方法錯了，這個時代的魔族沒辦法測量阿諾斯大人的力量不是嗎……？」

「沒錯、沒錯，沒錯啊，就是這樣，留校的娜亞。換句話說，妳也能說那個測量跟這一樣不是嗎？」

「一樣是在指什麼啊……？」

耶魯多梅朵咧嘴一笑。

「也．就．是．說，暴虐魔王錯了！妳隱藏著就連那個偉大魔王都無法看穿未來般的強大力量。」

娜亞連忙用力搖頭。

「這、這麼惶恐的事是不可能的……！」

她不安地偷看著我的反應，而熾死王繼續說：

「惶恐？不可能？為什麼？魔王應該會很高興這所學院教出超越自己的學生。只不過那個男人將會再度超越超越自己的人吧！」

耶魯多梅朵「咯、咯、咯」地愉快笑著。

「『理創像』不過是一種測量方式，終究只是一種訓練不是嗎？妳說不定有著就連暴虐魔王都無法測量的未來，這不是很美妙嗎！」

如此饒舌述說的熾死王看起來發自內心感到愉快。

「妳究竟是沒有成長空間，還是只是沒有人能看出來而已，這點無人知曉。不知道、不確定是很棒的，因為這代表著可能性。哪怕說這只是一線希望也一樣，本熾死王正是對這種不確定的事物感到興奮！」

耶魯多梅朵強而有力地開心說道。接著，就像是被他賦予了勇氣一般，娜亞眼中帶著些許力量。

耶魯多梅朵拿起大禮帽，從中取出一根手杖。那是叫做「知識之杖」的魔法具。

「我就教妳這玩意兒的用法。要知道極限妳還太年輕了，至少等到像我這樣的年紀再說這種話吧。」

娜亞用手指擦拭眼睛，然後拿起「知識之杖」。

跟方才判若兩人，她以豁然開朗的表情說：

「是的，就拜託你指導了，熾死王老師！」

他還是一樣對有可能成為我敵人的可能性很敏銳，不過娜亞的事只要交給他就好了吧。

「喂，阿諾斯。」

莎夏朝我叫道，身旁跟著米夏。

「就只有我們沒有出現『理創像』耶……？」

雷伊、米莎、艾蓮歐諾露，以及潔西雅也一樣沒出現。

「這是當然，你們早就超過用『理創像』訓練的範疇了。」

「那要怎麼辦？」

「我來準備適當的訓練對手。」

我拿出選定盟珠注入魔力後，盟珠內部就出現魔法陣，眼看著層層疊起。

「『神座天門選定召喚（guara nate fuoruteosu）』。」

伴隨著召喚的光芒，白銀秀髮的少女——選定神亞露卡娜當場現身。

「如果要去地底，就得先習慣與神戰鬥。」

莎夏一臉無力的表情注視著我。

「……我老是在想，你訓練的方式還真嚴酷啊……」

米夏頻頻點頭。

「施展『分離融合轉生』吧。即使是妳們，這個樣子也不是亞露卡娜的對手。」

亞露卡娜緩緩環顧四周，然後抬頭看向天空。

「訓練地點選在那裡。」

應該是為了避免波及其他學生，要在遠處進行訓練的意思吧。

三人就這樣飛上天空離開。

「艾蓮歐諾露、潔西雅，妳們就暫時兩個人一起訓練。」

「我知道了喔。那麼，潔西雅。我們就到那邊去吧。是那邊喔。」

「……我會……加油……」

兩人朝著魔樹森林的深處跑去。

「接著，雷伊、米莎。」

兩人朝我看來，辛倏地出現在我背後。

「你們對王龍施展的愛魔法相當了不起。」

「哈……哈哈哈～……該說完全不想想起當時的事情嗎……我現在非常想立刻找個洞鑽進去……」

米莎滿臉通紅地低著頭，身後傳來咬牙切齒的聲音。

「愛魔法怎麼了嗎？」

「我想那個魔法說不定對整個神族都能發揮效果。」

根據亞露卡娜的描述，愛與溫柔會擾亂秩序。既然如此，愛魔法對神來說也有可能會是天敵吧。

「所以我這段期間都在窺看愛魔法的深淵。你們的愛應該還有成長空間，因此我打算鍛鍊你們的愛。而同樣施展愛魔法較量的實戰是最快的方法。」

「實戰我是無所謂啦。」

雷伊一邊這麼說，兩人一邊為了發動愛魔法互相牽起手。「聖愛域」的光芒聚集在他們身上，以突破天際的氣勢升起。

「姑且不論『聖域』，阿諾斯大人應該沒辦法施展愛魔法不是嗎……？畢竟，這得讓兩人的愛合而為一……」

雷伊與米莎露出不可思議的表情。

於是辛就走到前頭，默默地從鞘中拔出鐵劍，恭敬地遞給了我。他跪下低頭，我嚴肅地將劍指向他，用劍身輕輕敲打他的肩膀。

此時有道龐大的光芒突然從我與辛身上溢出，以突破天際的氣勢膨脹。

「……咦……這……是……………！」

「該不會……？阿諾斯，你這傢伙……」

我朝著發出驚疑的兩人說：

「你們難道以為不是戀人，就沒辦法施展『聖愛域』了嗎？」

半傻眼的兩人突然就像是重振精神似的散發出緊張的氣息。

因為他們已經理解這個訓練的意圖。

「……還以為是授課所以想放輕鬆來，看樣子這場戰鬥絕不能輸呢。」

「……就是說啊。我們絕對不能輸……！」

愛魔法與愛魔法之間的戰鬥，是以愛情的深度決定勝敗。要是他們身為戀人之間的愛無法勝過我與辛的話，所造成的創傷將會無法估量。正因為如此，愛才會更加成長。

「我的愛可不懂得手下留情，你們就認真來吧。」

雷伊與米莎露出挑戰的表情朝我們看來。

另一方面，我與辛則是並肩站立，有如迎擊般地悠然阻擋在兩人面前。

「就讓你們見識一下各式各樣愛的形式吧。」

§5　【愛的形式】

從魔樹森林升起兩道直達天際的光柱。

雷伊畫起魔法陣，在右手上召喚靈神人劍。在與亞希鐵交戰時一度變成全能者之劍里拜因基魯瑪的那把劍，經由亞露卡娜之手再度恢復原狀了。

將雷伊與米莎兩人的愛轉換成魔力的「聖愛域」覆蓋住靈神人劍，形成巨大的劍刃。

雷伊向前走出數步。

「米莎。」

他溫柔地展露微笑，向在身後守候的她說：

「我想聽妳的激勵。」

「……那、那個……也是呢……」

米莎嬌羞地低著頭，雙眼向上看著他說：

「……我、我想看最喜歡的雷伊同學勝利的模樣……」

霎時間，光芒就彷彿爆炸般地膨脹開來，纏繞著「聖愛域」的靈神人劍綻放出前所未有的光輝。比起與阿伯斯·迪魯黑比亞交戰的時候、比起打倒王龍的時候，現在兩人的愛最為閃耀。

這也難怪了，因為現在阻擋在他們面前的不是別人，而是我跟辛。即使在劍與魔法的比試中落敗了，也絕對不能在「聖愛域」上輸給我們。正因為如此，兩人讓他們的羈絆、他們的愛熊熊燃燒起來。

不過有個男人用彷彿看到殺父仇人般的魔眼（雙眼）狠狠瞪著那個燦爛生輝的愛情結晶。他倏地走向前與雷伊對峙。

「我想先向他們展示真正的愛，懇請吾君允許。」

「准，你就盡情展示吧。」

我將鐵劍交給辛，閃耀光芒就彷彿覆蓋住劍身般地聚集起來。這是因為我將他的愛轉換成魔力發動了「聖愛域」。

「這是第幾次與你交手了，雷伊·格蘭茲多利？」

「天曉得，已經多到數不清了喲。」

向前走出數步的雙方默默舉起光劍，彼此的視線交會。

「自從那場劍術教練以來，我就有一個念頭呢。我在心底發過誓了。」

總是面帶微笑的雷伊還尚未交鋒，今天就露出不同以往的認真表情。

就跟他說要保護我而讓他過去的時候一樣，不對，是在當時之上的氣魄。

也就是說他有這麼想說的事。

「下次與你交手時一定要取得一勝。」

「還真是大言不慚呢。我就在這之前取得十勝吧。」

辛的眼神冰冷，變得有如劍刃般銳利。

其殺氣就跟首次與我相遇時一樣赤裸。過去他是一心求死，現在心中卻縈繞著與我對峙時完全相反的意念。辛也是認真的。

不論是兩千年前還是今後的日子，他們都不會再懷著如此強烈的心情面對戰鬥吧。

挑戰者是雷伊，迎擊者是辛，雙方都在劍上注入絕對不會輸的意念與巨大的愛。

「我要上了。」

「我會反過來擊倒你。」

雷伊與辛互相將愛之劍高舉過頭，沒有花招，也應該不會靠技術逃避。

這是愛與愛、意念與意念的單挑。只要稍微後退，對他們來說就是敗北。

「……呼……！」

輕輕吐氣，雷伊率先動作。

他高舉巨大光劍，朝著辛的正面衝去。

「喝啊啊啊啊啊啊啊啊啊啊啊啊啊……！」

他的意念、他的愛就像從全身溢出似的散發著光粒子。用魔眼凝視後，那些光粒子就明確地述說著他的意志。

——我要是贏的話，有件事想請你聽我說，岳父！——

「就算大叫也不會讓愛變強吧……！」

為了正面擊退雷伊的意念，辛蹬地衝出，將爆發開來的光劍高高舉起。

——玩笑話等你取得一勝之後再說！小子！——

光劍與光劍「鏗——」的一聲發生衝突，愛與愛激烈碰撞。

——我絕對會讓你聽我說！——

——我不聽！——

——不！我會讓你聽我說。這是很重要的事，是關於令嬡的事！——

「轟隆隆隆隆隆」地引發震耳的光之爆炸。被這道劍爆震退，辛儘管用雙腳摩擦地面卻還是被炸飛了。

「……爸爸…………！」

米莎擔心地叫道。這完全是鍛鍊到極限的「聖愛劍爆裂」。對於完全不聽女兒戀人說話的頑固父親堅持不懈地進攻，然後展現出自身的愛有多麼巨大的懇求一擊。

或許是認為哪怕是辛也無法全身而退吧，米莎用魔眼看向爆炸中心。隨著光芒緩緩消散後，能看到一道人影。

辛還活著。不對，是將雷伊全力使出的「聖愛劍爆裂」用愛之劍完全擋下來了。

「你們兩人的愛就只有這種程度嗎？」

「不只，還不只……！」

高舉意念，將愛劈下，雷伊不斷將「聖愛劍爆裂」朝辛擊去。

然而所有攻擊都被辛從正面擋了下來。

——這是很重要的事。我絕對會讓你聽我說的，賭上這份愛！——

——我不聽我不聽我不聽，我不聽我不聽我不聽！就這種程度嗎，小子！——

彷彿沒在聽他說話，彷彿一點用也沒有。

「……哈…………哈…………」

兩人的劍再度相交在一起，雷伊的呼吸變得急促。劍刃激烈推擠，視線迸出火花。

「你明白了嗎，雷伊？明白你的『聖愛劍爆裂』為何會全部被辛的劍擋下來了嗎？這正是一種愛的形式——」

對於不聽人說話的女友父親，雷伊就像在家門前堅持不肯離開似的不斷地讓「聖愛劍爆裂」爆炸。這簡直就像在積雪中不斷地低頭懇求，有如為愛下跪的一劍。

但是辛的劍卻從正面打掉了他的劍。父親看到一直跪在家門前的女兒戀人，對於恐怕會在最後奪走女兒的男人懷著深不見底的憎恨。儘管知道會被女兒討厭，也還是無法讓人進到屋內的笨拙且巨大的愛，這簡直就像是溺愛的閉門羹斬擊——

「——『聖魔愛憎劍爆擊（deio gurezeasu）』！」

伴隨著我的聲音，雷伊的根源接連爆炸。儘管遭到轟飛也還是死了五次，復活了五次；然後再死了五次，同樣又再復活了五次，

就在他跪倒在地的瞬間，雷伊總共被取得了十勝。

「剛、剛才的是……？」

「是我新開發的招式。『聖魔愛憎劍爆擊』是讓愛情與憎恨爆發開來的一擊。雖然『聖愛域』本來是要讓兩人的愛合而為一，不過這個魔法卻是讓愛情與憎恨合而為一來發動『聖愛域』。」

「你說憎恨……這已經不是愛魔法了吧……？」

米莎露出不可思議的表情。

「如果只是憎恨的話。但是愛情有時也會跨越界線轉變為憎恨，這就叫做愛憎。對於女兒戀人懷有的無法控制的心情，以及絕不退讓的笨拙愛情，這種父母心正是將戀人之間的

『聖愛劍爆裂』打破的刀刃——『聖魔愛憎劍爆擊』。」

因為對女兒懷著巨大的愛，所以辛對想搶走女兒的雷伊燃起非比尋常的憎恨。然而這絕不是真心的憎恨。只要窺看憎恨的深淵，就能在深處發現到愛情。因為憎恨也是愛情。

這個能輕易壓制住雷伊的「聖愛劍爆裂」的魔法要說有什麼缺點的話，就是施展條件只限於辛在與雷伊對峙的時候吧。

簡單來說，就是無法對敵人使用。

「好啦，這樣你們就明白了吧？你們那個愛的形式還不及父母的愛。不需要手下留情，就用『雙掌聖愛劍爆裂』攻過來吧。」

米莎儘管扶起倒下的雷伊，也還是詢問似的朝他看去。

「……雖然很丟臉，但能借我妳的力量嗎……？」

米莎低著頭微弱地說：「……好的……」在默默把手高舉過頭後，黑暗就從那裡溢出，覆蓋住她的身體。

「……什麼借不借的，請別說這麼見外的話……」

無數閃電劃過覆蓋住米莎的黑暗，如同撕裂漆黑一般展現帶有檳榔子黑的禮服與背後長著六片精靈翅膀的身姿。她扭動脖子後，有如深海般的秀髮就輕盈搖曳。

顯露出來的是她的真體，身負暴虐魔王傳承的大精靈之姿。

「我的人與心早在很久以前就屬於你了。」

握住米莎優雅遞出的手，雷伊再度往前看。

看向那極為巨大的愛情障礙。

「父親大人。」

米莎筆直投射而來的視線，讓辛稍微別開目光。

「父親大人，請聽我說。能請您好好看著我的眼睛嗎？」

「現在是上課時間，我不是父親大人。」

辛不留情面地說。

「……我知道了。那就只能憑實力讓您聽我說了。」

雷伊在將靈神人劍收進魔法陣中後，接著取出一意劍。

兩人一起握住那把劍。

「就用這份愛打倒父親大人，哪怕要將他五花大綁，今天也一定要讓他聽我們說。」

他們分毫不差地互相配合呼吸，將劍尖對準了辛。身心都合而為一的雷伊與米莎的「聖愛域」比方才還要強上數倍，就像是讓光芒炸開似的熊熊燃燒著。

「我就接受挑戰吧。」

愛憎的「聖愛域」從辛身上激烈溢出，有如漩渦般形成巨大光柱。

「雷伊，今天就由我……能請你配合我嗎……？」

「我愛妳喲。」

米莎當場滿臉通紅。她別開臉就像害羞似的說：

「…………這不用你說我也知道……」

兩人「聖愛域」的光輝變得更加耀眼，光芒彷彿龍捲風般升起。雷伊完美地配合著米莎的動作。

在讓身心合一後，現在這對戀人要挑戰父親這個偉大的存在。

「「『雙掌聖愛劍爆裂（rigaro teiru torearosu）』。」」

面對突刺過來充滿愛情的劍擊，辛踏穩腳步、咬緊牙關，用「聖魔愛憎劍爆擊」擋下。

光與光互相衝突，愛與愛發出咆哮。

「……米莎，也許妳遲早有一天會獨立自主，但現在還是個孩子。我就告訴妳吧，你們的那個就只是被戀愛沖昏了頭，不及這份親情之愛的扮家家酒……」

辛將米莎與雷伊的「雙掌聖愛劍爆裂」稍微推回去。

「唔……！」

雷伊咬緊牙關。這是有著如此威力的魔法，情勢只要稍微偏向某一方，就會一口氣遭到壓制。

米莎忽然說：

「……母、母親大人……」

辛立刻以驚人的速度回頭。

想當然耳，他的背後空無一人。

「趁現在！」

「真是輸給妳了，米莎！」

辛瞬間大意了。在戰鬥中左顧右盼是魔王的右臂人生中不該有的最大失算。而造成這個失算的一句話，正是她不論要用上何種卑鄙的手段都想讓父親認同的堅強戀心。

要是不回應的話，就不是男人了。那把愛之劍熊熊地燃燒著。

「我愛妳！」

「我也愛你喔！」

這波壓倒性的光之爆炸、兩人的愛情熱量，連同愛憎之劍一起將辛吞沒——

§6 【愛的深淵跨越了界線】

足以照亮整座魔樹森林的光集中在辛身上激烈爆發，他們趁著這個破綻證明兩人的愛是真實的，一個勁地撬開辛的頑固父母心。面對怒濤般的光之大爆炸，他所持有的愛憎之劍幾乎就要斷裂，不過就在這一瞬間——

「相當不錯的愛魔法。但這樣我還是不能讓你們合格。」

我以「創造建築」造出魔劍，將劍尖朝著跟辛的愛憎之劍相同的方向指去。

兩把劍所產生的「聖愛域」光芒膨脹兩倍、三倍，將「雙掌聖愛劍爆裂」推了回去。

「……什麼……………！」

「……難以置信……」

儘管投來驚愕的眼神，雷伊與米莎還是站穩腳步將彼此的意念與呼吸集中在愛之劍上。互相衝突的光之劍與光之劍的力量幾乎勢均力敵——不對，是我們稍有優勢。

「……究竟是怎麼回事……？比我與雷伊的愛還要強大的『聖愛域』，父親大人與阿諾斯大人是怎樣產生出來的……？」

「不懂嗎，米莎？愛可不是戀人之間專屬的。有親情之愛，也有作為友人的愛，主君與臣子的愛。這份友愛與敬愛就是我與辛的愛的形式，是另一種『雙掌聖愛劍爆裂』。」

我與辛將兩把劍筆直地向前刺出。

被迸發的龐大光芒壓制，米莎與雷伊的腳陷入地面。

「……你還真是做了讓人難以置信的事呢……不僅靠友愛與敬愛施展『聖愛域』，還提升到戀愛的領域發出『雙掌聖愛劍爆裂』……這在勇者魔法的常識中是不可能的……」

戀愛中的男女情愛勝過一切的愛，這是愛魔法術式所展現的不成文規定，但我發現到了這個構造的缺陷。

「這就只是刻板印象，愛不是這麼不自由的東西。看吧，我們的友愛超越戀愛了喔。」

我與辛發出的「雙掌聖愛劍爆裂」越來越閃耀，有如龍捲風般颳起壓制住雷伊他們的愛之劍。

「沒有事物能勝過我對主君的愛。」

辛把劍朝著與我相同的方向指去泰然地說：

「米莎，還有雷伊。這樣你們就知道了吧，這種騙小孩的愛是絕對掌握不到幸福的。魔族的壽命很長，這種程度的熱情遲早會有冷卻的一天。」

就像是被辛的發言刺激到了一樣，雷伊與米莎兩人同心，一齊對抗阻擋在愛之前的巨大障礙。

「父親大人、阿諾斯大人。既然你們兩人的友愛超越了戀愛──」

「我們就保持這份騙小孩的愛超越戀愛給你們看！」

不能輸的意念從兩人的心中湧出，將我們襲去的愛之光從正面擋下，意圖要壓制回來。

「快看、快看，潔西雅。對面在做很厲害的事喔。我第一次看到那麼龐大的愛耶！」

「……友愛……施展的『聖愛域』……」

「這好像有點危險，我們稍微離遠一點吧。」

「……了解。撤離……」

熟練勇者魔法的艾蓮歐諾露與潔西雅大概很清楚這有多驚人。

而「雙掌聖愛劍爆裂」之間的衝突也讓正在進行地獄訓練的學生們的「理創像」產生了異變。

「啊，喂……！你要去哪裡啊！」

「咦？我的『理創像』也跑掉了……？」

「這該不會……？」

學生們的「理創像」爭先恐後地奔馳在魔樹森林裡，不斷遠離光之爆炸的中心。

「他們這不是在逃命嗎！」

「糟糕，『理創像』會逃命代表很嚴重耶！」

「快看，都跑得這麼遠了都還沒停下腳步繼續逃跑，搞不好光是餘波就有可能會讓人毀滅不是嗎……！」

「或是說……喂，那個真的是在上課嗎？阿諾斯大人與新老師是打算毀滅勇者加隆與阿伯斯・迪魯黑比亞吧！」

「也、也是呢……！這種大魔法的互擊是不可能在上課時做出來的……」

「這可不妙啊。要是不盡可能地遠離，並展開反魔法的話……」

學生們就像嚇破膽似的全力撤離。而他們之中有八名少女正茫然注視著光之爆炸。

「……喂，大夥兒……方才阿諾斯大人說了愛情有時也會跨越界線對吧？他說這就叫做『愛憎』……」

在愛蓮喃喃說出這句話後，粉絲社的眾人全都露出恍然大悟的表情。

「確實說了……」

「我也聽到了。」

「沒錯喲……」

「那麼那個！現在辛老師與阿諾斯大人的友愛難道不是跨越了界線嗎！」

「快看，我們的『理創像』！」

「啊啊~……！朝著光跑過去了！」

「肯定是在說要我們跟上！」

與其他學生盡全力逃跑的「理創像」相反，粉絲社的「理創像」偏偏朝著光的爆炸中心衝去。

「得跟上才行！」

粉絲社眾人就像下定決心似的跑了起來。

「啊～愛蓮妹妹妳們那邊很危險喔。要是遭到波及，或許就連根源都不會留下來。」

艾蓮歐諾露儘管叫住了她們，但她們還是回頭說：

「但我們必須去見證才行！因為這是我們的使命！」

「我們作為魔王聖歌隊，不對，是作為阿諾斯粉絲社，有義務要在比任何人都還近的距離下拜見阿諾斯大人的愛並編成歌曲！」

「可是，要是毀滅的話就什麼也辦不到了喔！」

「被阿諾斯大人的愛毀滅正如我願！」

「而且還是跨越界線的友愛！」

「這是本世紀最大的毀滅時刻！現在要是不拚命，還有何時可以拚命啊！」

「這裡是我們的戰場啊！」

不理會艾蓮歐諾露的制止，粉絲社眾人向前衝去。

「啊～……該怎麼辦啊，我完全無法理解喔…………」

「……祈禱……平安……」

艾蓮歐諾露與潔西雅目送消失在樹木之間的粉絲社眾人離去。

「總覺得下方有人在施展很不得了的魔法耶……」『危險……』

這樣說的是位在上空的愛夏，她朝著「雙掌聖愛劍爆裂」的衝突看去。

「魔族之子有數人前往魔法的中心。」

亞露卡娜指著粉絲社她們。

「她們在搞什麼啊？」『……勇敢？』

「就保護她們吧。這樣也能作為愛夏的訓練。」

亞露卡娜倏地舉起雙手翻向天空。

「夜晚來臨，白晝逝去，明月東昇，太陽西沉。」

祂發出神的魔力讓秩序服從，黑夜覆蓋住光明。

轉眼間白晝化為黑夜，散發著溫煦光芒，幻想般的「創造之月」高掛天際。

「白雪飄落，普照大地。」

亞蒂艾路托諾亞翩翩飄下雪月花，覆蓋起魔樹森林形成守護學生們的加護。

「愛夏，看著『創造之月』。」

聽從亞露卡娜的指示，銀髮少女仰天看去。

「『背理魔眼』據說就連神的秩序都曾經重造過。假如那雙魔眼也有相同的力量，或許就能把那顆『創造之月』從新月重造成半月。」

愛夏將魔力注入「創滅魔眼」緊盯著新月模樣的亞蒂艾路托諾亞。

儘管覺得月亮的輪廓有一瞬間朦朧了一下，但是絲毫沒有變化。

「那個到底重造不了嗎……？」『魔力不足。』

愛夏雖然將魔力集中在那雙魔眼上，但是沒有足以重造「創造之月」的力量。

「亞蒂艾路托諾亞會是新月不是因為魔力的多寡，就只是遵從著神的秩序。如果是『背理魔眼』的話，應該就能反抗秩序。」

「就算祢這麼說，這雙魔眼（眼睛）也還不清楚是不是『背理魔眼』耶……」『好難……』

亞露卡娜伸出手讓雪月花飛舞起來。

「那就給妳魔力。」

雪月花發出閃亮的白銀光芒。

「雪花似幻，融化即逝，於妳心裡遺留痕跡。」

雪月花翩翩飄落在愛夏身上，在融化後轉變成她的魔力。

倒映在「創滅魔眼」之中的亞蒂艾路托諾亞稍微增強了光芒。

「……好像有辦法耶……雖然不是很清楚，但只要重造成半月就好了吧……」『——上弦月——』

愛夏將所有魔力注入「創滅魔眼」之中直直瞪著「創造之月」。其輪廓才瞬間朦朧了一下，新月模樣的亞蒂艾路托諾亞就漸漸改變模樣。

一面閃亮地散發出如夢似幻的白銀光芒，一面變化成上弦月。飄落的雪月花之力增強，更加堅固地守護著站在地面上的人們。

粉絲社的少女們在魔樹森林裡仰望到半月模樣的亞蒂艾路托諾亞，全都嚇了一跳。

「這是什麼！突然變成晚上了！」

「難道不是阿諾斯大人與辛老師的友愛跨越太多界線，使得晝夜變得異常了嗎！」

「也就是他們的兩人世界裡不需要白天嗎！」

「喂，那個！從未看過的白銀月亮在祝福著阿諾斯大人他們的友愛！」

「就快分出勝負了。看，阿諾斯大人他們的愛之劍那樣地閃閃發光！」

光與光互相衝突，愛與愛相互撞擊。這場驚人的相爭接連響起震耳欲聾的爆炸聲響。

這裡正是愛的爆炸中心，敬慕與愛念在瘋狂吶喊的正中央。

「……米莎……我愛妳喔……」

「……我也……愛著你……」

每當言語相疊、愛意相疊，兩人的「雙掌聖愛劍爆裂」就會火熱地燃燒起來。

「……我們是……不會輸的……！因為我比任何人都喜歡米莎！阿諾斯，不論你有多麼強大，唯獨今天，唯獨這份愛，我是不會退讓的！」

我與辛的愛之劍被雷伊與米莎壓制回來。

「這樣就好，雷伊、米莎。愛是困難越大就越能熊熊燃燒的東西。這份意念沒有極限，只不過──」

在愛的激烈相爭當中，我與辛微微視線交錯。

我們之間無須話語，只要看一眼就能理解一切。

我緩緩轉動手上的劍。

我們的兩把劍疊起劍尖形成V字。

「跨越界線的方式還不成氣候。你們的愛有缺點，甚至能說是致命性的，這份愛被隱藏起來了。」

雷伊與米莎的「雙掌聖愛劍爆裂」再度被我們壓制回去。

「……唔……怎麼會……！」

「……是在哪裡還保留著這麼強大的愛……」

一面咬緊牙關，雷伊與米莎拚命抵擋著這愛的一擊。

「我不會說你們的愛遜於我與辛，但覺悟是決定性地不足。」

「……覺……悟……？」

雷伊茫然低語。

「沒錯，雷伊、米莎。你們是不是覺得愛很羞恥？」

「事到如今……我們才不會……感到害羞……！」

「我不是在說這種表面上的事。試著更加窺看自己的深淵吧。深深地、深深地、深深地潛入內心。在內心深處，在愛的深淵，有著藏不住的羞恥。這份羞恥使你們的愛出現猶豫、冷卻下來了。友愛與敬愛不太會有的那份羞恥，正是戀愛的缺點。」

雷伊露出恍然大悟般的表情。

「明白愛魔法的深淵了嗎？要在克服羞恥心之後，愛才能抵達那個深奧。既然如此，方法就只有一個。」

我帶著對友人的愛說：

「將你們真實的愛暴露出來吧。不論身在何處、不論有誰在看，都只要當成是兩人獨處就好。」

我踏出一步。而彷彿事前就知道我會這麼做一樣，辛也在完全相同的時機踏出一步。

「就讓他們見識吧，辛。」

「遵命。」

形成V字的劍以愛魔法之光染成漆黑並且膨脹開來。

「「『雙劍聖魔友愛爆裂砲（buabuiro buachie toraiasu）』。」」

兩把漆黑的愛魔劍劍尖交錯。純白光芒從前端化為巨大能量塊，有如子彈般射出。

撕裂空間的愛之子彈連番爆破雷伊與米莎的愛之劍，不斷地往後震退。

「唔……唔啊……！」

「啊、呀啊啊啊啊啊……！」

最後雷伊與米莎就被宛如洪水般的光之大爆炸吞沒轟飛，伴隨著爆炸氣浪接連撞倒樹木，直到撞上巨大岩山之後才終於停下。

多虧亞露卡娜與愛夏降下的雪月花加護，他們沒有生命危險的樣子。

「這就是我們赤裸裸的愛的形式。」

§7 【迴盪著龍的歌聲之國】

隔天——

魔王學院一年二班的學生來到位於密德海斯東側的雷得諾魯平原。

由於直到今天清晨都在緊鑼密鼓地進行「理創像」的戰鬥訓練，儘管有著個人差異，但整體看來都有著判若兩人的成長。

雖然因為不斷被迫跨越死亡，不論體力還是精神都疲憊不堪，讓學生們的表情有點憔悴，不過還在容許範圍內吧。

不如說他們還沒忘記那些訓練內容的現在正是絕佳的機會，畢竟在地底世界裡不知道會有什麼在等著我們。

「那麼，我們現在就前往地底吧。」

「那個～阿諾斯大人。」

留校的娜亞舉起手。

「怎麼了？」

「阿諾蘇同學好像沒來……？請問他怎麼了嗎？」

她疑惑地問道。

「咦，真的耶。」

「這麼說來，在『理創像』訓練的時候有人看到他嗎？」

「不……好像沒看到……不如說，當時哪有辦法注意到這種事啊……」

學生們紛紛嘈雜起來。要說他請假了也行，但要是讓人覺得每次大魔王教練阿諾蘇都會請假的話，說不定有人會開始懷疑。

然而，要特地用魔法造出阿諾蘇的身體操控也很麻煩，而且要是沒有相應的精度也會被人看穿吧。

既然如此——

「咯哈哈，你們在說什麼啊。阿諾蘇一直都在那裡吧。」

我朝著空無一物的空間看去。

「咦……？」

「阿諾蘇同學在那裡嗎？」

「沒錯。」

我走到那裡對著空氣說：

「是『幻影擬態（rainеru）』與『隱匿魔力（najira）』啊。居然想躲著我，看來你相當喜歡惡作劇啊。但還沒有達到深淵，你就趁這個機會在大魔王教練的期間內試著躲下去，只要一度成功瞞過我的魔眼（眼睛）就算你合格。」

學生們朝我看的方向直直地用魔眼（眼睛）凝視。

「完全看不見……就連一點魔力的痕跡都沒有……」

「阿諾蘇同學果然是天才少年啊……」

「不過再怎麼說，在魔王大人面前還是個小孩子呢。看起來這麼完美的隱身也是一下子就被找出來了。」

好啦，這樣阿諾蘇的事就暫時沒問題了。

「那麼，要出發前往地底嘍。」

站在我後方的亞露卡娜默默走出來。

「還沒為你們介紹，祂叫做亞露卡娜，是地底世界的人，不過並不是龍人。簡單來說就是神，會請祂帶領我們前往吉歐路達盧。」

亞露卡娜忽然消失，在離學生們數百公尺遠的位置出現。

「……剛剛那是什麼？『轉移』？」

「不對，完全沒看到魔法陣呀……？」

「話說祂真的是神嗎？」

「……雖然難以置信，但不是耶魯多梅朵老師，而是阿諾斯大人這麼說的，所以祂真的是神吧。你看，那個叫亞露卡娜的孩子光是伸出手，白天就變成黑夜了……」

「不如說……那是什麼啊？魔力非比尋常耶。」

「總覺得規模跟以往的授課完全不同……我們能活著回來嗎？」

就在他們談著這些事的時候，天空升起新月模樣的亞蒂艾路托諾亞。

「大地凍結，冰雪融化。」

「創造之月」以亞露卡娜為中心灑落白銀光芒。

那道光一下子就將大地凍結。而在下一瞬間，冰層就有如薄冰般「劈啪」裂開，在地面開出巨大坑洞。那是一條通往地底世界的隧道。

「雪花飄落，化為翅膀。」

無數的雪月花飄落下來，並在受到亞蒂艾路托諾亞的映照後立刻變成好幾頭雪龍。一面灑落閃亮的白銀光芒，雪龍一面移動到學生們身旁。

「要去地底世界的路程相當漫長，不擅長『飛行』的人就坐上去吧。」

在我這麼說後，大半學生就都坐上雪龍。

「走吧。」

亞露卡娜帶頭進入通往地底的坑洞，我施展「飛行」飛在祂身旁，後方跟著耶魯多梅朵與辛。

「哇喔，這很好玩喔！飛了，飛起來了喲，潔西雅！」

「……很……舒適……」

艾蓮歐諾露與潔西雅兩人坐上雪龍，而米夏與莎夏則施展「飛行」與她們並行。

「話說艾蓮歐諾露與潔西雅明明就能跟上吧？」

在莎夏這樣勸告後，米夏困惑地歪著頭。

「偷懶？」

「……才、才不是喔。看嘛，我只是很想坐坐看雪龍。」

艾蓮歐諾露說出這種不成藉口的藉口，米夏則面無表情地直盯著她看。

「而且妳們看嘛，說不定能參考這頭雪龍創造出新的魔法……」

像這樣自己說出口後，艾蓮歐諾露就當場茅塞頓開。

「沒錯，說不定能創造出新的魔法喔。」

「……大發現……」

潔西雅「啪啪啪」地拍著小手，米夏直眨著眼睛。

「……不是偷懶？」

「不，這怎麼想都是在偷懶吧？最初說的完全就是個超爛的藉口。」

莎夏不留情面地說。

在艾蓮歐諾露豎起食指後，潔西雅也像是在模仿她似的豎起食指。

「莎夏妹妹，這世上有句話叫做『只要結果好，就一切都好』喔。」

「……沒錯……喔……」

莎夏傻眼地看著兩人。

「米夏，妳知道什麼能反駁她們的話嗎？」

米夏微歪著頭。

「難道以為只要結果好，凡事都能順利嗎？」

「就是這句。」

我們一面各自聊著話題，一面飛在通往地底的坑洞裡。

過了一段時間，遠方就能看到地底的大地。在穿越隧道後，視野就瞬間豁然開朗，頭上是天蓋，下方則是一片廣大的地底世界。

「快到吉歐路達盧的領空了，我們要前往首都吉歐路海澤。」

我也朝著亞露卡娜飛去的方向尾隨在後，後方跟著辛與米夏等人，還有供學生們騎乘的雪龍。

「欸，我想了一下，吉歐路達盧就是派龍群襲擊亞傑希翁與迪魯海德的那些傢伙吧？我們這麼浩浩蕩蕩地過去不要緊嗎？」

追上來的莎夏詢問。

「就亞露卡娜的說法，這件事似乎是亞希鐵的獨斷獨行。」

「沒錯。就連王龍本來也違反了吉歐路達盧的教義。那是王龍國阿蓋哈的教義。」

亞露卡娜這樣補充。

「吉歐路達盧對迪魯海德沒有敵意？」

米夏問道。

「……不清楚。治理吉歐路達盧的是教皇戈盧羅亞那·德羅·吉歐路達盧，乃八神選定者之一，被授予了救濟者稱號的龍人。他即使對迪魯海德沒有敵意，也是阿諾斯的敵人。」

「也許他會想把這件事當作是亞希鐵的獨斷獨行吧。」

米夏面無表情地注視著亞露卡娜再度詢問：

「痕跡神利巴爾修涅多在哪裡？」

「據說吉歐路達盧的教皇有著代代只以口述傳授的教典，內容有可能也傳授了痕跡神的位置。」

莎夏把手放到頭上。

「也就是不管怎麼說，都必須去見那個選定者的教皇一面吧？想得我頭都疼了。」

「這沒什麼。既然我們要破壞選定審判，就遲早會與他碰面。我們或許應該先去跟他打聲招呼。」

「……真的就只是要去打聲招呼對吧……」

「這得看對方的態度了。說不定教皇也正好想要破壞選定審判，變成他拜託我們務必要讓他協助的發展呢。」

莎夏以就像在說「絕對不可能」的眼神瞪過來。

「喂，亞露卡娜。能給阿諾斯一點神諭嗎？」

「他是對的。」

「神可以說謊嗎！」

亞露卡娜轉過身來，一面倒退飛行一面說：

「人心脫離了秩序，搖擺不定、徬徨不前。這些心靈漂流的終點究竟在哪裡，恐怕是個連神都不曉得的混沌之地吧。」

「雖然確實不知道事情會變得怎樣，但還是有可能性吧？要說哪一種比較有可能的話是怎樣？」

「要以人心來說的話，我會說這是不可能的吧。」

「給我一開始就這麼說啦！」

亞露卡娜露出淡淡的微笑。

「不畏懼神的魔族之子。」

「她就連我都不怕，是個有趣的傢伙。」

在我這麼說後，莎夏就像不滿似的發起牢騷。

「總覺得你在取笑我。」

就像要重振精神似的，她轉向亞露卡娜再度詢問：

「所以？結果沒問題嗎？」

「現在這個時期，吉歐路達盧各地會有許多巡禮者前來吉歐路海澤，我們應該會混在這群人之中。」

「也就是說，就算教皇注意到我們，但是看在別人眼中我們是巡禮者，所以即使很顯眼也沒辦法出手？」

「沒錯。正大光明地過去會比較安全。」

要是躲躲藏藏地避開人群前往，就會讓對方有機會暗中解決我們。

只不過還無法確定教皇的想法就是了。

「……咦……？」

「愛蓮，怎麼了嗎？」

「妳有沒有聽到什麼聲音？」

「啊……聽妳這麼一說……？」

要好地坐在雪龍背上的粉絲社少女們傾耳聆聽。

「……這不是音樂嗎……？」

「好像是呢。是沒聽過的音色……」

「是某種樂器嗎？」

「不過，就連在這麼高的地方都聽得見，究竟是在哪裡演奏的啊……？」

「欸，這不是歌嗎？雖然無法說得很明白，但我覺得是歌。」

愛蓮這麼說後，潔西卡也重新聆聽起這道音色。

「聽妳這麼一說，我也有這種感覺耶……」

少女們疑惑地傾聽耳邊傳來的旋律。

「妳們是對的，聖歌隊的孩子。我們進入吉歐路達盧的領空了，這是神龍的歌聲。」

這句回答令少女們驚叫出聲。

「這果然是歌啊！」

「愛蓮好厲害！真虧妳聽得出來呢。」

「亞露卡娜大人，您的意思是龍會唱歌嗎？」

亞露卡娜點了點頭。

「地底世界的三大國家——吉歐路達盧、蓋迪希歐拉與阿蓋哈分別將不同的龍作為神使祭祀，而吉歐路達盧祭祀的是神龍。神龍是聲音之龍，其歌聲自吉歐路達盧建國以來就從未止歇地在國內響徹。」

「龍在哪裡唱歌？」

米夏困惑地歪著頭。

「傳言是這麼說的——除了與歷代教皇締結盟約的神以外，無人能窺見神龍之姿。而我也不曾見過。」

亞露卡娜這樣回答後，開始緩緩下降，於下方能看到一座大城市。

「這裡是首都吉歐路海澤，我們將在停龍場降落。」

亞露卡娜降落的地方是位在城市裡的廣闊平原，周圍設置著壁壘，附近待著好幾頭龍。大概是被馴化了吧，龍沒有絲毫要襲擊過來的感覺。牠們應該是造訪吉歐路海澤的巡禮者的騎龍吧。

雪龍群相繼降落在平原上，讓學生們下來。正好就在這時——

頭上響起有如地裂般的巨響。

「這是什麼聲音……？」

「快看。」

米夏指著遠處的天蓋，頭上再度響起巨大的地鳴聲。

「就算要我快看，但我的魔眼（視力）沒有米夏好啊……」

「天蓋掉下來了。」

「什麼……！」

伴隨著「嘎、嘎嘎、嘎嘎——」更加巨大的聲響，天蓋開始下沉，其光景就如同天空墜落一般。

§8 【神龍國吉歐路達盧】

隨著從天上傳來的地鳴聲平息下來，天蓋停止下沉。

只留下些許餘音。

「地底的天空會震鳴，這就叫做震天。」

亞露卡娜注視著位在高處的天蓋說。

「唔嗯，地上也會發生地震呢。只不過，那樣會讓天蓋緩緩下沉吧？」

「地底世界是由神柱所支撐，下沉的天蓋會由神柱撐高。」

也就是不成問題啊。

「還真是罕見。在地上，天空可不會掉下來。那個叫做什麼神柱的，有機會真想去見識一下。」

「神柱是秩序之柱。儘管常人無法看見，但你說不定就能看見。」

秩序之柱啊？也就是這個地底世界的空洞就像是靠魔法撐起來的一樣。

「那個秩序之柱是哪一尊神創造的？」

「一般認為地底是在最初的子龍誕生之前創造的。雖然那尊神的名字失傳了，但毫無疑問是掌管創造的神創造的吧。」

「創造神的話，那就是米里狄亞了吧。」

「我不曉得那個名字。」

既然能施展「創造之月」，亞露卡娜就有可能是那位創造神。能認為是祂遺忘了自己的神名才會不認識。

雖說如此，在選定審判中能吃掉其他神的秩序。儘管無法確定遺忘神名之前的亞露卡娜是否曾經參加當時的選定審判，但也無法斷言祂沒有吃掉創造的秩序。

而且也能認為地底曾經有過另一個創造神。哎，只要回想起記憶就能明白了吧。

「那我們走吧。」

在亞露卡娜的帶領下，我們朝著城市的鬧區走去。除了以龍骨之類的建材搭建的奇特建築以及陌生的服飾之外，吉歐路海澤的街景大致上就跟亞傑希翁與迪魯海德相差無幾。

有著道路、櫛比鱗次的店面，路上還擺著攤販。隨處可見大概是在祭祀神的教會，其周圍聚集著穿著藍色法衣的人們。

「這個國家是教皇，也就是吉歐路達盧教團基於神之名在治理。那些穿著法衣的人全是教會的聖職者，穿著鎧甲的人則是聖騎士。」

亞露卡娜邊走邊為我們介紹這座城市，學生們全都一臉稀奇地東張西望。

耳邊迴蕩著微弱的神龍歌聲，是沒有特別去聽就不會在意的音量。這歌聲在吉歐路達盧這裡就像溪水聲一樣，是很尋常的聲音吧。

「欸欸欸，那邊是不是能聽到歌聲啊？」

「有有有。是有人在唱歌吧。不過這是什麼聲音？弦樂器？音色很漂亮呢。」

粉絲社眾人望向遠方並且豎起耳朵。

「阿諾斯大人，我們可以去聽歌嗎？」

愛蓮向我詢問。

我一看向亞露卡娜，祂就回答：

「吉歐路海澤的治安良好，儘管這裡的居民受到嚴格的戒律約束，但對旅客比較寬鬆。只要別無意義地否定神，就算違反戒律也只會遭到教團拘禁，不會立刻遭受異端審判。」

看來是沒問題的樣子。

「那就進行三小時左右的自由行動吧。大家就各自去增廣見聞，不論要做什麼都無所謂，但最好別靠我太近，說不定會被這裡的教皇盯上。」

我對愛蓮交代的同時，也用「意念通訊（Leaksu）」通知其他學生。

「謝謝阿諾斯大人！」

「那我們就過去了！也會順便把歌學下來喔！」

卡莎這樣說。

「唔嗯，那我會期待妳們唱給我聽。」

「呀——！太好了、太好了！是獎勵，是獎勵耶～！」

卡莎開心地揮舞著拳頭跑走。

「啊～妳太狡猾了，卡莎！禁止偷跑！」

「快給我們間接獎勵，間接獎勵！」

卡莎板著一張酷臉說：

「唔嗯，那我會期待妳們唱給我聽。」

聽到她這麼說的諾諾也擺出相同的表情轉頭。

「唔嗯，那我會期待妳們唱給我聽。」

聽到她這麼說，這次是麥雅一臉得意地說：

「唔嗯，那我會期待妳們唱給我聽。」

在所有人都重複說過一遍之後，排成一排的粉絲社少女們就猛然擺出魔王的表情異口同聲地說：

「「「唔嗯，那我會期待妳們唱給我聽。」」」

接著少女們就「呀——呀——」地發出尖叫聲，一面歡鬧一面跑走了。

「阿諾斯大人的尊耳聽進我們的歌……！」

她們宛如歌劇般唱起歌。

「啊啊，這會懷著什麼樣的感動呢？」

「我們能讓他懷上嗎？」

路上龍人們紛紛停下腳步，不時打量即興唱起歌來的她們。

「「「懷上感動吧——！」」」

少女們一面唱著抖音，一面朝歌聲響起的方向離去。

「……為什麼她們會這麼沒有危機感啊……喂，米……」

米夏正嚼著剛跟攤販買來的炸龍串。這裡的貨幣我已經作為增廣見聞的經費在事前發給了大家。

「跟莎夏說得一樣。」

米夏一面發出「呼呼」的聲音跟熱騰騰的炸串苦戰一面吃著。

「警戒呼希邀。」

「妳在吃什麼啊！」

「哈龍川。」

「我看就知道是炸龍串了啦！我是在問妳為什麼在吃？」

「攤販大叔說這很好吃。」

「這裡是敵地喲，敵地，是敵地的正中央耶。要是被人下毒的話該怎麼辦？」

米夏在「咕嘟」一聲吞下炸龍肉後說：

「我有在看。」

如果是米夏的魔眼，一般的毒物大概都會被輕易看穿吧。

「也有留莎夏的份。」

米夏把剩下的炸龍串遞給莎夏。

「我並不是覺得沒有我的份在生氣啦……」

「不要？」

米夏微歪著頭詢問。

「……我要。」

莎夏津津有味地大口吃著炸龍串。

「咯、咯、咯，還真是有意思的城市不是嗎？居然是靠著龍之力、神之力在生活，太有趣了。似乎會有令人雀躍的相遇呢。」

耶魯多梅朵一面「叩叩叩」地拄著手杖，一面毫不遲疑地朝著教會的方向走去。那是目前所看到的教會之中最大、造型最豪華的一間。

「那個，熾死王老師。請問你要去哪裡？」

娜亞從他背後跟了上去。

「咯咯咯，我對教會有興趣。生活在這個地底世界的龍人們擅長召喚龍與神，以及其他魔力優秀的魔法生物，特別是教會的聖職者還會持有盟珠，不論是誰都能運用自如的樣子。雖然地上也有召喚魔法，但果然還是他們略勝一籌吧。還真是讓人感興趣。」

「這樣啊。」

熾死王停下來轉身問道：

「妳要一塊兒來嗎，留校的？」

「……可是，我不會妨礙到老師嗎…………？」

「咯、咯、咯，我不可能會拒絕想要學習的學生不是嗎？不過妳要提高警覺，在地底沒人知道會發生什麼事。」

耶魯多梅朵帶著娜亞來到教會門前。

在敲門後，很快就有人開門，走出一名有著溫柔表情的龍人。根據亞露卡娜的說法，他身上穿著的法衣代表他是主教。

「是很面生的客人呢，請問有什麼事嗎？」

耶魯多梅朵拄著手杖堂堂正正地說：

「我是從地上來的，想要入信，這傢伙也一起。」

「咦咦——！唔咕……！」

娜亞大叫的瞬間，耶魯多梅朵就用手堵住了她的嘴。

「嗯、嗯——？」

「喂喂喂，別這麼驚訝，留校的。我不是才要妳提高警覺嗎？在地底沒人知道會發生什麼事，我說得沒錯吧？」

儘管困惑，娜亞還是頻頻點頭。

「咯咯咯，真是個懂事的學生。」

在放開娜亞後，耶魯多梅朵轉向主教。

「抱歉讓你久等了，一點問題也沒有。」

「就算你一句話就說要入信，也不是這麼簡單的事。必須接受嚴格的戒律與嚴苛的修行才行。」

耶魯多梅朵露出從容的笑容，就像在說他早就知道了一樣。

「我請教你，如今在你眼前的道路分成荊棘之道與平穩之道，請問你會選擇走上哪一條道路？」

「咯、咯、咯，我要選擇在荊棘之道上放上蠍子、叫來猛獸，強行帶來邪惡之人與不信正義之人遊蕩，充滿著各種危險可能性的修羅之道。」

「…………」

主教的表情瞬間愣了一下，不過立刻就像是回過神來似的接著詢問娜亞。

「那麼，請問妳要選擇荊棘之道還是平穩之道？」

「……那個，我要選……平——」

「咯咯咯咯咯咯咯咯咯、咯、咯、咯！」

娜亞正要說出平穩之道的聲音被耶魯多梅朵的笑聲蓋過。

「……平穩——」

「咯————咯、咯咯咯咯咯咯咯！」

娜亞沉默下來，朝耶魯多梅朵看了一眼。

「是要跟著本熾死王一塊兒同行的荊棘之道，還是獨自一人前往的平穩之道，妳要走上哪一條道路啊，留校的？」

娜亞垂下頭說：

「……荊、荊棘……？」

隨後主教一臉凝重地點頭。

「對於為了向神奉獻生命而登門之人，我們應當伸出救贖之手吧。兩位請入內，首先要請你們接受盟珠的洗禮，只要你們的祈禱能傳達天聽，領受到召命的話，我們也會授予你們神職。」

主教走進教會裡。

「咯咯咯，這不是很順利嗎？要取得盟珠，入信成為聖職者是最快的方法。」

「……可、可是，這下該怎麼辦，老師？要是真的成為吉歐路達盧的信徒，感覺會有很多問題耶……」

「喂喂喂，留校的。妳以為我是誰啊？」

「呃、呃……是熾死王老師吧……？」

「沒錯。要是會懼怕神，是怎麼樣也沒辦法和那位魔王開戰的喔。雖然我被打得體無完膚就是了，咯、咯、咯！」

他毫不遲疑地走進教會。

娜亞茫然注視著他的背影。

「妳在幹什麼，留校的。趕快過來。」

娜亞追在咧嘴笑著的熾死王身後，也跟著進到了教會裡。

唔嗯，他在打什麼主意？雖然他目前為止並沒有做出可疑的行為，但也不能掉以輕心。

因為只要熾死王有那個意思，就會比教皇還要難以對付。當然，畢竟是那傢伙，也可能只是單純感到好奇，但還是去警告他一下吧。

「怎麼了嗎，阿諾斯？」

「莎夏、米夏，跟我來。」

米夏點了點頭。

「是沒問題啦。」

在我邁開步伐後，艾蓮歐諾露與潔西雅就靠過來。

「大家要去哪裡？我們也能跟去嗎？」

「無妨。」

我站在耶魯多梅朵進去的教會門前敲門。

過了一會兒，方才的主教走了出來。

「……請問這位旅客有什麼事嗎？」

「我想入信，選擇荊棘之道。」

§9 【盟珠的使用方式】

我們被帶到教會地下的一間圓形房間，以等間距燃燒的篝火營造出莊嚴的儀式氛圍。

先入內的兩人也在這裡。

「啊，阿諾斯大人……！」

一看到我來，娜亞就驚叫出聲。

「哦？是熟人嗎？」

對於主教的詢問，耶魯多梅朵揚起嘴角回答：

「咯咯咯，也沒什麼熟不熟的，這個男人是我們國家的魔王。」

「……魔王？」

主教就像不曾聽過似的歪頭表示困惑。

「不好意思請原諒我見識淺薄，敢問您是來自哪一個國家？」

主教這樣詢問我。

「迪魯海德。」

「居然回答了……」

莎夏小聲發著牢騷。

「歡迎您遠道而來，這也是神的引導吧。」

或許是認為迪魯海德是地底世界的小國吧，主教並沒有表現得很在意。

也就是說知道迪魯海德的就只有樞機主教等一部分教團的人，還有與那場侵略作戰有關的人吧。

「接下來『全能煌輝』艾庫艾斯會授予走在荊棘之道上的信徒盟珠的洗禮，請各位看向眼前的神的篝火。」

主教以莊嚴的語調說。

我朝篝火看去，在火焰中飄著一個鑲有透明水晶的戒指。

「能看得到吧？在神的篝火中的是叫做盟珠的戒指。我想各位也知道，盟珠自古以來是我們龍人在與神、龍等存在締結盟約時所使用的物品，在吉歐路達盧的教義之中是能將祈禱傳達給神的神具。」

主教用左手蓋住戴在右手上的盟珠戒指獻上祈禱。

「把手伸進這座神的篝火裡取出火中的盟珠，即是信徒的洗禮。唯有被天命選上之人，才能不被燙傷地取得盟珠，而通過洗禮之人將能進行召命儀式。」

唔嗯，是以魔力形成的火啊？只要稍微展開反魔法就不會被燙傷。也就是能進行召命儀式的人，是以魔力的有無來篩選。

「能進行召命儀式的人據說每十人就會有一人，在你們之中說不定也有被天命選上的信徒，還請伴隨著祈禱試著拿拿看吧。」

也就是擁有能施展召喚魔法的魔力之人，就連在龍人之中也是每十人才會有一人啊？就比例來說是高於人類，但低於魔族吧。

「有人失敗會比較好嗎？」

莎夏問道。

「沒什麼，妳不用在意。就可能性來說這也不是不可能的事。」

我隨手伸進篝火裡取出盟珠戒指。

「哦哦……！太厲害了，居然完全沒被燙傷。您毫無疑問是被天命選上——嗯嗯？」

艾蓮歐諾露毫髮無傷取得了盟珠戒指。

「很簡單喔。」

「……潔西雅也……被天命選上了……」

主教目瞪口呆地注視著兩人。

「……一次通過了三人，今天到底是怎麼回——什麼……！」

米夏與莎夏也一樣沒被燙傷地取得盟珠。

「……五、五個人……」

「咯咯咯！這不是很簡單嗎？」

耶魯多梅朵取得盟珠，娜亞也下定決心地把手伸進篝火裡。

她雖然是魔王學院之中的劣等生，但畢竟是能就讀魔王學院的學生，沒有被這點程度的火燙傷，輕易取得了盟珠戒指。

「……好耶……」

娜亞就像鬆了口氣地說。

主教一臉震驚地看著我們全員取得盟珠。

「居、居然全員都被天命選上……今天到底是什麼樣的日子啊……沒想到我會有這麼一天目睹到這樣的奇蹟。喔喔，神啊，『全能煌輝』艾庫艾斯啊。感謝這美好的命運。」

主教一副難掩興奮之情的模樣向神獻上祈禱，彷彿在訴說他見證到了數百年一度的奇蹟一般。

「那麼就開始召命儀式吧。請各位看向這裡。」

主教把自己的右手伸進篝火裡。他用手畫圓後，盟珠戒指就溢出火焰形成一道魔法陣。

「這是使用盟珠的基礎，『使役召喚（riterude）』的魔法陣。藉由施展這個魔法，信仰虔誠的聖職者能讓龍與神降臨此地，甚至還能加以使役。不過神是擁有完全之力的『全能煌輝』的尊手，沒辦法這麼輕易地締結盟約。」

雖然很接近地上的召喚魔法，但根本結構有著些許不同，只有「使役召喚」的魔法術式無法讓召喚成立。這打從一開始就是以盟珠為前提的魔法。

「請跟我來，首先要說明召喚神的使者——龍的方法。」

主教站在畫在地面的魔法陣上，等我們移動過去後就注入魔力，忽然進行了轉移。

轉移到的場所比方才的房間還要深入地下，是個天花板高聳的廣大空間。

「這裡是進行召命儀式的召命之間。如果你們能用自己的盟珠成功施展出『使役召喚』，你們就會從那一天起領受到召命——也就是會經由神得到為神效力的使命。」

這個廣大空間是為了施展召喚魔法所設置的啊？假如在狹小的室內召喚龍，龍也會擠不進房間裡吧。

「在上古以前被帶來地底的盟珠，經由神的秩序擁有召喚六種龍的力量，分別是力與火的『力龍（deiro）』、擅長飛行與轉移的『飛龍（shita）』、堅實的『堅龍（garono）』、治癒與恩澤的『惠龍（furon）』、隱匿的『隱龍（pisuta）』，以及束縛拘束的『縛龍（dogu）』。」

主教仔細說明盟珠的用途。

「在以『使役召喚』召喚龍時，據說不是召喚身處在這個地底的龍，而是經由盟珠開啟通往神界之門，隨侍於神的龍就會作為神的使者降臨地底，得到適當的血肉之軀。」

主教一面展現盟珠戒指一面說：

「經由『使役召喚』，作為神的使者的龍將會來到地底，豐富人們的生活。龍是維持我們生活的使者，是守護我們的家、養育我們的血肉，也是載運我們的雙腳。而讓神的使者降臨此地，握有開啟神門鑰匙的人，就是領受召命的聖職者。」

這與其說是召喚龍，不如說是召喚龍的根源，所以才能以「附身召喚（azeputo）」讓龍之力附在身上吧。

也就是「使役召喚」的術式會讓盟珠給予根源肉體嗎？盟珠似乎是最初的代行者，也就是擁有神的秩序之人所給與的東西，所以這不是不可能的事。

這就是瀕臨滅絕的龍會再度增加的原因吧。也就是擔任著不讓龍完全滅絕，或是不讓龍人完全滅絕的秩序，即盟珠與地底的召喚魔法。

「據說召喚魔法不是根據魔力的多寡，而是藉由擴張魔力的器皿讓自己能召喚更加強大的龍。首先就讓我來為各位示範吧。」

主教將魔力注入盟珠戒指之中，隨後戒指上的水晶內側就接連畫出魔法陣層層疊起，在主教面前竄出巨大的火焰。火焰中能隱約看到龍影。

「『使役召喚』．『力龍』。」

火焰突然散去，從中出現一頭巨大的龍。

大概是因為在主教的支配之下吧，龍沒有要襲擊人的感覺，乖乖地待在原地。

「好了，請先試著召喚看看吧。我知道你們還什麼都不懂，但請放心吧，召命儀式不論要進行幾次都行。一次就能成功的人，據說每一百人之中才會有一人，是特別困難的儀式。你們就當今天是召命開始的日子，稍微感受一下神聖的神的尊手就好——」

主教目瞪口呆地說不出話來。

因為米夏與莎夏在盟珠內側畫起魔法陣後，就隨即竄起火焰，浮現出龍影。

「雖然是首次施展的魔法，但這樣算是順利嗎？」

「我覺得沒問題。」

火焰散去後，出現的龍比主教召喚的還要大上一倍。

「……這是……！沒想到首次召喚就能超越我的龍……而且還一次兩位——！」

露出驚愕表情的主教在下一瞬間把眼睛張得更大。

因為再度竄起兩道火焰，艾蓮歐諾露與潔西雅施展「使役召喚」召喚出龍。

一樣比主教的龍還要巨大。

「嘻嘻，很順利喔。」

「……大大的……龍……」

兩人心滿意足地仰望著龍。

「……四、四個人……今天到底是……到底是什麼樣的日子啊，『全能煌輝』艾庫艾斯啊……您究竟要引導我前往何方——！」

眼前的光景讓他茫然地站在那裡。因為耶魯多梅朵召喚的龍巨大到頭會頂到廣大房間的天花板上。

「……多麼巨大的龍啊……這就跟活了千年以上的龍差不多……」

「好啦，留校的。妳也試著召喚看看吧。」

「…………是……！」

娜亞在盟珠裡畫起魔法陣，施展「使役召喚」。

她眼前竄起小小的火焰。

火焰中心浮現出龍影，只不過以幼體的龍來說也非常小型。等到召喚火焰散去後，那裡飄浮著體型相當於貓的龍。

「……雖、雖然很小隻，但我勉強成功了……」

或許是因為體型跟其他的龍相差太多了吧，娜亞有些恐惶地說。

不過耶魯多梅朵倒是很感興趣地走近那頭龍。在離小龍很近的距離停下腳步後，他就像輕視般地看著小龍的全身。

「這不是從未見過的龍嗎？」

正當他這樣喃喃低語時，小龍「咕」的一聲發出叫聲，張開了嘴巴。

「咦……？」

霎時間，召喚出來的六頭龍被透明的魔力球包住身體。這些魔力球的內側扭曲變形後，魔力球眼看著越來越小，龍的身體也跟著一起縮小。

一下子就變得跟棒球差不多大的魔力球，就像被吸過去似的飛往小龍的嘴邊。

小龍「啾」地叫了一聲，把魔力球一口吃掉。本是綠色的龍鱗變得略帶點紅色。

「……把龍吃掉了……？不對，龍吃龍這種事……我從未見過也從來沒聽說過……」

主教就像跟不上事態發展一樣地驚訝不已。

「唔嗯，召喚到很奇特的龍呢。」

我注視著娜亞召喚的龍，確實跟其他的龍不太一樣。

就連兩千年前也沒有這種個體，而且牠在吃掉龍之後，鱗片的顏色就變了。

「也吃吃看我召喚的龍吧。」

我一面在盟珠內側畫起「使役召喚」的魔法陣，一面警告呆站在那裡的主教。

「吉歐路達盧的主教，那裡說不定會很危險喔。畢竟這是我第一次施展的魔法，不懂要怎麼控制威力。」

「……喔喔……喔……」

主教就像終於回神似的說：

「不、不會的。召喚火焰即為了給予血肉的授肉火焰，絕對不會燒傷我們聖職者。」

「絕對不會嗎？」

「是的，絕對不會。這是神的秩序所帶來的守護。」

儘管我不這麼覺得，但或許有著我所不知道的內情在吧。

「為了以防萬一，你還是小心一點。說不定會死喔。」

「請放心吧，我有神的加護在。然後也請你務必要理解，懷疑神的加護對吉歐路達盧的信徒來說，是比死還必須要避免的事。」

「這樣啊，是我多管閒事了。」

俗話說入境隨俗，既然他的信仰如此虔誠，我也不會再多說什麼。

我將魔力注入魔法陣後，眼前就竄起火焰，並隨著火勢激烈地不斷增強，在眨眼間膨脹成巨大火柱。

「這、這怎麼可能……召喚火焰居然會燃燒得如此激烈……唔、喔、唔喔喔喔喔喔喔喔喔喔喔喔喔喔喔喔喔喔喔喔喔喔喔喔喔喔！」

看到火勢增強到足以充滿整個室內的召喚火焰，主教大叫起來。

我在他的周圍展開反魔法擋住召喚火焰。

「給我老實待著，果然會燒到你的樣子。」

即使勸告他，主教也還是戰戰兢兢地來到反魔法的外側。

「……請放心，我是不可能會被燒傷的。就算火勢看起來很強，召喚火焰也不會審判聖職者，是授肉的火焰……」

「等、等等……阿諾斯！整個室內都很危險啊……」

「地底的魔法有點不太一樣啊。即使調整魔力也不太能控制威力。大家就都別死，好好擋下來吧。」

「咯咯咯咯！真・不・愧是你不是嗎！讓人深深感到你是暴虐魔王，這樣才是阿諾斯・波魯迪戈烏多啊！」

「主教大叔燒起來了。」

米夏喃喃說道。

明明就叫他老實待著了。

「我施展了『復活（ingaru）』喔。」

艾蓮歐諾露及時幫他復活。

就在這時，爆發到極限的火焰忽然散去。

眼前出現一頭深紅色的龍——的前腳。太過巨大的身體突破地下的天花板、撞毀教會，把頭伸出了地面。

被撞毀的岩盤與建築瓦礫「嘎啦嘎啦」地從頭上灑落下來。

「那麼娜亞，就讓那傢伙吃吃看這頭龍吧。」

「咦？這、這麼大頭的龍嗎？」

娜亞茫然仰望著看不見全貌的巨龍。

「既然能縮小的話，那這頭龍也吃得掉吧？」

「……啊，是的……可是，那個，不好意思，我該怎麼做才好呢……」

娜亞不太清楚要怎樣使役召喚龍的樣子。

就在她露出傷腦筋般的表情後，小龍就「咕」地叫了起來。透明的魔力球隨即覆蓋住深紅之龍，不過才覆蓋到一半就像泡泡般破掉消失了。

小龍「啾」的一聲發出有點難過的叫聲。

「唔嗯，到底還是不行啊。」

真紅之龍稍微扭動身體就發出「轟隆嘎啦」的巨響，使得教會被破壞得更加嚴重，無數的瓦礫灑落下來。

「等、等等，阿諾斯！快給我想想辦法啦！再這樣下去會全部塌下來！」

「妳不用這麼擔心。」

我注視著深紅之龍下達命令。

「給我飛到不礙事的地方。」

「嘎啊啊啊啊啊啊啊啊啊啊啊啊啊啊啊啊啊啊啊啊啊啊啊！」

在發出巨大咆哮聲後，地下的天花板與上層的建築物部分就被震得粉碎。那頭深紅之龍一面撞破地面，一面展開莊嚴的翅膀朝著地底的天空飛走了。

「唔嗯。」

教會被毀得沒有留下半點痕跡，讓地下室變成直達地面的挑空設計。

「看吧，這樣就不會塌了。」

「你是笨蛋嗎！」

§10 【神的容量】

龍「咕嚕嚕」地叫著，在娜亞身旁飛來飛去。

「咦！呀！呀啊啊……請、請別過來！……別過來……」

娜亞怕得東逃西竄，但小龍就像在跟她玩似的不肯離開。

「別這麼害怕，留校的。牠不是妳召喚出來的龍嗎？」

耶魯多梅朵說。

「可、可是，老師。這頭龍完全不肯聽我的命令啊！」

「咯咯咯，總之妳就停下來吧。」

「咦咦……可、可是……」

「好了、好了，妳就停下來看看。牠看起來不是沒有敵意嗎？還是說妳想就這樣逃一輩子呢？嗯？」

娜亞就像下定決心似的停下腳步。在小龍朝著自己飛來後，她緊緊閉上眼睛。

在「咕嚕嚕」地叫了一聲後，龍停在娜亞的肩膀上。

「啊……」

她鬆了一口氣，安心下來。

「妳召喚出一頭很有意思的龍不是嗎，留校的？吃龍的龍，就連魔王都沒看過的龍。」

耶魯多梅朵走近龍，用魔眼（眼睛）直盯著凝視，然後把自己的手指遞到牠嘴邊。

「牠也會吃魔族嗎？發出剛剛的魔法球看看。」

「咦、咦咦！太、太危險了啦！老師！」

「咯、咯、咯，我就只是要試著餵牠吃手指不是嗎？」

熾死王在用指尖輕輕敲著龍嘴後，小龍就伸出小舌頭舔起他的手指。

「這樣啊、這樣啊。魔族不合你的胃口呢，托摩古逸（同類相食）。」

「托、托摩古逸是什麼？」

「是這傢伙的名字。妳想自己取嗎？」

娜亞連忙左右搖頭。

耶魯多梅朵「叩」的一聲撐起手杖，探頭看著她的表情。

「哎呀哎呀，這不是變得很有意思嗎，留校的？妳接著要不要試著召喚神看看啊？」

「咦，啊，好的……………咦？召、召喚神？要我召喚神嗎？」

娜亞一臉困惑地回看著熾死王。

「請、請等一下。召命已經達成，你們確實正式得到了吉歐路達盧聖職者的資格，但是要召喚神可就不是這麼簡單的事了。」

茫然自失的主教連忙喊道，他就連自己方才曾經死過一遍的自覺都還不清楚吧，但還是為了善盡職務而說明起來。

「在入信後要學習各種教義、跨越試煉，然後才總算能學習召喚神的『使役召喚』術式，得以進行盟約儀式。就算能進行盟約儀式，實際上能召喚出神的也只有少數被選上的信徒，你們現在甚至不被允許學習召喚神的方式。」

主教做出祈禱的動作繼續說明：

「我已經十分清楚你們有多麼受到神的寵愛，因此只要持續加深信仰，應該就絕對能與神締結盟約。就讓我們一同學習，一起走在信仰的道路上吧。」

主教以虔誠的表情看來。

熾死王愉快地發出「咯、咯、咯」的笑聲。

「無所謂、無所謂，無所謂喔。反正盟珠已經到手了，之後我們怎麼樣都有辦法解決不是嗎？既然你不願意教我們召喚神的『使役召喚』魔法術式，那我們就只要重新創造一個就好了。」

「……不可能做得到這種事……」

主教語帶驚訝地說。

「當然，當然！本熾死王確實不可能做得到這種事！」

主教鬆了一口氣；然而耶魯多梅朵咧嘴笑著說：

「但魔王就另當別論了喔。」

熾死王邊說邊朝我看來。

「你很在意不是嗎？嗯？」

他側眼看向娜亞。

確實就如熾死王所說的，有一點讓我很在意。

那頭同類相食的龍明顯有著跟尋常的龍不同的性質，那麼召喚出這種龍的娜亞就很有可能擁有某種適合召喚魔法的才能。

「那我就試試看吧。」

我在主教面前畫起魔法陣。

「這就是召喚神的『使役召喚』魔法術式。」

一看到這個魔法陣，主教就像驚恐似的瞪大眼睛。

「……怎……怎、麼、可、能…………」

很勉強似的發出聲音。

「……你是從何得知這個術式……不對，你不可能會知道……那就真的是當場創造出來的，不對，這種事怎麼可能…………？」

主教就像不知所措似的不斷自問自答。

「這沒什麼大不了的。只要知道盟珠的事與召喚龍的『使役召喚』魔法術式，以及之後還必須要締結盟約的話，就自然能導出術式的最佳解答。」

而且就連召喚亞露卡娜的「神座天門選定召喚」，術式的基本結構也沒有改變的樣子。

「順道一提，這是『附身召喚』。」

我試著畫起另一個魔法陣。

「……啊…………就連『附身召喚』都…………！」

主教倒抽一口氣似的不經意說：

「居然有這種事……難不成真的能召喚……啊啊，不過就算知道魔法術式，在召喚神之前必須先跟神締結盟約。跟召喚龍不同，就算施展魔法也不可能會出現……」

我筆直走到耶魯多梅朵身旁。

輕輕地抬起右手，就這樣貫穿了他的左胸。

「……呃……！」

「阿、阿諾斯大人……咦，為、為什麼要殺掉老師……」

娜亞就像陷入混亂似的看著我。

「……咯咯咯，別驚慌，留校的。本熾死王的神體必須在秩序受到危機時才能發揮的樣子……」

耶魯多梅朵吐血笑道。

「仰天吐沫的愚者，就接受違背秩序的懲罰，瞻仰神的姿態吧。」

這是諾司加里亞之前曾經說過的話，是引發奇蹟的神的話語。熾死王的身體籠罩起耀眼光芒，魔力超乎常規地爆發開來。

「咯咯咯咯！」

耶魯多梅朵的身體逐漸改變，頭髮染成金黃色，魔眼(雙眼)發出有如燃燒般的紅光，背上聚集起魔力粒子形成光翼。

震耳的地鳴聲響起，地底震動起來。他光是存在於此，就讓空氣炸裂、世界震盪。

宛如帶有質量的龐大魔力，真正的神在此現身。
「……這究竟是……『附身召喚』……不對……他沒有施展魔法……」
主教將魔眼朝向那個形體，心驚膽顫地說：
「該不會、該不會、該不會該不會該不會該不會……！」
他的內心受到非比尋常的衝擊。
「該不會是神吧……！上天派遣下來的神居然降臨此地……喔喔，這是何等奇蹟……！何等僥倖……！『全能煌輝』艾庫艾斯啊……還請告知信徒祂是什麼樣的神……」
就像目睹到今日最大的奇蹟一般，主教當場跪下，不停地獻上祈禱。
「老、老師長出翅膀了……」
娜亞在看到耶魯多梅朵後，忍不住說出這種感想。會只有注意到外觀，是因為她的魔眼無法看出熾死王現在的魔力吧。
「咯咯咯，留校的。我篡奪了某尊神的力量。簡單來說呢，本熾死王耶魯多梅朵是有如神一般的存在。」
「……咦，熾死王老師是神……嗎……？」
娜亞好像跟不上話題的樣子。
「沒錯，就讓妳見識一下證據吧。」
耶魯多梅朵拿起大禮帽在手上拋接起來，隨後大禮帽就分裂成四頂。
「咯咯咯，去吧。」

他接二連三丟出這四頂大禮帽。在飛了一會兒後，大禮帽就突然在空中停下。

「遵循天父神的秩序，熾死王耶魯多梅朵在此下令。誕生吧，四個秩序，守護常理的守護神啊。」

四頂大禮帽閃閃發亮地撒下大量有如碎紙花與緞帶的光芒，彷彿變魔術一般眼看著形成神體。

四尊守護神誕生。

手持兩根手杖，頭髮異常地長的幼女——再生守護神奴帖菈・都・希安娜。

長著翅膀的人馬淑女——天空守護神雷織・娜・依魯。

背上背負著巨大盾牌的彪形大漢——守護守護神傑歐・拉・歐普托。

持有槍、斧、劍、矢、鐮等數十種刀刃的黑影——死亡守護神阿特洛・劫・西斯塔邦。

「……嘎……嘎……啊……」

懷著太深的敬畏，主教已經連話都講不好的樣子。

「……讓秩序誕生的秩序……將『全能煌輝』艾庫艾斯的光綻放得最為耀眼的神……天父神諾司加里亞……！」

唔嗯，看來那隻蟲子在地底這裡的地位相當崇高的樣子。

「喔喔……喔喔喔喔喔……我的天啊……！我居然……居然能有一天活著親眼瞻仰天父神……喔喔喔喔喔喔！」

感動不已的主教當場跪下，淚流滿面。

「咯、咯、咯，這不是很順利嗎？那麼，留校的。妳就試著跟祂們締結盟約吧。」

「盟、盟約，這個……是要和這些……？」

娜亞誠惶誠恐地看向守護神。

死亡守護神阿特洛．劫．西斯塔邦露出紅眼，嚇得娜亞輕顫一下。她就像逃跑似的躲到耶魯多梅朵的背後。

「我、我覺得不行耶……」

「哎呀哎呀，行的，妳應該行的，因為妳是我的學生啊。這些守護神要說的話就是我的孩子，祂們非常聽話，不可能不回應妳的盟約。來，就當作是被我騙一樣試試看吧。」

娜亞戰戰兢兢地點頭，將盟珠戒指朝向守護神們。

「我、我該怎麼做……？」

「祂們不懂話語，妳就在心裡想，要祂們締結盟約，成為自己的召喚神。說不定會提出什麼條件來，但妳總之就先立刻答應吧。」

「……我、我知道了……」

娜亞向前走出幾步，向守護神們一面心想著一面說：

「……不、不論祢們有什麼要求我都答應，能成為我的召喚神嗎？」

數秒的沉默。

隨後守護神們就「劈啪劈啪」地爆發強大魔力。伴隨著光，四尊神的輪廓扭曲，彷彿升天似的當場倏地消失無蹤。

「……呃、呃…………？」

不知道發生什麼事的娜亞愣在那裡，另一方面熾死王則是心滿意足地笑了。

「這不是成功了嗎？妳就召喚看看吧。」

娜亞點點頭，將魔力注入盟珠戒指。

「使、『使役召喚』……！」

她的盟珠「轟」的一聲點燃火焰，畫在內部的「使役召喚」立體魔法陣將締結盟約的守護神召喚出來。伴隨著「劈啪劈啪」的聲響，四道光聚集在眼前。

「……這、這是…………！」

彷彿要在今天之內把一輩子的驚訝用光似的，主教再度激烈地感到驚愕。

「什麼……不僅與四尊神締結了盟約，還同時召喚出來了嗎？……這種事頂多只有被選定神選上的八神選定者能做到啊……而且說到底，盟珠召喚一尊守護神就已是極限，要召喚出更多的神照理說會承受不住，盟珠會粉碎才對……！」

與主教的預期相反，光芒眼看著逐漸化為實體，然後在娜亞面前出現方才締結盟約的四尊守護神。

「……是奇蹟……神啊……您今天要讓我見證多少奇蹟啊……喔喔喔、喔喔喔喔喔喔喔喔喔……」

彷彿得到天啟似的，主教再度嚎啕大哭起來。

「……我、我成功了嗎…………？」

「原來如此。原來如此、原來如此，原來如此啊。我明白了喔，留校的！」

耶魯多梅朵露出至今從未有過的興奮表情，用手杖猛然指向娜亞。

「明……明白什麼了……？」

「就是妳的可能性。妳確實缺乏魔力。如果將根源比喻成容器、魔力比喻成水的話，妳的容器簡直就跟空的一樣！因為本來要從根源溢出的水一點也沒有溢出來！」

「……………是的……」

娜亞一臉沮喪地垂下頭。熾死王抓住她的下頷，硬是把她的臉抬起來。

「咯咯咯，妳在消沉什麼啊？真是搞不懂妳，我這不是在稱讚妳嗎？妳的根源確實沒有溢出魔力，但是那個根源的容量無比廣大，而且相當優質，甚至在召喚了四尊守護神之後都還有餘裕啊。」

「呃……」

「我的意思是妳很適合召喚魔法。儘管自己的魔力貧乏，但既然有這麼廣大的容量，那只要從外頭滿滿地注入就好。」

如同熾死王所說的，地底的召喚魔法所必要的似乎是根源的空隙，所以我在方才召喚龍的時候，就算調節魔力也沒有太大的差別。

因為我的容量大小並沒有改變。

「使役召喚」與「附身召喚」是將魔力沒充滿的根源容量中可說是空白的部分，以與神的盟約以及召喚時的術式填滿；然而大部分的人沒有這麼多的空白容量，所以是以盟珠作為容器。

隨著締結越多盟約、召喚越多對象，容量就會耗盡。要是超過極限的話盟珠就會粉碎，然而娜亞就算不使用盟珠也擁有足以容納的根源空間。

「娜亞，跟本熾死王締結盟約。只要妳願意當我的部下，我就成為妳的神，為妳實現願望吧。」

「唔嗯，很有趣的嘗試呢，熾死王。」

我走到他面前說：

「確實只要這麼做的話，說不定就能擺脫我的『契約』。」

只要施展「使役召喚」或是「附身召喚」讓他的力量成為娜亞，天父神的秩序也會隨她所用。

由於「契約」不會作用在娜亞身上，所以就算反抗我也沒有問題。

「咯咯咯，有什麼問題嗎，暴虐魔王？就算我的力量成為娜亞的東西，她也還是魔王學院的學生不是嗎？」

熾死王挑釁似的說。只要娜亞沒有背叛迪魯海德與暴虐魔王，就算讓她變得能召喚天父神的秩序也不會有任何問題。

「唔嗯。」

魔王需要敵人——這是熾死王再三說過的話。他說不定想在不違反契約的情況下將娜亞培育成我的敵人。

只不過——

「娜亞。」

「……是、是的……」

娜亞就像很緊張似的連忙立正站好。

「妳覺得熾死王是個什麼樣的人？」

她在想了一下後說出回答。

「……那個，我覺得他是位非常好的老師……只要跟著熾死王老師學習，說不定就連這樣子的我有一天也能為了迪魯海德做出貢獻……」

我點了點頭向娜亞說：

「沒錯，迪魯海德沒有比熾死王更優秀的教師。妳就拚命地跟上他的腳步吧。他絕對會引導妳邁向目標。」

她開心地綻放笑容。

「妳就相信他，作為學生好好努力吧。然後妳要是覺得感恩的話，就以成長來回報他的栽培。」

「……是！……」

娜亞喊出開朗的回答。

看到她這樣子，熾死王就像非常愉快似的揚起嘴角。

「……咯咯、咯咯咯、咯咯咯咯咯！咯～咯、咯、咯！」

他的笑聲在地底的天空下響徹萬里。

「真不愧……真不愧是暴虐魔王啊！沒想到你別說是睜一隻眼閉一隻眼了，竟然還想鼓勵本燼死王去這麼做！啊啊，這正是……這正是就連這身神力都能輕易凌駕的世界之王所說的話啊！」

他緊緊握拳，得意洋洋地喊道：

「絕不退讓、絕不膽怯，將一切從正面制伏然後勝利。簡直是暴虐、簡直是魔王，阿諾斯．波魯迪戈烏多！沒錯、沒錯、沒錯，假如不這樣怎麼行呢！你果然是最棒的！」

聚集在背上的光翼大放光明，耶魯多梅朵莊嚴地讚揚我。

「既然如此，那麼本燼死王就全力回應你的期待吧！」

耶魯多梅朵拄著手杖看向娜亞。

「好啦，好啦好啦好啦！娜亞，把那些守護神收回去吧。要與我締結盟約，到底沒辦法再繼續召喚祂們了。」

「呃、呃，回、回去吧！」

娜亞儘管這樣下令了，但守護神們毫無動靜。

「……奇、奇怪？請、請回去吧！……」

雖然有著召喚神的容量，但操縱神的魔法還不成熟啊。

「就授予妳神的話語吧，留校的。妳做得到。妳是不可能做不到的不是嗎？」

燼死王的話語帶有魔力，給予娜亞祝福。隨後盟珠就突然閃耀起來，像是在實行方才的命令一樣，守護神們消失在光芒之中。

「來吧，這樣就行了。說出妳的願望，讓我們締結盟約吧。」

「……咦，就、就算要我說出願望……？」

娜亞低著頭，傷腦筋似的笑了起來。

「咯咯咯，妳儘管說。我就實現妳的一切願望吧。」

「……那麼就……」

娜亞抬頭對熾死王說：

「……那個……老師能一直當我的老師嗎……？」

耶魯多梅朵咧嘴一笑。

「我答應妳。娜亞，就讓本熾死王從萬物的真理到毫無用處的雜學，仔仔細細地灌輸在妳的腦髓、身體，還有天真的心靈之中吧！」

在熾死王以誇張的肢體動作這麼說完，他的身體就被光芒所籠罩。

等到光芒散去後，從神體恢復原貌的耶魯多梅朵就站在原處。

熾死王與娜亞的盟約成立了。

「話說回來，我有件事想要問你。」

我向茫然注視著耶魯多梅朵與娜亞的主教問道：

「要怎麼樣才能跟吉歐路達盧的教皇會面？」

不過他大概沒聽到我說的話吧，主教倏地從我眼前經過。

「喔喔……偉大的天父神……還有與這位神締結盟約，獲選的聖人啊……」

他跪在娜亞與耶魯多梅朵身前向兩人獻上祈禱。

「能與兩位相遇，讓我深深地感謝天命。倘若可以的話，能請兩位暫且聽我這個信奉神明的可憐信徒說幾句話嗎？」

娜亞不安地看向耶魯多梅朵，而他一如往常地說：

「喂喂喂，你可別誤會了啊。你這難道不是搞錯了該低頭的對象嗎？」

主教露出一臉錯愕的表情，茫然回望著熾死王。

「統治我的國家的王，是位在那裡的魔王，而我也是侍奉他的臣子。無視主君的存在，跑去向他的臣子低頭，這就是你們的禮儀嗎？嗯？」

主教滿臉困惑地說：

「……可、可是，神是立於王之上的至高存在，如果他是王的話，也是您授予他王權的吧？要是締結盟約的也是那位少女的話，身為信徒的我首先要向您低頭，我認為這是對神的禮儀。」

「咯咯咯，那你就記好了。魔王是立於神之上的存在。說到底，天父神的秩序也是那位魔王──阿諾斯．波魯迪戈烏多從諾司加里亞身上篡奪給我的。」

「什麼……」

主教一臉畏懼地看著我。

「立於神之上，奪取神力並且賜予他人的存在，這樣簡直就是『全能煌輝』艾庫艾斯不是嗎……」

主教走到我面前恭敬地跪下，同時獻上祈禱。

「蒙昧的我無法看見真實，所以我就相信神的話語吧。立於神之上的存在，魔王阿諾斯．波魯迪戈烏多大人。方才忘了自我介紹，我是吉歐路達盧的主教米蘭．艾姆．西薩拉多，還請您饒恕我方才的無禮之舉。」

「無妨，不過你放輕鬆吧。我不是艾庫艾斯，就只是地上的魔族，不值得你去信仰。」

米蘭默默地點頭。

「這樣啊。不過，就算您不是『全能煌輝』，您也依然是立於神之上的存在，我是不可能懷疑神的話語的。」

「那就隨你高興吧。」

「魔王阿諾斯大人，吉歐路達盧的教皇那邊我會去聯絡。要是沒有盟珠也能率領神的您說想要會面的話，即使是教皇也會欣然允諾吧。不過在那之前，能否請您聽我這個可憐的信徒說幾句話呢？」

「你說說看。」

主教繼續以祈禱的姿勢說：

「信仰著神、敬愛著神，為神獻上歌曲的信仰之國吉歐路達盧，如今出現了墮入邪教的愚者。他彷彿在冒瀆神明一般地貶低教皇、嘲笑信徒，到處否定著『全能煌輝』艾庫艾斯的存在。儘管這座城市裡不存在會真的相信這種話的不虔誠之人，但他頻頻阻撓各種祭禮儀式，已經無法再對他置之不理了。」

「唔嗯，那個墮入邪教之人的名字是？」

「是吉歐路達盧的前樞機主教——亞希鐵・亞羅波・亞達齊。由於他墮入邪教，所以遭教皇剝奪了洗禮名，如今的名字就只是亞希鐵。」

果然是他啊。既然被剝奪了洗禮名，也就是說他已經不再是聖職者了吧。

「他每逢祭禮之際就會出現並且冒瀆神明。儘管一度遭到逮捕，作為罪人被關進監獄，但他當時的模樣光是想起就讓人膽戰心驚。」

米蘭顫抖著說。

「發生了什麼事？」

「他彷彿遭到惡鬼附身一樣，夢囈似的不斷唸著『從夢中醒來吧，為什麼醒不來』，表情有如陷入瘋狂的惡魔。他那異常、詭譎的模樣讓信徒們感到忌諱，就連看都不敢多看一眼，於是他就趁著眾人別開目光之際逃走了。」

「雖說放鬆監視了，但怎麼樣也不覺得他能獨自逃跑啊？」

主教點了點頭。

「您真是明察秋毫。愚蠢的亞希鐵入信了蓋迪希歐拉的樣子。他們是信仰不順從之神的邪教徒，完全不曉得會做出什麼樣的事情來。」

原來如此。也就是他為了宣揚神並不存在而與異教徒聯手了。不過，我不覺得他能在我為他綁上項圈後這麼短的期間內就做到這種事。認為他打從以前就跟蓋迪希歐拉暗中有所勾結會比較妥當吧。

「吉歐路達盧教團正在追查亞希鐵的行蹤。別說是逃離這座城市，就連在民眾面前現身都應該有困難。照理說他會受到無食可吃，只能啜飲泥水橫死街頭的懲罰，可是這座城市明天要舉辦一個大型祭禮。」

儘管有辦法將亞希鐵逼上絕路、將他逮捕，但不想讓他妨礙祭禮儀式嗎？

「也就是想要我提供協助嗎？」

「……信徒不敢。這終究只是我的祈禱、祈願，一切全依偉大的神意。在傳達這份祈禱後，不論願望是否實現，皆為『全能煌輝』的安排。」

只不過，他們比我想得還要對亞希鐵一個人感到棘手啊。既然教皇是選定者，明明就能立刻收拾掉失去神的那傢伙啊。

是協助他的蓋迪希歐拉龍人有這麼難纏嗎？還是說，有什麼讓教皇無法行動的事情？

「你說的大型祭禮是？」

「是在吉歐路達盧每逢一百天就會舉行的聖歌祭禮。祭禮上會向神獻上神聖的歌曲以祈求地底繁榮，是吉歐路達盧最為神聖的祭神儀式之一。就唯獨這個祭禮無論如何都必須安然舉行才行……對於冒瀆神明懷著異常執著的愚者，應該會不顧危險地再度現身……」

「祭禮在哪裡舉辦？」

「會在吉歐路海澤的各地舉辦，不過唱聖歌的地點是在神龍靈地。那兒就離這裡不遠，請問要我帶路嗎？」

只要問亞露卡娜就知道位置了吧。

「無妨，與教皇的會談就交給你了。」

語畢，我就畫出將這個地下室與全毀的教堂整個覆蓋起來的魔法陣，施展「創造建築」將所有建築重新建造回來，澈底修復回原貌。

「喔……喔喔……這是何等奇蹟啊……這正是神的偉業……」

主教再度當場獻上祈禱。

「謹遵『全能煌輝』的意思。」

雖然有點不習慣他的用字遣詞，不過他應該會幫我製造會談的機會吧。

「那就明天再會，我把亞希鐵抓來作為給教皇的伴手禮吧。」

正當我要離開教會時，忽然想到一件事而停下腳步。

「話說回來，這附近有什麼不錯的住宿地點嗎？」

主教惶恐回道：

「……明天就是聖歌祭禮了，所以有許多巡禮者造訪吉歐路海澤，如今教會與旅館都早已人滿為患了吧。不過假如您需要的話，我會設法幫您空出房間來，請問需要幾間房？」

唔嗯，如果要空出房間，就變成要把其他巡禮者或教會人士趕出去吧。

「你無須這麼做。能在哪裡借塊空地嗎？就算是在地下也無所謂。」

「如果是附近的停龍場的話，那裡是我管理的土地，還請您自由使用。」

「這還真是感謝。就讓我心存感激地使用吧。」

「謹遵『全能煌輝』的意思。」

主教恭敬地低頭獻上祈禱。

在我們離開教會後，一名少女正在外頭老實地待著。

「亞露卡娜。」

在我叫喚後，祂就朝我看來。

「神龍靈地在哪裡？」

「跟我來。」

在我們尾隨著祂前進後，本來微弱的龍人歌聲就漸漸地聽得越來越清楚。

最後我們來到一處用土堆高的廣場。

中央處淺淺地挖出寬大凹洞，裡頭堆著巨大篝火。恐怕有數十公尺的那道火焰，是燃燒高高豎起的柱子所形成的。那應該是龍骨吧。

有一群人正圍繞著這座巨大篝火，齊聲唱著陌生的聖歌。

「咦？是愛蓮她們喔。」

艾蓮歐諾露指了過去。

「真的耶。她們在做什麼啊？」

莎夏露出疑惑的表情。

在祭壇前方，穿插在恐怕是吉歐路達盧的聖歌隊裡，粉絲社少女們跟隨著他們一塊兒唱歌。明明今天才首度聽聞吉歐路達盧的聖歌，她們卻完美地唱了出來。

不久後音樂結束，她們與對方的聖歌隊互相握手。

「真是美妙的歌聲呢，愛蓮。聽說妳們也是聖歌隊，請問是從哪裡來的？」

「我們來自迪魯海德，是位在天蓋對面的國家……」

愛蓮指著頭上。

「天蓋對面？」

聖歌隊的女性露出疑惑的表情。

「笨蛋！愛蓮。這是可以說的嗎？」

「啊、啊，對耶。那個……哈哈哈……」

愛蓮笑著蒙混過去後，聖歌隊的女性就露出微笑。

「真是有趣的人。我是吉歐路海澤聖歌隊的隊長伊莉娜・阿露絲・阿米娜。」

「我是魔王聖歌隊的愛蓮・米海斯。」

粉絲社少女們紛紛報上名來，與對方相互握手。

「妳們要是能夠再早一點來到吉歐路海澤的話，還真想請妳們在明天的聖歌祭禮唱來聖奉歌呢。」

「來聖奉歌……？」

「妳們不知道嗎？在聖地吉歐路海澤舉辦的聖歌祭禮中，會進行讓外來巡禮者為此地獻上新歌的儀式，就叫做來聖奉歌。」

朝著不斷「嗯嗯」點頭的愛蓮她們，伊莉娜繼續說明：

「這是以過去流傳到此地的聖人之歌成為了神，為了人驅逐災厄的事蹟作為起源，是聖歌祭禮中最為重要的儀式。新歌源源不絕地從聖地之外流傳進來，象徵著神正在守護我們，而這也是『全能煌輝』艾庫艾斯的意思。」

「雖然很難懂，但歌曲是神還真是棒呢。」

或許是很中意愛蓮的回答吧，伊莉娜嫣然一笑。

「雖然我想妳們不論身在城裡的何處都能聽到聖歌，但要是方便的話，明天請來這裡觀賞祭禮。願『全能煌輝』保佑妳們。」

伊莉娜這樣獻上祈禱。

粉絲社少女們惶恐地低頭回禮，從設有祭壇的舞臺上走下來。

「妳們在做很有趣的事呢。」

在我出聲搭話後，粉絲社少女們就像惶恐似的縮起身子。

「啊，阿諾斯大人……非、非常抱歉，我們擅自做了這種事……」

「這沒什麼，我不會過問自由行動的內容。不過妳們唱得還真好，這是第一次聽到的歌曲吧？」

「是的……不過是很好唱的歌曲。方才的伊莉娜小姐他們好像是這座城市的聖歌隊，在我們想說『這個人的歌聲好漂亮呢』在臺下觀看後，她就問我們『要不要一塊唱？』，邀請我們上臺了。」

所以她們才會一起唱歌啊。

「吉歐路海澤盛行歌曲。經由歌曲，龍人們進行著各式各樣的交流。」

亞露卡娜這樣說明。

「那個，請問明天也有自由時間嗎？」

「妳們想參觀聖歌祭禮嗎？」

粉絲社少女們點點頭。

「啊，不過那也要情況允許才行。假如真的有其他事情，我們也一點都不會在意。」

「這是難得能體驗吉歐路達盧文化的機會，妳們明天就全員一起來參觀吧。」

愛蓮當場綻放笑容。

「太好了！謝謝阿諾斯大人！」

粉絲社少女們開心地互相擊掌起來。

「不過，有一點妳們要注意。」

愛蓮一臉疑惑地注視著我的表情。

「因為我聽說有不良分子會過來阻礙祭禮。」

§ 12

【搖盪的記憶將夢境重疊，浮現於水面之上】

在自由行動結束後，我跟著魔王學院的學生們一起到處參觀吉歐路海澤這座城市。

除了神龍靈地之外，還有好幾個地方在焚燒篝火，那裡也有聖歌隊在為神獻上歌曲。

或許是正值許多外來巡禮者入城的時期吧，就連明顯是外來人的我們也沒有被人用可疑的目光看待，反倒還受到熱情歡迎。

我們隨便找家店用完餐後，便回到了停龍場。

我在停龍場畫起魔法陣，施展「創造建築」建造魔王城。由於現在畢竟是聖歌祭禮的時期，雖說獲得了主教的許可，但為了避免太過引人注目，我將樓層幾乎都埋在地面下，只有設置正門的一樓部分露出地表。

「最底層是教師專用，除此之外的房間你們就互相討論，挑自己喜歡的去用吧。」

在正門開啟後，學生們就魚貫進到魔王城內。

「儘管吉歐路海澤的治安好像不錯，但晚上行人應該會變少，因此禁止大家外出。我不會去救人。但要是這樣也無所謂的話，就隨你們高興吧。」

只留下這些警告話語後，我也跟著走進大門。

我站到設置在一樓部分的魔法陣上，跟過來的人有辛、耶魯多梅朵與亞露卡娜。我將魔力注入魔法陣，轉移到最下層。

「我會使用最後面的房間，剩下的隨你們高興。」

「遵命。」

辛在簡短回應後，就毫不遲疑地走到最後面房間的前一個房間把門打開。

如果是那裡的話，就能在萬一遭到敵襲時，阻止敵人侵入我的房間。

「那我就借用這間房間吧。」

耶魯多梅朵進到離我房間最遠的房間裡。

「你要睡哪裡？」

我詢問亞露卡娜後，祂便倏地指向最後面那一間房，與這座城堡不搭調的木門。

「那間房間有什麼意圖嗎？」

「為了一點餘興。想說試著創造出來，或許會想起什麼事情。就讓祢瞧瞧吧。」

我緩步走向最後面的房間推開房門。

房間裡頭也是木造的，空間並不大，日常用品與家具也都不是高級品，而是極為普通的款式。

我試著將那場夢境中看到的那棟與妹妹在森林裡一塊兒生活的房子重現出來。假如那是我的記憶的話，當時也是用「創造建築」建造的吧。由於忽然想起了這件事，所以我就開玩笑地試著重現這棟房子，但是並沒有特別讓我在意的地方。

「這是你在夢中看到的記憶？」

「好像是我與妹妹一塊兒生活的房子。」

亞露卡娜默默環顧屋內。

「這是為什麼呢？總覺得我認識這裡。」

祂倏地走向前去，碰觸通往其他房間的門。

「這裡是寢室？」

「沒錯。」

「有兩張床。」

亞露卡娜打開房門，一臉疑惑地注視著在屋內並排的兩張床鋪。

「話說回來，我還沒跟祢說妹妹的名字。」

我一站到亞露卡娜背後，祂就後仰著頭，彷彿仰望似的看著我。祂的白銀秀髮輕盈地搖曳起來。

「叫做亞露卡娜。」

祂一時語塞，然後又開口說：

「……為什麼跟我同名？」

「天曉得。如果兩千年前我們曾經相遇的話，或許祢曾是我的妹妹也說不定。」

亞露卡娜瞬間露出不可思議的表情，隨即再度看向前方，走進寢室裡。

祂在看到床鋪後朝我回頭。

「在我成為無名之神以前？」

「假如有可能的話，就只有這個可能性了。不過祢會感到疑惑也很有道理。究竟是因為什麼緣由才變成這樣，就連我也摸不著頭緒。」

我邊說邊走向床鋪坐在上頭。

「話雖如此，就算妳們是同名的不同人，也不是不可能的事。夢中的妹妹個性和祢相當不同。」

我朝著專心沉思的亞露卡娜看去。

「亞露卡娜，我先跟祢確認一件事。祢想要取回記憶嗎？」

「……如果這能拯救你的話。」

唔嗯，這是前提啊？

「看來祢真的是神呢。」

我躺在床鋪上仰望著天花板。

「祢應該是捨棄了自己的名字，說不定當時也想一起捨棄掉記憶。要是回想起來的話，祢不一定能再度恢復成無名之神喔。」

「……捨棄名字是我的罪吧。我給予了他絕望。」

那個他是指亞露卡娜在成為無名之神後沒能拯救的男人吧。

「不論那是什麼樣的過去，我都認為自己不該忘記。」

「要是不捨棄名字，祢就無法獲得人心。」

「你說得沒錯。然而如今在獲得感情之後，我想取回神名與記憶，因為這些是不該忘記的事情。」

正因為沒有感情，所以才能捨棄名字與記憶。

然後正是因為捨棄了名字與記憶換取到感情，所以才會再度追求自己已經失去的名字與記憶。

還真是事不從人願啊。

「這是你教會我的。這世上一定有著在取回神名與記憶後，也仍然不會失去感情的方法。然後持續拯救著人們，將會是我的贖罪。」

「既然祢心意已決，那麼這樣就好。」

亞露卡娜走到我身旁坐在床鋪上。

「搖盪的記憶將夢境重疊，浮現於水面之上。」

「這是什麼意思？」

「如果我曾是你妹妹，只要將我的夢境與你的夢境重疊，說不定就能猛然回想起來。」

原來如此。

「對你造成的負擔會變重。」

「無妨。假如這樣能讓我恢復記憶，你就試看看吧。」

「謝謝你。」

亞露卡娜就像跨坐在我身上似的跪在床上，把手輕輕放在我胸前。

然後就這樣將額頭抵在我的額頭上。祂的身體浮現魔法陣，身上的衣服在發光後漸漸地消失無蹤。

就在這時，房門被「啪咚」地用力推開。

「你、你們給我等等！」

亞露卡娜轉頭，發現莎夏與米夏就站在門口。

「因為有種不好的預感，所以跑來看看，祢這個不檢點之神！只要有我在一天，就絕不會讓祢做出這種違法亂紀的行為！」

「魔族之子，這是為了取回記憶的必要行為，沒有不檢點，而是神聖的；沒有違法亂紀，而是純潔的。」

「這我知道啦。可是阿諾話絕對會說：『難道祢以為要取回記憶，就必須要睡在一起嗎？』他絕對會這麼說！」

莎夏紅著一張臉滔滔不絕地說。

「哎，我確實不是辦不到，只不過非正式的魔法施展方式會讓精度下降，而且也很消耗魔力，並沒有得要特別避免睡在一起的意義。」

我這麼說完後，莎夏就沉默下來。

「別擺出這種臉來，我不會聽不進部下的建言。假如有什麼問題的話，妳就說吧。」

「……問題是…………」

莎夏低垂著頭。

「因為……」

她紅著張臉，就像勉強發出微弱聲音似的說：

「因為我討厭這樣嘛……」

「為什麼？」

當不知該怎麼說才好的莎夏閉上嘴巴後，米夏就像是對她伸出援手似的說：

「莎夏在擔心阿諾斯。」

「擔心亞露卡娜對我動什麼手腳嗎？」

米夏左右搖著頭。

「亞露卡娜是好孩子，可是擔心就是擔心。」

哎，我也不是不懂這種心情。會思考主君萬一發生什麼三長兩短，是作為部下理所當然的擔憂吧。

「既然如此，那時機正好。也讓夢境守護神給妳們看看過去吧。」

「……咦？」

莎夏愣愣地回看著我。

「既然擔心的話，就在一旁守候吧。然後順便也讓妳們看看夢境。只要直接觸及夢境守護神的秩序，當祂做出什麼可疑行為時，妳們也會察覺到吧。」

「……可、可是……這樣就……」

莎夏扭扭捏捏地，像是在打量我的意圖似的看過來。

「要一起睡？」

米夏問道。

「這樣就沒問題了。」

「你、你說沒問題……」

「不服嗎？」

「……也、也不是不服啦……」

莎夏滿臉通紅地低著頭。

「那就過來。妳要是肯陪在我身邊，我也會覺得很安心。」

「……是、是這樣嗎……？」

「是啊。」

「……這樣啊。原來如此。這樣啊……」

就像打定主意似的，莎夏「嗯」的一聲點點頭。

「……既然阿諾斯這麼說……那、那就沒辦法啦……」

儘管走得很僵硬，莎夏還是來到床鋪旁；米夏也小碎步地跟在她後面。

「那個，要、要怎麼做才好……？」

「躺在阿諾斯左右。」

亞露卡娜說。

聽從祂的指示，米夏輕輕坐到我的左側，然後「啪答」倒下。莎夏則來到我的右側，儘管全身僵硬也還是躺了下來。

米夏轉過頭，溫柔地微笑起來。

「怎麼了？」

「好像家人。」

「是這樣嗎？」

「嗯。」

亞露卡娜再度把額頭靠向我的額頭並且開口說：

「毫無隔閡，不分境界。」

亞露卡娜對全員畫起魔法陣，衣服被光芒所籠罩。

「等、等等，喂，這不是會讓人變全裸的魔法嗎？」

「停下反魔法。這只是要放進妳們的收納魔法裡。」

「我、我不是這個意思，被子呢？至少蓋條被子也好吧？」

亞露卡娜點了點頭。

「暖雪化為寢床。」

輕盈飄落的雪月花讓墊在我們底下的被子發光，變成一條薄布蓋在全員身上。

緊接著亞露卡娜的魔法發動，全員伴隨著光芒變得一絲不掛。

在米夏直眨著眼後，照明就忽然滅掉，只有掛在牆壁上的小油燈被她用魔法點亮。

我轉頭看向米夏的臉，她就小小聲地說：

「別看。」

她在害羞。總是面不改色的米夏很難得感到害羞的樣子。

「我知道了。」

我改看向上方的亞露卡娜，米夏則是躺著不動，直直地朝我看來。另一方面，莎夏別過頭去，全身非常緊繃。

「魔族之子。」

亞露卡娜呼喚莎夏。

「怎、怎樣啦？」

「身體放輕鬆，這樣沒辦法進入夢境。」

「……就、就算祢這麼說……是像這樣嗎……？」

莎夏試著要讓自己的身體放鬆，然而越是想要放鬆，身體就越是用力，讓整個人變得越來越緊繃。

「妳不需要這麼亢奮。」

我伸手抓住莎夏的頭，緩緩地讓她轉過頭來。

「呀……那、那個……怎麼……怎麼了……？」

「看著我的眼睛。」

她眼神筆直地盯著我的眼睛。

「…………好的……」

「妳是為我而來的吧？」

莎夏點頭。

「這讓我很高興喔。但妳不需要這麼亢奮，就跟往常一樣就好。反正不會發生什麼事，就只是看過去的夢而已。」

「……嗯。」

在我這麼說後，莎夏就像要守護我似的把額頭貼在我身上。儘管還有些僵硬，但已經相當放鬆的樣子。

「這樣可以了嗎？」

亞露卡娜點點頭，再度把額頭抵在我的額頭上。

「夜晚降臨，誘人入睡，搖盪的記憶使夢境重疊，浮現於水面之上。」

全員的身體被淡淡的透明光芒所籠罩。只要委身於誘人的睡意，意識就倏地遠離了。

§ 13　【說謊的朵菈】

那是夢境的後續——

亞露卡娜沉重地用雙手抱起木柴，搖搖晃晃地走向暖爐。

由大人來做的話是很簡單的作業，但以一個六七歲的嬌小身軀來說非常辛苦。

「嘿咻。」

她喊出聲音，把木柴放進熊熊燃燒的火堆裡。

屋外颳著暴風雪，屋內也非常寒冷。亞露卡娜一面裹起毛毯，一面在暖爐前伸手烤火。

這時玄關大門傳來「叩叩」的敲門聲。

亞露卡娜的眼睛突然亮了起來。

「哥哥！」

她興高采烈地迎向玄關，解鎖把門打開。

「咦……？」

一看到門後的男子長相，亞露卡娜立刻向後退開。

「……你是誰？」

那是個身穿藍色法衣的中年男子。那傢伙以憔悴、充滿瘋狂的眼神瞪著亞露卡娜。

「……我找到妳了，祭品之子……」

男子喃喃低語後，身後就出現兩名同樣穿著藍色法衣的男人。

就宛如幽靈一般。

「……我們要將妳獻上……」

「……作為神的祭品……」

「……來吧，我們要將妳作為供品獻上……」

亞露卡娜不斷退後，男人們進到屋內。

「不、不要……別過來……！」

即使亞露卡娜放聲大叫，男人們也依舊不以為意地朝她伸出手。

就在這時——

「呃……！」

木柴劃過空中，以撕裂空氣的速度直擊男人們的後腦勺，讓他們當場跪倒在地。

「唔嗯，你們找我妹妹有什麼事嗎？」

玄關出現了一名十歲左右的少年。他黑髮黑瞳，正是亞露卡娜的哥哥阿諾斯。

「哥哥……！」

亞露卡娜撲向阿諾斯的胸口，緊緊地抱住他。

「妳先退下，亞露卡娜。我是用尋常魔族會站不起來的威力砸下去的，但看來他們相當耐打的樣子。」

男人們一面按著頭，一面搖搖晃晃地起身。

「……你要違反教義嗎，小子？」

「那個女孩是祭品之子，倘若不將她獻給神，龍群便不會平息下來。」

「一無所知的外人！就因為你帶走了那個女孩，害得龍在各地暴動，國家才會陷入動盪不安啊！」

男人們的怒火嚇得亞露卡娜輕顫一下。

「你們在說什麼莫名其妙的話。龍要是暴動的話，鎮壓不就好了？都這麼大的人了，不要聚集起來把莫須有的責任推到我與妹妹身上。」

「閉嘴！你這個蠢貨！述說道理也聽不懂的笨蛋，是在說什麼大話啊！」

男人們紛紛拔劍揮向阿諾斯。當他倏地伸手展開魔法屏障後，男人們的劍就「鏗」的一聲折斷了。

就像要反擊一樣，阿諾斯施展「灼熱炎黑」燃燒著男人們，但是他們的皮膚卻長出宛如鱗片般的物體，擋住了漆黑火焰。

「唔嗯，不過你們是未曾見過的魔族哪。我從未聽過有人長著這種鱗片，魔力波長也有點不同。」

阿諾斯用魔眼瞪著男人們。

「你們真的是魔族嗎？」

「我們不會告訴愚者任何事！去死吧，小子。」

男人們張嘴露出利牙，從喉嚨裡噴出灼熱火焰燃燒著阿諾斯。

「哥、哥哥……！」

「別擔心，今天很冷，這樣的溫度剛好。」

在施展反魔法消去男人們的噴吐攻擊後，阿諾斯畫出三門魔法陣，從中稍微露出小小的漆黑太陽。

「這是我剛學會的魔法，你們就接招吧。」

「獄炎殲滅砲」以零距離發射出去，男人們就像要打掉小小太陽似的用長著鱗片的手揮開，緊接著就全身燃燒起漆黑火焰。

「唔喔喔喔喔！怎、怎麼會！……」

「我、我居然燒起來了……！」

「這樣的……小鬼……為什麼會有這麼強大的力量——……！？」

就連方才擋下「灼熱炎黑」的鱗片也毫無幫助。他們遭到漆黑太陽吞沒，在眨眼間化為焦炭。

「唔嗯。」

他溫柔地擁抱起亞露卡娜顫抖不已的肩膀。

「抱歉讓妳害怕了，已經不要緊了。」

儘管把臉用力埋在阿諾斯的胸前，亞露卡娜還是輕輕地搖著頭。

「那個呢……人家一點也不怕喲……」

「哦？」

「……因為……因為呢……人家相信哥哥會來救我。」

即使嚇得渾身發抖，亞露卡娜還是堅強地這麼說。

「妳總是立刻就像這樣說謊。」

「……人家才沒有說謊，是真的相信啦……」

阿諾斯溫柔地摸著亞露卡娜的頭問道：

「是嗎？」

「嗯、嗯……是喔？」

「真是堅強的孩子。」

阿諾斯在畫出魔法陣將焦炭清掃乾淨後，瞬間修復受損的房子。

接著他畫出另一個魔法陣，把手伸進去拿出麵包。

「來吃飯吧。」

他在廚房把湯熱好、倒進杯子裡後，擺在暖爐前的小桌子上。

「這波寒流好像害得作物歉收的樣子。雖然我試著到附近的城市去找了，但只弄到這點食物。」

「沒關係，人家的肚子很小。」

亞露卡娜邊說邊用雙手捧起杯子喝著熱湯。

「之後我再去稍微遠一點的地方找找看。」

「……哥哥又要去哪裡了嗎？」

亞露卡娜不安地詢問，一副不想和哥哥分開的樣子。

「我會立刻回來。」

「這樣啊。」

亞露卡娜一面鬆了一口氣，一面拿著麵包與杯子靠到暖爐旁，然後用手「咚咚咚」拍了拍自己身旁的位置。

「真是個讓人拿妳沒辦法的妹妹。」

「……因為……因為屋裡很冷嘛……」

阿諾斯拿著麵包與杯子在亞露卡娜身旁坐下，她則是緊緊地靠在哥哥身上。

「那個呢，哥哥。我想再聽你唸故事書。」

「不是說妳已經看得懂了嗎？」

「不是啦，人家是想要哥哥唸！」

「不行嗎？」

她一面探頭看著阿諾斯的表情一面說：

「平時那本嗎？」

「嗯，平時的就好！」

阿諾斯用手指勾了一下後，書架上的一本書就飛到他的手邊。

那本書名叫《說謊的朵菈》。大概是因為反覆翻閱了好幾遍吧，裝訂到處剝落，變得破破爛爛。

阿諾斯就像要說給妹妹聽一樣地開始唸起，故事描寫著並非迪魯海德的虛構國家。

在某個村莊裡有位叫做朵菈的少女，她據說是某個貴族的大小姐，由於擁有能施展任何魔法的才能，所以為了不被壞人盯上而在邊境的村子生活。

但有時會有知名的魔法師前來表示希望能收她當弟子，她也會不為人知地幫人治好不治之病。貴族的雙親會在沒人看得見的地方偷偷來見她，父親、母親都很溺愛朵菈，夢想著能儘早跟她一塊兒生活而努力。

——這些全是朵菈虛構出來的謊言。

朵菈說的大大小小的謊言總是把村人們騙得團團轉。但在某一天，與她同齡的少年揭穿朵菈的謊言，謊言被揭穿的朵菈從此過著孤單寂寞的生活。

她無法承認自己在說謊，一直等待不存在的雙親總有一天會來迎接她回家。老是在說謊騙人的她最終就連自己也給騙了，在不知不覺中把謊言當成事實。

結果直到最後都沒有人願意再相信她，就這樣結束了一生。

「唔嗯，還是一樣讓人不知道哪裡有趣的故事。妳究竟喜歡這則故事的哪個部分啊？」

「嗯～那個啊，朵菈在說謊的時候好像很快樂！還有呢，小小的謊言變成非常嚴重的事情，大家驚慌失措地大喊『哇——！該怎麼辦——！』的感覺喲。」

阿諾斯心想：所以才喜歡說謊啊？真是不懂小孩子的喜好。

「說這種話，會變成跟朵菈一樣的下場喔。」

「人、人家才不要這樣！雖然喜歡朵菈，但我不想變得跟朵菈一樣！」

「既然不想，那就不要老是說謊。」

阿諾斯心想：她還真是老實。

亞露卡娜不服氣似的鼓起臉頰。

「人家有哥哥在所以沒關係。」

「也是呢。」

阿諾斯這麼說後，亞露卡娜就「嘿嘿嘿」地開心笑著。

「繼續唸、繼續唸！」

被她這樣催促，阿諾斯便繼續唸著故事書的後續。

「啊……」

亞露卡娜不小心將手中的麵包弄掉，使得麵包在地板上彈跳了好幾下，最後掉到暖爐的火堆之中。

亞露卡娜悲傷地注視著這一幕。

「怎麼了？」

阿諾斯轉頭看向她後，只見她擺著雙手。

「啊！那、那個，人家把麵包一口吞掉了，所以很難受！」

「還真是狼吞虎嚥啊。」

「嘿嘿嘿！好啦，繼續唸，繼續唸下去！」

被她這樣催促，阿諾斯再度唸起故事書的後續。

亞露卡娜鬆了一口氣後，她的肚子就「咕嚕」地發出聲音。飢腸轆轆的她注視著掉到暖爐火堆裡的麵包，但那早已變得無法下嚥了。

她沒有辦法，只好一口接著一口地喝著熱湯。阿諾斯一面唸著故事書，一面瞥了一眼她這副模樣。

「亞露卡娜。」

阿諾斯把自己的麵包遞給她。

「咦……？」

「這次別再弄掉了。」

她小心翼翼地接過麵包。

「哥哥呢？」

「沒關係，我其實在城裡吃了很罕見的東西才回來，肚子並不餓。」

「咦～狡猾，太狡猾了——！」

亞露卡娜用小手不斷敲著阿諾斯。

「原諒我，下次也幫妳買回來吧。」

「絕對喔，我們約好了喔。哥哥不可以一個人吃喲？」

阿諾斯點頭答應後，亞露卡娜就開開心心地吃起麵包。

「妳的謊言跟朵菈的不同。」

一面將麵包塞得滿嘴都是，亞露卡娜一面看著阿諾斯。

「妳是覺得我又要再去找食物回來會很辛苦，所以在顧慮我吧？」

「……因為外頭這麼冷，哥哥太可憐了……」

阿諾斯摸著亞露卡娜的頭。

「這是不會傷害到任何人的溫柔謊言，妳絕對不會變得像朵菈那樣。」

亞露卡娜開心地笑著，把頭靠在阿諾斯的肩膀上。兩人一面看著故事書的後續，一面對朵菈引起的大騷動「這也不是、那也不是」，愉快地聊著感想。

§ 14 【來聖奉歌】

在半夢半醒中，一雙小手溫柔地搖晃我的身體。
「起得來嗎？」
淡然的聲音拍打耳朵。
睜開眼睛後，眼前就看到輕輕搖晃的白金色豎捲髮。
米夏淺淺地露出微笑。
「早上了嗎？」
「嗯。」
我一坐起身，米夏就倏地從身旁離開。大概是先起床了吧，莎夏坐在椅子上睡眼惺忪地茫然望著半空中。兩人都已經穿上魔王學院的制服了。
「一起看了你的夢。」
輕輕坐在床鋪上的亞露卡娜說。
「疑似龍人的一群人想抓我妹妹的夢嗎？」
「沒錯。」
這件事也很奇怪呢。兩千年前沒有地底世界，龍人應該還沒誕生，還是說他們的祖先早就存在於地面上了？

「祢有回想起什麼嗎？」

「我不知道。但是我總覺得好像在哪裡看過那個夢，這是為什麼？」

祂就像自問似的喃喃低語。

「果然是因為我曾是你的妹妹嗎？」

如果那場夢是將亞露卡娜的夢與我的夢重疊在一起所看到的情景，那麼這會是相當妥當的推論。

「在那之後我也有想看的地方。」

「我們下一個夜晚再說。」

我點了點頭。

今天也有預定的事要做，沒辦法從大白天就作夢。

「米夏與莎夏感覺如何？」

亞露卡娜向兩人詢問。

「作了跟阿諾斯相同的夢。」

米夏的回答讓亞露卡娜就像沉思似的低下頭。

「之後呢？」

米夏搖頭。

「那邊的魔族之子呢？」

儘管亞露卡娜向她詢問，莎夏卻在發呆。米夏快步走到她身旁溫柔問道：

「莎夏，有作夢嗎？」

「……嗯……聽我說喔，我作了嬌小可愛的阿諾斯與他妹妹的夢……」

莎夏以恍惚的語調說。

「其他呢？」

「……其他？嗯……嗯……沒夢到……」

莎夏一副很想睡的樣子說。

「我讓兩人在監視完我們的夢之後，去作她們轉生之前的夢了。」

「沒夢到的理由是？」

我問亞露卡娜。

「……沒有記憶。不知是根本沒有轉生，或是忘卻得比我們還要強烈吧。」

兩邊都很有可能。也就是說，至少米夏與莎夏無法靠夢境守護神的力量回想起記憶吧。

「沒辦法，她們兩人就用痕跡神等其他方法找尋記憶吧。」

我走下床，慢步走向房門。

本來在眼角餘光恍神的莎夏突然瞪大眼睛。

「等、等等，阿諾斯……你的衣服！全、全都看光了啦……！」

猛然清醒的莎夏指著我大喊。

話雖如此，但我有裹著被單，所以並不是全都被看光了。哎，她是想說半裸出現在學生面前會無法維持我的威嚴吧。

「別擔心，我並不打算以這副模樣上樓。」

我畫起魔法陣，穿上白制服。

「只不過，看來妳今天醒得非常快呢。」

在我這麼說後，莎夏就滿臉通紅地別開頭。

「……才、才沒有這回事……不對……那個，所以，話、話說回來，阿諾斯為什麼到現在都還在穿魔王學院的制服啊？」

莎夏突然改變話題。

「為了作為教訓，讓世人不要遺忘他們曾把魔王當作不適任者。」

「這樣啊，這確實很重要呢。」

「──表面上是這樣。」

「咦？」

莎夏愣了一下。

「裁縫店絡繹不絕地跑來推薦衣服可是很煩人的。只要發出這種通知的話，就能省下拒絕的麻煩。」

「不過這樣一來，你不就只能一直穿著制服嗎？」

「這無所謂吧？妳們不是也一樣。」

「……是這樣沒錯啦……」

莎夏在椅子上縮起身子，一個人嘀嘀咕咕地在說著什麼。

「馬上就要用早餐了，快準備吧。」

我這麼說完便離開房間。

與魔王學院的學生們會合，眾人魚貫前往城裡用早餐。

在飯後休息完後，馬上就是聖歌祭禮要開始的時候，於是我們來到神龍靈地。

這附近有許多巡禮者造訪，人人都對著中央的巨大篝火獻上祈禱。

我依照跟亞露卡娜學到的禮儀，用左手遮住右手向巨大篝火獻上祈禱，身旁的莎夏一臉很意外的表情朝我看來。

「怎麼了，露出這種臉？」

「……因為阿諾斯不是不信什麼神，還非常討厭不是嗎？」

「這我不否認。但要是不會造成傷害的話，信仰是各人的自由。這畢竟是信仰神的他們所舉辦的祭禮，既然要參加，那為了他們獻上祈禱是相應的禮儀吧？」

「明明是魔王，卻會說這種像常理人的話呢。」

莎夏邊說邊在我身旁獻上祈禱。

「阿諾斯很在意。」

米夏說。

「在意什麼？」

莎夏反問她。

「亞希鐵要阻礙祭禮的事。」

「嗯～可是那又不是阿諾斯的錯。假如沒有對他施展『羈束項圈夢現（nedoneriazu）』，他或許不會公然宣揚神並不存在，可是那傢伙做的事情更過分不是嗎？他謊稱自己說的話是神的話語，恣意妄為地操弄信徒對吧？」

為了強化「創造之月」，他讓許多龍人自殺了。

「假如沒遇到阿諾斯，他現在就會不為人知地做出更加過分的事情不是嗎？」

我「咯哈哈」地發出笑聲。

「你、你笑什麼啦！」

「沒什麼，只是覺得我真是有著一位溫柔的部下呢。這件事確實不是我的錯，也沒有義務要特地為了這個國家收拾掉亞希鐵。因為我揭露了他與蓋迪希歐拉暗中勾結的事，我還希望他們感謝我呢。」

「既然知道的話就好……」

莎夏不好意思地低著頭。

「讓這個國家負起催生出愚者的責任才符合道理吧。要是那個男人依舊被認為是虔誠信徒的話，也無法保證打倒他的我不會遭到怨恨。就算說這是選定審判也一樣。」

因為亞露卡娜被我奪走，所以應該已經充分削減了亞希鐵的力量；但沒想到儘管曾一度將他逮捕，仍搞出讓他逃亡的醜態。

「哎，為了讓他再稍微好抓一點，我說不定有幫他綁上鐐銬就好了。」

「過意不去？」

米夏以淡然的眼瞳直盯著我的臉。

「我嗎？」

「有一點？」

「就跟我方才說得一樣，這本來就是他們所抱持的火種，我沒有義務要仔細幫他們滅火，也就是神的歸神，吉歐路達盧的愚者歸吉歐路達盧。」

米夏「呵呵」笑了笑。

「因為莎夏說了。」

她就像看穿了我的內心似的說：

「這不是阿諾斯的錯。」

「妳總是立刻就往我臉上貼金，我沒有這麼溫柔。」

米夏搖了搖頭。

「很溫柔。」

「喂，你們在說什麼悄悄話啊？是不能對我說的話嗎？」

我與米夏同時回答：

「是閒聊。」「閒聊。」

莎夏以越來越可疑的眼神看過來。

「啊，好像開始了喔！」

艾蓮歐諾露指著設有祭壇的舞臺回頭說。

身穿藍色法衣的信徒吉歐路海澤的聖歌隊自祭壇後方現身。她們一走上舞臺就向巨大篝火獻上祈禱。

以龍為素材製作的豎琴發出「啵隆、啵隆隆」的樂聲。

「神啊，『全能煌輝』艾庫艾斯啊。感謝您在百日後讓我們再度平安地迎來這一天。」

伊莉娜像這樣高喊。

擔任聖歌隊隊長的她作為聖職者也有相當高的地位吧，只有她一個人穿著高級法衣。

「吉歐路海澤自古以來就在神意下吹著新的歌曲之風。這些歌曲破除一切災厄，為我們吉歐路達盧之民帶來恩惠，是神一直在守護我們的證據。」

伊莉娜高舉雙手說：

「來聖奉歌。本日的歌曲也一樣寄宿著神，演奏出神聖的曲調吧。請各位闔上眼、獻上祈禱，暫時傾聽神的話語。」

伊莉娜他們轉身退到祭壇後方。

來聖奉歌是由來自吉歐路海澤外頭的巡禮者所唱的歌曲。這些巡禮者應該會跟伊莉娜他們的聖歌隊交換，來到舞臺上演唱吧。

周遭的信徒全都聽從她的指示闔眼傾聽。

不久後，聲音響起。

『吉歐路達盧之民啊，請聽我說。』

這個男聲很耳熟。

『這世上沒有我們所希望的神。神只是秩序，不是拯救我們的存在。「全能煌輝」艾庫艾斯是第一任教皇捏造出來的虛構，現任教皇戈盧羅亞那至今都仍在隱瞞大眾祂並不存在的事實。』

信徒們嘈雜起來。

『我是吉歐路達盧的樞機主教亞希鐵．亞羅波．亞達齊，作為神託者得知了這個事實，前來告訴你們真相。神並不存在，「全能煌輝」艾庫艾斯是彌天大謊，證據就是持續兩千年的來聖奉歌將在此中斷。假如神真的存在，來聖奉歌是不可能中斷的。我就以此來證明這個地底沒有神吧。』

他人不在附近，這是「意念通訊」。

神龍歌聲有著類似龍鳴的效果。吉歐路海澤一帶就像覆蓋著龍域一樣，所以很難確定魔力的發訊源。

「……他說來聖奉歌中斷了？」

「你在說什麼蠢話啊，墮入邪教的愚者妄言不值得聽信。」

「不要臉地還在自稱是樞機主教！」

信徒們這樣對話著。

「……可是，舞臺上沒有人出現耶……」

「平時的話，來聖歌人應該早就登臺了……」

「神啊，『全能煌輝』艾庫艾斯啊。還請您引導我們……」

「請您指示道路……」

「請對異端者亞希鐵下達制裁吧。」

信徒們一齊獻上祈禱，但是應該要來唱來聖奉歌的巡禮者——來聖歌人卻始終沒有出現在舞臺上。

「……怎麼了嗎…………？」

愛蓮在我身後不安地低語。

這是亞希鐵搞的鬼吧。

「唔嗯，愛蓮。跟我一起來，我們去向聖歌隊的隊長詢問情況吧。」

「咦，啊……是的。」

我握住愛蓮的手，將魔眼朝向祭壇後方，能在那裡看到通往地下的階梯。除了舞臺上的人以外，對其他人而言都會是死角的樣子。

我施展「轉移」的魔法，將我與愛蓮轉移到那裡。隨即我們走下階梯，不久就聽到伊莉娜的聲音。

「……異端者亞希鐵，你將來聖歌人艾魯諾拉祭司藏到哪裡去了！神是不會原諒這種暴行的！」

「神不會原諒我？哈哈哈哈，神就只是秩序，是單純的現象而已，妳還不明白嗎？」

亞希鐵反駁她說的話。會覺得他變得判若兩人，是因為惡夢不論經過多久都無法醒來嗎？又或者這才是他真正的模樣也說不定。

「胡說八道！你以為我們會被這種妄言所騙嗎！」

「那麼，妳就試著去把人找出來啊。只不過，你們是絕對找不到人的吧。」

亞希鐵充滿自信地笑道：

「因為艾魯諾拉祭司就是我啊，是我用魔法變身而成的。也就是你們澈底被我騙了！」

「……你冒充了來聖歌人嗎……？居然犯下這等大罪……！」

「大罪？哈哈哈，這又怎麼了嗎？這樣來聖奉歌就中斷了，終於讓吉歐路達盧的所有人都認清神不存在了。好了，差不多了吧。只要做到這種地步，夢應該也要醒了……」

亞希鐵以充滿瘋狂的聲音大叫：

「……來吧，醒來吧！醒來吧！從夢中醒來吧！神不存在！『全能煌輝』艾庫艾斯並不存在於世上……！醒來吧——……！」

「你這個瘋子……！領教神的怒火吧！」

響起「砰」的一聲，像是有什麼被打飛的聲音。

「呃啊……！」

當我走完階梯時，亞希鐵已被伊莉娜他們的聖歌隊制伏。

「……為什麼？為什麼我都做到這種地步了還醒不來……！這應該是夢啊，為什麼醒不來……！為什麼這場夢結束不了！我都做到這種程度了，為什麼？為什麼就是醒不來……」

伊莉娜他們就像要用劍把在地上爬行的亞希鐵釘住似的將他刺穿。

「呃唔……」

儘管因為刺上好幾把劍讓全身鮮血淋漓，亞希鐵還是像發瘋似的表情猙獰，以空洞的眼神瞪向聖歌隊。

「為——什麼——醒不過來啊——……！」

亞希鐵全身燃燒起來，並延燒到聖歌隊他們身上。

「呀啊啊啊啊啊……！」

四肢被劍釘住的亞希鐵就這樣強行站起，從口中噴吐出火焰。

「為什麼！為什麼啊啊啊啊啊……！」

然而逼近到伊莉娜他們眼前的那道噴吐攻擊，被我的「破滅魔眼」輕易消滅掉了。

「……什……麼……？」

「你也差不多開始注意到了吧，亞希鐵？這是現實。你自行揭發了至今所累積起來的謊言，並且喪失了一切。你就快點承認吧。」

「……不適任者……」

亞希鐵緊咬牙關。

「……不對，不對……！這是夢！這種事情，這種愚蠢的現實是不可能發生的……！」

亞希鐵張開大口打算噴吐出火焰，但是我快一步逼近到他身旁。

「呃……哈……」

我將右手刺進亞希鐵的腹部。

不過手感很奇怪。

「……這是夢……對吧？如果這不是夢的話……就太奇怪了吧？如果不是這樣的話，我的努力不就沒有回報了嗎？……好不容易才獲得樞機主教的地位、順從的神力、隨我使喚的我的信徒們……你以為我付出了多少努力才獲得這些啊……！」

「依靠謊言獲得的事物就只不過是幻想，所以才會遭到惡夢吞噬。你打從一開始就一無所有。」

在我捏碎他的內臟後，他的身體就化為土塊。

唔嗯，跟我想得一樣，就算用「根源死殺(pebudozu)」的手也抓不到他的根源。

「是用魔法製造的假人啊，本體在其他地方。」

「妳還好嗎，伊莉娜小姐？」

愛蓮向被火燒傷而倒下的她伸出手。

伊莉娜抓住愛蓮的手站起身。

「這點傷不算什麼。比起這種事，要是不趕快舉行來聖奉歌的話……」

「可是隊長，現在才要去找歌喉足以擔任來聖歌人的巡禮者，怎麼樣也來不及啊……」

「不，我有個主意。這肯定是神意吧。」

伊莉娜直直盯著愛蓮。

「咦……？」

「就拜託妳了，愛蓮。如果是妳的話，應該足以擔任神聖的來聖歌人吧。還請當作是幫助我們……」

「咦……咦？可、可是，現在的話也沒時間練習……」

伊莉娜默默地搖頭。

「是叫做迪魯海德嗎？唱妳們國家的歌就好。來聖奉歌是將新的歌曲之風帶入吉歐路海澤的儀式。只要能將妳的歌、魔王聖歌隊的歌與禮儀帶入這塊土地上就行了。愛蓮，無論如何都拜託妳了。」

伊莉娜深深低下頭。

愛蓮一副戰戰兢兢的模樣朝我看來。

「我也想看看妳們的歌曲會對信奉神的地底之民帶來什麼樣的回響。」

我這一句話讓愛蓮眼中的迷惘消失。

「伊莉娜小姐，我知道了。儘管不知道能做到何種程度……」

「妳願意幫忙嗎？」

愛蓮點點頭。

「作為你們昨天讓我們聽聖歌的回禮，這次就請你們聆聽我們國家的歌，祈求和平的魔王之歌。」

§15 【魔王讚美歌第六號〈鄰人〉】

神龍靈地嘈雜地動盪著。

不論怎麼等，來聖奏歌都沒有開始。獻上祈禱的信徒們現在腦海中應該閃過亞希鐵方才的言論吧。

持續兩千年的來聖奏歌將在此中斷，這正是地底沒有神的證明。儘管他們並不盲信他的言論，但果然還是難掩心中的不安與動搖。就像信徒們的不安正一分一秒地不斷增強一樣，嘈雜聲變得越來越大，然後就在達到頂峰時——

設有祭壇的舞臺上出現了一名少女。

那名少女是愛蓮。她一舉起手，舞臺下的粉絲社少女們就有了反應。

她用「意念通訊」向她們說明原由。

「我們走吧！」

「嗯！」

粉絲社少女們登上舞臺，排成唱魔王讚美歌時的隊列。她們身上一畫出魔法陣，隨即出現了典禮用的長袍。

「不好意思讓大家久等了。我是要在聖歌祭禮上擔任來聖歌人的愛蓮，來自迪魯海德魔王聖歌隊。」

她的自我介紹讓信徒們全都露出鬆了一口氣的表情，重新獻上祈禱。

「我們的國家位在非常遙遠，肯定是吉歐路達盧的人們所無法想像的遙遠之處。那裡由名為魔王的王統治國家，人們和平地生活著。」

愛蓮彷彿在向信徒們述說似的說：

「我們會來到這裡，是為了要認識吉歐路達盧。魔王對我們說，要來看在這個國家生活的人們。我想他的意思一定是要我們來看看各位相信著什麼、夢想著什麼樣的未來吧。」

她露出無憂無慮的笑容。

「我們才剛來到這個國家，對許多事情一竅不通；但有一件事我很明白，那就是這個國家的人們很喜歡歌曲。我們也一樣喜歡，而我們國家的魔王也最喜歡歌曲了。」

愛蓮的發言讓粉絲社少女們露出燦爛的笑容。她們在畫出魔法陣後，就從中流洩出管弦樂器的音樂。那是「音樂演奏（shiniaru）」的魔法。

「這是為了讓各位認識我們國家、認識魔王所唱的歌曲。他是位深愛萬物的偉大人物，而我們是為了傳達這份大愛所架起的橋梁，這就是迪魯海德魔王聖歌隊。請各位聆聽吧。」

她們齊聲說：

「「「魔王讚美歌第六號〈鄰人〉。」」」

高格調的弦樂器音樂順暢而華美地響徹開來。讓人聯想到天空的曲調與沒有天空的地底音樂有著不同的風格，爽快地迴蕩在吉歐路海澤的城市之中。

龍人們儘管獻上祈禱，還是豎耳傾聽著陌生的音樂，就像沉迷於這洗鍊旋律一般地讓魔力震動起來。

接著她們會唱出何等莊嚴的聖歌呢？

以積極態度聆聽的信徒們——

「啊～神啊♪我・從・不・知・道，竟有這樣的・世・界・啊～～♪♪♪」

「「「了・去了，了・去了，了・去了嗚嗚～♪」」」

——聽到有如下馬威般，以最大極限的轉調襲來的副歌。

只不過這份驚訝反而抓住了信徒們的心。為了不放開他們的心，魔王聖歌隊以跳動般的節奏與旋律放聲高歌。

「請不要打開♪」

「「嗚嗚～♪」」

「請不要打開♪」

「「嗚嗚～♪」」

「請不要打開，那是禁忌之門♪」

配合著輕快的伴奏，聖歌隊愉快地歌唱。地底之民肯定沒聽過這麼愉快的聖歌。

全都嚇傻了眼。

「神啊，請告訴我♪這玩意兒是什麼♪那玩意兒是什麼♪」

「要先敲敲門♪」

「說什麼要溫柔地敲，可～是不行不行喲♪」

「「「了．去了，了．去了，了．去了嗚嗚～♪」」」

「我是鄰人♪普．通的鄰人♪」

「孤單一人♪和平生活著——明明應．該．如．此～♪」

「卻在不知．不覺中伸出手，那玩意兒是什麼什麼♪」

「那是惡魔之手♪」

「你是什麼什麼♪」

「他是魔王♪」

「啊～♪神如是說嘍～♪」

「要～愛你的鄰～人，愛上他吧♪」

「敞開心胸♪禁忌之門♪」

「啊～♪那裡並不淨♪」

「無人知曉♪」

「那裡並不淨♪」

「請不要進去♪」

「說什麼不可能進得去，可～是不行不行喲♪」

「讓我來教導你♪教典上沒～教的全部全部————♪」

「「「了．去了，了．去了，了．去了嗚嗚——♪」」」

「啊～神啊♪我・從・不・知・道，竟有這樣的・世・界・啊～～♪♪♪」

「「「了・去了，了・去了，了・去了嗚嗚——♪」」」

輕快的節奏，躍動的音色，讓肅靜祈禱的信徒們迫不及待地想舞動身體。

或許是因為吉歐路達盧只有嚴肅的聖歌，所以讓他們渴望著這種歌曲也說不定。

在高亢的間奏中，愛蓮走到舞臺最前排。

「在我們的國家，聖歌隊也會和其他民眾一起快樂地齊聲歌唱，所以還請各位跟著我們一起唱出迪魯海德的歌曲。」

她就像要把話語傳達給信徒們似的大聲喊道：

「『了・去了』在古代魔法語中是『沒理由的快樂』的意思。我想這句話是在說『雖然不知道為什麼，但只要快樂不就好了』。」

虔誠信徒們專心聽著愛蓮的話語。

「我們並不清楚國與國之間的複雜關係，但是我們應該能一起做著快樂的事。就讓我們一起不知道為什麼很快樂地歌唱不知道為什麼很快樂的歌吧！我想人與人之間的關係一定就從這裡開始，複雜的事就等唱完歌之後再去煩惱吧！」

愛蓮以非常響亮的聲音如此述說。

「很美好的歌曲……雖然我這麼覺得……」

「是啊，但是要說這有點不敬嗎……？」

「不過這是來聖奉歌，一切的歌都是神意。」

「而且這麼動人心弦的歌相當罕見。」

「但這首歌的解釋呢？要怎麼判斷才好？」

「姑且不論作為來聖奉歌聆聽，要是我們唱了的話會怎樣……？」

大概是因為價值觀的差異吧，信徒們顯得有點困惑。

「大家冷靜點。就是為了這種時候，來聖奉歌才會邀請聖歌的專家——吉歐路海澤的八歌賢人蒞臨現場。」

「喔喔，也是呢。那麼八歌賢人有什麼反應……？」

信徒們看向坐在最前排特別席的八歌賢人。

穿著藏青色法衣的他們各個露出凝重的表情。

「反應不太好的樣子呢。」

「不對，你們快看他們的指頭！」

「……在打節拍……就像躍動著，略為急促的感覺……」

「八歌賢人在打節拍可是非比尋常的事啊……」

不久後，八歌賢人之一率先開口說：

「古代魔法語據傳是神所帶來的語言。」

隨後，其他八歌賢人也跟著說：

「『了．去了』雖然是異國的教義，卻也是很美好且意義深遠的一句話。」

「有時我們只會用道理去判斷事物，但是在神之前，道理是沒有任何意義的，那就只是人們擅自決定的事。」

「這首歌讓我們回想起這種最初的心情。」

「而且這首歌除了『了・去了』之外，還帶著其他深遠的含意。鄰人不僅表示了人與人之間的關係，也表示了國與國之間的關係吧。」

「我也這麼覺得。素不相識的兩國至今過著毫無瓜葛的生活，要開啟這扇禁忌之門，我們總是會感到猶豫。」

「認為是惡魔之手的那隻手，真的是惡魔之手嗎？不，不對。是我們被蒙蔽的雙眼、恐懼的內心，讓我們把那隻手看成了惡魔之手。」

「但我們要無懼不淨，讓禁忌之門開啟，踏入門後。走進不應該進去、不可能進得去的那扇門之中，於是國與國之間開始交流。也就是說，要愛你的鄰人。」

「這揭開了新世界的序幕。這份勇氣，這份解放禁忌之門的勇氣，是教典上所沒有的教誨。魔王是想要訴說這件事嗎？」

「只是聆聽這首歌，就能明白他所追求的是什麼樣的國家，以及他是個多麼優秀的一位人物。」

「是啊，還真是讓人感激。而且只要一聽到這個音樂，就好像打從心底充滿快樂一樣。這首歌寄宿著神，是神要我們欣喜雀躍吧。」

他們居然讚不絕口。

「……不愧是八歌賢人……多麼深遠的見識啊……」

「會讓他們如此讚不絕口的歌，果然就跟我內心感受到得一樣！」

得到八歌賢人的保證，信徒們全都開始配合著音樂擺動身體。

「要上嘍～～！」

「「「了・去了，了・去了，了・去了嗚嗚——♪」」」

粉絲社一高聲歌唱，聖歌專家的八歌賢人就迅速做出反應。

『『『了・去了，了・去了，了・去了嗚嗚——♪』』』

八歌賢人以分毫不差的旋律，但是雄厚、用力地重複著。

「再一次！」

這次仿效八歌賢人，信徒們全都唱了出來。

『『『了・去了，了・去了，了・去了嗚嗚——♪』』』

魔王聖歌隊的少女們一下子就將現場的信徒們帶進狂熱的漩渦之中。

儘管魔力貧乏，也無法施展什麼了不起的魔法，但她們的歌聲確實有著能打動人心的要素在吧。

就在會場逐漸迎來最高潮時，歌曲的第二節開始了。

最前排的八歌賢人轉身面向信徒們。

「請不要放進來♪」

『『『喝！』』』

八歌賢人揮出右正拳。

「請不要放進來♪」

『『『喝！』』』

接著換手，整齊劃一地揮出左正拳。

「請不要放進來，那是禁忌的鑰匙♪」

『『『喝、喝、喝——！』』』

該說不愧是八歌賢人吧，這個音樂之國最高峰的聖歌專家們一下子就看出魔王讚美歌的關鍵，創作出完美的舞蹈動作給大家看。

適應力出類拔群。

然後就像仿效著八歌賢人，信徒們也跟著站起。

「請教教我，魔王大人♪♪」

『『『喝！』』』

信徒全員兩萬人對著祭壇整齊劃一地揮出正拳。

「這玩意兒是什麼♪那玩意兒是什麼♪」

『喝！』『喝！』

那是彷彿燃燒般的熱情之拳，左右交換再揮一拳。配合著躍動的歌曲，他們發出聲音進行演武。

歌曲、伴奏、演武、氣勢，這有如奇蹟般的調和，讓現場氣氛不斷高漲。

「——無人知曉——♪」

『『『喝！』』』

就像要突破禁忌之門一般。

「那裡並不淨♪」

『『『喝！』』』

虔誠信徒們的拳頭、將所有感情發洩出來的兩萬人的拳頭——揮拳、揮拳，不斷揮拳。

這裡是至今從未有過交流的異國土地。

然而歌曲卻輕易地跨越國境。

了．去了——雖然不知道為什麼，但只要快樂不就好了。

就像在體現這句話一樣，魔王聖歌隊的少女們、吉歐路達盧的信徒們，全都在這個吉歐路達盧的舞臺上拋開一切道理，就只是委身於讚美歌所創造出來的最棒的快樂之中——

§16 【預言者】

從遠方響徹開來的魔王讚美歌即將結束，我背對著那愉快的曲調，注視著吉歐路海澤的小巷。

「阿諾斯。」

一片雪月花飄落，變化成亞露卡娜。

「亞希鐵出現了？」

「沒錯。儘管他好像偽裝成了來聖歌人，但那也是魔法創造出來的假人。我雖然依循魔力找到了這裡——」

我朝眼前的小巷畫起魔法陣，施展「魔震(deiasu)」把土炸飛。在用食指勾了一下後，埋在那底下的盟珠就飛了過來。

「看來是用這個當誘餌跑掉了啊。」

盟珠裡注入了亞希鐵的魔力，應該是這顆盟珠在發動魔法提供魔力給假人的身體吧。

「這是將『隱龍』進行『附身召喚』的『複製土人(dagan)』的魔法，能用土塊複製人體並且加以操縱。就算魔力供給能用盟珠進行，『複製土人』也沒辦法獨立思考，因此操縱的人應該是術者吧。」

「也就是說有連接上魔法線嗎？」

「沒錯。術者才剛為了逃跑而切斷了魔法線。」

亞露卡娜用雙手包覆住盟珠，全身發出耀眼的魔力光芒。

「切也切不斷的密切盟約，連結緣分，追溯起源。」

在用魔眼(眼睛)凝視後，只見盟珠倏地伸出一條魔法線。大概是再生守護神奴帖菈·都·希安娜的力量吧，被切斷的魔法線再生了。

「唔嗯，不過他好像做出了對策。」

盟珠再接著延伸出四條魔法線，而且眼看著不斷增加數量，最後總共連上了三十三條魔法線。

全都能在另一端感受到亞希鐵的魔力。

「在這三十三條魔法線中，至少有三十二條是連接到盟珠上的吧，而且還都注入了自己的魔力，讓人無法得知他的所在位置。」

「剩下的一條是亞希鐵嗎？」

亞露卡娜直盯著複數魔法線的另一端。

「或者也能認為全都是錯的，本人打算不使用魔力徒步逃跑。吉歐路海澤迴蕩的神龍歌聲看來有著類似龍鳴的效果，就算是我的魔眼，也無法看清楚整座城市。」

要將三十三條魔法線全都沿著找一遍很簡單。只要這麼思考，認為魔法線也是誘餌，他其實沒有使用魔力逃跑會比較妥當吧。

那麼，要怎麼樣抓到他呢？

從神龍靈地的方向傳來愛蓮她們更加響亮的歌聲，迎來魔王讚美歌的高潮。隨後「了．去了、了．去了」的大合唱就響徹吉歐路海澤的天空。

這道充滿狂熱的合唱，是她們的歌也受到地底之民歡迎的證明吧。

還真是令人高興。

「了．去了，了．去了，了．去了……♪」

忽然間，小巷的岔路裡響起低沉的歌聲。

「了．去了，了．去了，了．去了嗚嗚～……♪」

回頭就看到穿著深紅色騎士服與鎧甲的壯漢在輕快地哼著魔王讚美歌。

那個人有一頭留得有點長的頭髮以及修得整齊帥氣的鬍子。外觀年齡約莫四十歲上下，但能從他的站姿感受到活過悠久歲月之人特有的穩重。

「哈～這首歌還真讓人受不了啊。」

那名男子豪放地笑著並朝我看來。

「欸，地上的歌是好東西呢，下次也能來我這裡唱嗎？」

唔嗯，出現了奇怪的男人。

「小心。」

亞露卡娜露出警戒心瞪著那名壯年男子。

「那位龍子是八神選定者之中的一人，統治阿蓋哈的劍帝——預言者迪德里希．克雷岑．阿蓋哈。」

「沒錯。既然你們認識我，那事情就好說了。」

迪德里希筆直走到我身旁，向我伸出手。

「同為八神選定者，即使會在聖戰中交戰，但就讓我們不留餘恨地全力以赴吧，地上的魔王。」

是個大膽的男人呢。

「我是阿諾斯．波魯迪戈烏多。」

我與迪德里希相互握手，他露齒一笑。

「如果你是來進行選定審判的話還真是抱歉，很不湊巧我現在正在追尋某個男人。我不介意你挑戰我，但我沒時間陪你玩。」

「無所謂，我今天不是來跟你打的，而是來找吉歐路達盧的教皇。還有你正在追的那個叫亞希鐵的男人。」

「哦？這麼說來，亞希鐵在侵略亞傑希翁時有拿出什麼叫做王龍的吧。我聽說那是阿蓋哈國的東西？」

「沒錯，王龍是阿蓋哈的守護龍。必須要讓偷走牠的亞希鐵與吉歐路達盧的教皇給出一個交代才行呢。」

「那還真是抱歉，那個叫什麼守護龍的被我的部下消滅了。」

在我這麼說後，迪德里希就豪放大笑起來。

「咯哈哈，你人還真好呢，魔王。這不是你的責任，而是吉歐路達盧的樞機主教，以及放任他的教皇的責任。」

沒錯。

「所以？為了讓教皇為亞希鐵闖的禍負責，王特意親自出馬嗎？」

「就算派出使者也只會石沉大海。不過要是就這樣置之不理，就無法作為人民的表率，搞不好還會成為與吉歐路達盧之間的火種，這樣果然還是讓人難以忍受吧。」

是因為阿蓋哈的教義被吉歐路達盧輕視了吧。這種不必要的火種對王來說並不樂見。

「既然如此，現在就不是來跟我打招呼的時候。你就別在意我，去會見教皇吧。」

「我也想這麼做，但是吉歐路達盧的教皇好像在專心祈禱的樣子，對方並不想見我呢。所以來跟你打招呼是最好的方法。」

「唔嗯，我不懂你的意思。」

隨後，迪德里希身後就響起純淨的聲音。

「預言者迪德里希是通曉無數未來之人，他能瞭望到常人眼中所看不見、通往遙遠未來的因子，行走在正確的未來上。」

迪德里希背後的空間扭曲，冒出穿著藍綠色長袍的女性。她有一頭長度及肩的藍色秀髮，閉著雙眼，雙手抱著透明的水晶球。

就我看來，她所帶有的魔力並非屬於龍人，應該是跟亞露卡娜一樣的神族吧。

「這傢伙是未來神娜芙妲，是選上我的選定神。我會被稱為預言者，哎，也是託了娜芙妲的福哪。」

迪德里希說道。未來神啊？如果娜芙妲真的掌管未來的秩序，那就跟亞希鐵的情況不同，預言者這個頭銜並非胡說八道的吧。

「也就是只要在這裡跟我打過招呼，就能輾轉讓你抵達教皇身旁——你已經看到了這個未來嗎？」

「沒錯。如果要再預言一件事，那就是亞希鐵・亞羅波・亞達齊會出現在神龍靈地。」

是認為我覺得他不會重返曾經現身過的地方嗎？那裡有那麼多龍人，就算他打算混入人群之中逃走，也沒什麼好不可思議。

「出現的時間呢？」

「差不多是時候了吧。」

「那我就去確認看看吧。」

我將魔眼朝向龍域的空隙。好像行得通。

我施展「轉移」。霎時間，眼前才剛變得純白一片，就看到了巨大的篝火。

我來到神龍靈地。在祭壇前方，吉歐路達盧聖歌隊正在高歌著聖歌。我大略環顧附近一帶，在獻上祈禱的眾多信徒當中發現到不自然移動的人影。

是亞希鐵。

他正撥開人群，打算就這樣逃離這裡吧。只見他慌慌張張地離開神龍靈地，朝著吉歐路海澤的城外走去。

就在人群稍微變少的地方，有人抓住了他的肩膀。

那個人是迪德里希，他跟我一樣轉移了過來。

「嗨，吉歐路達盧的前樞機主教。你是不是趁我不在的時候擅自亂搞一通啊？」

亞希鐵的臉色當場變得慘白。

「……迪、迪德里希……！」

「必須讓你為王龍的事情做一個交代才行。」

「可惡……！」

亞希鐵在手中的盟珠裡層層疊起魔法陣，發動了「附身召喚」・「力龍」。

他得到龍之力便一把抓住迪德里希的手，就這樣用力扯著，然而卻沒辦法移動分毫。

亞希鐵張開大口打算噴吐出火焰。而就像早就知道他會這麼做一樣，迪德里希就像要堵住他嘴巴似的一把抓住他，接著展開反魔法。

「唔喔喔喔喔……！」

噴吐出來的火焰逆流，焚燒著愚者的內臟。

「了・去了，了・去了，了・去了……♪」

雖然展現出哼歌的餘裕，迪德里希也還是趁著亞希鐵動搖的瞬間破綻把人制伏在地上。

「嗚嗚～♪就這樣了吧。你給我老實點啊。」

儘管臉上充滿屈辱，亞希鐵還是大叫出聲。

「神、神並不存在啊！各位，趕快清醒吧！『全能煌輝』艾庫艾斯是教皇捏造出來的彌天大謊！覺得很奇怪吧，明明能聽到神龍歌聲，卻沒有半個人見過神龍。這是因為神龍並不存在啊！神並不存——咳呼……」

我來到亞希鐵身旁一腳踩住他的頭，堵上他那張嘴。

「別大呼小叫的，會給虔誠的信徒添麻煩。」

縱然嘴巴被壓在地面上，他還是有如呻吟般地說：

「……為、為什麼？為什麼我都做了這麼多還……！」

「答案你就去問教皇吧。」

我用腳輕輕踢起亞希鐵的臉，抓住他的後腦勺。就像感到驚訝似的，信徒們一面嘈雜起來一面直盯著我們瞧。

「打擾各位了，請繼續參加祭禮。」

我這麼說後，就抓著亞希鐵的後腦勺走向教會，而迪德里希與我並肩走著。

「這個男人我會交給教團，不過我有另外請人幫我製造與教皇會談的機會。作為你幫忙的謝禮，要一起來嗎？」

「這真是太好了。我就心存感激地承蒙魔王的厚意吧。」

迪德里希豪邁笑道。

「只不過，你說能看到未來也很奇妙。比方說，要是我起了壞心眼想讓你的預言失誤，就會發生不帶你前往的未來不是嗎？」

「沒什麼，這個預言也包含你知道未來神娜芙妲在內。就只是因為你是個比起惡作劇，更加重視人情義理的男人罷了。」

不論是亞希鐵的所在位置，還是我會想讓迪德里希會見教皇的事，甚至是我絕不會起壞心眼惡作劇的事，他全都知道啊。

看來他說能看見未來並非謊言。

「既然能夠預知，為何還會讓王龍被偷？」

「看到太多未來也意外地很傷腦筋啊。如果要守護王龍，之後就會無法守護其他事物，畢竟這能力本來是必須用來摘除看不見的危機哪。」

捨棄自國守護龍的未來才是最好的嗎？

「唔嗯，你那個什麼預言的，能看到多久之後的未來？」

「這個嘛……」

迪德里希一面望著遠方一面說：

「直到地底的末日為止，我都能夠預言吧。」

§17 【教皇】

在地底暗下來的時刻。

眼前有座龍材建築的莊嚴建築物。

吉歐路達盧大聖堂既是教皇戈盧羅亞那的居住區域，也是他進行祈禱的場所。

站在門口的人有我、亞露卡娜、阿蓋哈的劍帝迪德里希、未來神娜芙妲，還有帶我們到這裡來的米蘭主教。

「請隨我來。」

在米蘭的帶領下，我們走進大聖堂中。裡頭的天花板高挑，並排著無數的篝火與支柱。

在筆直往內部走去後，很快就能看到一扇大門，兩旁各站著一排穿著藍色法衣與鎧甲的人們在獻上祈禱。

我們在門前止步，主教緩緩轉過身來。

「這扇大聖門後頭是教皇為我國進行祈禱的場所——聖歌祭殿。」

米蘭再度轉向大聖門並伸手碰觸。

「教皇戈盧羅亞那大人，我將迪魯海德的阿諾斯大人與阿蓋哈的劍帝迪德里希大人帶來了。擾亂吉歐路達盧戒律的愚者亞希鐵也在這裡。」

儘管米蘭同時看到迪德里希、亞露卡娜與娜芙妲時驚訝得不能自已，不過就像昨天已經相當習慣奇蹟一般，他很快就幫我們聯絡教皇。

就跟他說好會幫忙準備會談的約定一樣，聖歌祭禮結束後就像這樣帶領我們前來。

『辛苦你了，米蘭主教。』

大聖門後方傳來分不清是男是女的中性嗓音。

「謹遵『全能煌輝』的意思。」

主教在這麼說之後就從大聖門前退開，加入站在兩旁的聖騎士隊列之中。他就這樣握起雙手，默默地獻上祈禱。

『迪魯海德的魔王阿諾斯，阿蓋哈的劍帝迪德里希，我乃教皇戈盧羅亞那·德羅·吉歐路達盧，受選定神賜予救濟者稱號的八神選定者之一。』

門沒有開啟，戈盧羅亞那就只是讓聲音響起。

『聽聞兩位想與我會面，不知能否請教兩位的目的？』

迪德里希朝我看來。

「你先說吧。」

在我這麼說後，迪德里希就向前邁出一步高聲說：

「我是阿蓋哈的劍帝迪德里希・克雷岑・阿蓋哈，教皇戈盧羅亞那。吉歐路達盧的前樞機主教亞希鐵盜取王龍一事，你已經知曉了吧？」

『我知道。』

「既然如此，就必須要請你給出一個交代了。請你表示吉歐路達盧與此事無關吧。盜取王龍是亞希鐵的獨斷，阿蓋哈不論要怎麼制裁這個男人，你們都不會有所干涉。」

迪德里希豪放不羈地發出笑聲。

「不然的話，就是戰爭了。」

『我已剝奪了那個男人——亞希鐵的洗禮名，他不再是教團要保護的聖職者。我在此向神宣誓，即使依照貴國的戒律予以審判，也不會違反吉歐路達盧的教義。』

「這真是太好了。」

迪德里希能看到未來。

雖然他應該早已預知到亞希鐵被剝奪了洗禮名，還是像這樣親自前來。這是因為不在這裡聽到戈盧羅亞那親口宣誓的話，往後說不定還會有因為亞希鐵而被質疑的情況發生嗎？

這樣想的話，教皇也不會只是個一味相信神的人。

「嘻……」

伴隨著些許漏嘴的聲音，我抓在手中的亞希鐵搖晃著腦袋。

「嘻哈，嘻哈哈哈哈哈！」

從他口中溢出的是瘋狂般的笑聲。

「教皇戈盧羅亞那！終於，我終於來到這裡了！能向你搭話的這一刻！聽吧，聽我說吧！神並不存在！『全能煌輝』艾庫艾斯就只是龍人祖先捏造出來的妄想！」

周遭鴉雀無聲，只有亞希鐵的聲音空虛迴蕩著。

排列在大聖門兩旁的聖職者們全都對他投以侮蔑的眼神。

然而就連這種事都無暇在意，亞希鐵臉上露出絕望的表情。

「……為什麼……惡夢……………沒有結束……」

他到處向吉歐路達盧的民眾宣揚神並不存在，甚至還直接向教團首長的教皇傳達了這件事，照理說不可能再向更多的人宣揚神並不存在。

『亞希鐵，我雖不知你被施加了什麼魔法，但你已經很清楚了吧？這並不是什麼夢，而是現實。』

「……現……實…………」

他喃喃說出就像失去了未來一樣的低喃。

大概是早就隱約注意到了吧。儘管如此，他還是不斷拚命地逃避現實。然而，他已經沒辦法再逃避下去了。

「……這是我的現實嗎……？我所累積至今的我的信仰、我的地位……」

『神看著一切。至於為何會變成如此，你就捫心自問吧。這一切應該全是因果報應。』

「……怎麼……會……」

儘管被我抓著後腦勺，亞希鐵還是手腳亂動地掙扎著。我拋開他後，他就倒在地上，懇求似的爬向大聖門。

「教皇戈盧羅亞那大人，請您……請您原諒我！您或許已耳聞我在被關進監牢時曾妄言說出不要洗禮名這種話，但那都不是真的！是騙人的！是我以為這一切都是夢才這麼說！其實我信仰神！我是被這個暴虐魔王蒙騙的羔羊，還請您救救我……我已經悔改了……！」

亞希鐵哭得涕淚縱橫地向教皇懺悔。

『亞希鐵，悔改並非由自己說。』

戈盧羅亞那冷冷地說。

「……可、可是，我真的懺悔了……」

『即使身在夢中，信徒也該一心向神，持續獻上祈禱不是嗎？』

「……可、可是……這全是這個暴虐魔王，這個惡魔所慫恿的……！」

『你的心一直都是自由的。聽好了，信仰神並不是只在口頭上說說就好。就連我們都能看清你那愚蠢的本性，你為何會以為神沒注意到你的謊言？』

被教皇冷冷地否定，使得亞希鐵臉上充滿絕望的表情。

「……請、請等一下──」

『我要開除你的教籍，不准你再踏上吉歐路達盧的土地。』

茫然自失的亞希鐵被迪德里希一把抓住腦袋。

「事情就是這樣，你就作為盜取王龍的懲罰成為祭品吧。」

「……怎麼會……！這種……像這樣殘暴的行為，神是不會——呃呼……！」

迪德里希一拳打在亞希鐵的腹部上。大概是被強烈的魔力連同根源一起震暈了吧，他就像暈厥過去似的突然垂頭。

「這不是不信神的傢伙能說的話。」

迪德里希就像嫌亞希鐵礙事般地丟到一旁，重新朝向大聖門。

「戈盧羅亞那，我還有另外一件事情要說。畢竟很難得能跟你談上話，就讓我在這裡問你吧。」

迪德里希以堂而皇之的態度高聲詢問：

「吉歐路達盧的教皇有著代代傳承下來的教典吧？能讓我聽聽裡頭寫了什麼嗎？」

代替教皇的回答，周圍瀰漫起不安穩的氣息。吉歐路達盧的聖騎士們無一不露出凝重的表情。

『……你是知道這句話代表著什麼意思才說的嗎，阿蓋哈的劍帝？』

「沒錯。當然，我不會要你白白跟我說，我這邊也準備了劍帝傳承下來的教典——阿蓋哈的預言要告訴你。就用這個作為交換如何？」

我記得吉歐路達盧、阿蓋哈與蓋迪希歐拉這三大國各自擁有只以口述傳承下來的教典。但是無法看出他的目的。互相教導異教的教典是打算做什麼？

『我無法答應。只傳承給歷代教皇的教典是為了救濟吉歐路達盧的信徒而存在。假如洩露出去，恐怕就無法救贖他們。」

「你真的這麼認為嗎？」

迪德里希以沉重的語調詢問：

「只要依照吉歐路達盧的教典，就能拯救信徒嗎？」

『這是「全能煌輝」艾庫艾斯的教義。』

就像低吟般吐了口氣，迪德里希撫摸下頷。

「真的是這樣嗎？算了，吉歐路達盧也有自己的教義吧。我不會要你讓我直接看教典，但相對地，就讓我們在這裡打開天窗說亮話吧。針對地底的未來，互相開誠布公。」

沉默了一會兒後，戈盧羅亞那說：

『阿蓋哈的劍帝迪德里希，我明白你的要求了。不過在我答覆之前，就先詢問你的來意吧，魔王阿諾斯。還是要稱呼你為不適任者才好？』

「怎麼稱呼我都無所謂。」

『那我就以神賜予的稱號稱呼你吧。不適任者，你來到吉歐路達盧是所為何事？』

「簡單來說，是來增廣見聞的。為了了解地底的人們有著什麼樣的想法、過著什麼樣的生活而來。」

在我這樣回答後，教皇接著問：

『那來找我是所謂何事？』

「我有事想問你。是關於選定審判的事，還有痕跡神利巴爾修涅多的所在位置。」

『我十分明白了。』

戈盧羅亞那彷彿在向信徒傳授教義般莊嚴地說：

『神如是說，救世之人會受到許多人們尋求救贖的手。但要是握起所有伸出的手，人們就會輕忽對神的祈禱，沒辦法實現救濟。你們就以自己的方式選出一人吧。』

「唔嗯，意思是說你就只聽我與迪德里希其中一人說話，至於要聽誰說話，就由我們自行決定的意思嗎？」

『正是如此。』

他說了個麻煩的要求。

雖說如此，他並沒有對我展現敵意。雖然把這扇門打破，衝進去逼他回答是最快的方法，但是沒辦法這麼做。算了，既然他都說會聽一個人說話了，那就接受這個條件吧。

「還真是遺憾呢，迪德里希。難得你來到吉歐路達盧一趟。」

我朝著阿蓋哈的劍帝接著說：

「不過，既然亞希鐵的事情順利解決了，你今天就別貪心了，回國去吧。」

我話一說完，迪德里希就露出豪放的笑容。

「你真是個強勢的男人啊，阿諾斯。明明就還不知道是誰要回去。」

「你是預言者吧？」

我朝著泰然佇立的迪德里希拋出話語。

「要是不知道不論比什麼都是我會被選上，可稱不上是預言喔。」

迪德里希豪邁地將我這句話一笑置之。

「好啦……真的是這樣嗎？」

唔嗯，明明能看見未來，卻不打算放棄嗎？

「那你就決定選擇的方式吧。」

「也不能在這種地方真的進行聖戰，我們就互相跟對方的選定神交戰，以撐得最久的人獲勝，你覺得如何？」

也就是我與娜芙妲，而迪德里希與亞露卡娜交戰。

神與選定者之間本來具有絕對的力量差距。也就是說他有著能以亞露卡娜為對手長時間支撐下去的自信吧。

只不過，他究竟看出我多少實力？

「無妨。」

在我這樣回應後，回頭就看到未來神娜芙妲已經出現在那裡。

是看到了會變成這樣的未來吧。

「亞露卡娜。」

在我叫喚後，祂有如光一般地消失，移動到迪德里希眼前。

我跟他背對著背，與彼此的選定神對峙。

「那個男人恐怕很強，祢就盡全力戰鬥吧。」

「就聽你的。」

祂倏地舉起雙手，緩緩將手掌朝天翻去。由於身處屋內所以無法直接看到，但地底的天蓋上浮現出「創造之月」。

「魔族之王，娜芙姐做出了預言。」

閉著雙眼的神將雙手捧著的水晶朝向我。

「當這雙眼睜開時，娜芙姐能看到一切的未來。該發生的一切未來、一切奇蹟，盡在未來神娜芙妲的掌握之中。勝利的未來從你的指縫間滑落，就連抵抗的可能性都消失殆盡。」

祂就像理所當然似的說：

「有人因為感冒惡化而死去，也有人因為摔倒而喪命，所有人都在擲神的骰子，根據結果活在這個世上。如果要挑戰娜芙妲，最糟糕的一天將會向你襲來。」

「哦？那我也做出一個預言吧，掌管未來的神啊。」

我向站在眼前的娜芙妲宣告：

「當祢那雙眼睜開時，就會確定祢的敗北。」

§18 【勝利的未來在誰手中】

娜芙妲閉著雙眼，將魔力注入水晶球中。

「阻擋在未來神娜芙妲面前的罪人啊。娜芙妲在此對你下達『未來世水晶』坎達奎索魯提的審判。」

水晶球才剛離開未來神的手中，輪廓就扭曲變形成長槍的形狀。

「未來的判決下達了，要對你處以穿刺之刑。」

有如下達判決的審判官一般，娜芙妲做出宣告。

「有意思，祢就試看看。」

未來神伸出雙手，神的魔力朝著周遭溢出，使得大聖堂開始晃動。

水晶長槍朝著我以目不暇給的速度射出。在我扭頭打算避開的同時，水晶長槍也朝著我避開的方向改變軌道，逼近我的臉。

「唔嗯，是看到了未來嗎？」

我抓住槍柄壓制住，槍尖就在來到眼前的地方停下。

「娜芙妲侷限未來，你並沒有抓住槍柄。」

就在未來神這麼說的瞬間，應該確實抓住的水晶長槍就忽然穿過我的手。即使我立刻跳開，「未來世水晶」坎達奎索魯提的速度還是快了一點，槍尖刺進了我的腹部。

「侷限嗎？原來如此，我確實說不定在好幾億次之中會有一次抓漏。是用那個什麼『未來世水晶』的力量，把結果侷限在這個未來上啊？」

「坎達奎索魯提是未來本身，沒有方法能夠觸及未來。」

「哦？」

我畫出多重魔法陣將右手穿進去，打算用染成蒼白色的「森羅萬掌（Iguneasu）」之手抓住水晶長槍，但我的手卻穿過了槍柄。

「看來還挺難抓住的。」

無法觸及是坎達奎索魯提的秩序，而侷限未來的力量讓我的手穿過槍柄了吧。

「你已經無法再拔出這把長槍了。結果就二選一，是要就這樣宣布認輸，還是被坎達奎索魯提之槍貫穿根源。」

娜芙妲依然閉著雙眼，不過卻筆直朝著我的方向說：

「選擇的人是你。」

「試著看向更遠的未來吧，未來神。這個叫什麼『未來世水晶』的東西會毀掉喔？」

娜芙妲面不改色，朝著水晶長槍釋放魔力。

「對汝的根源處以穿刺之刑。」

發出「咕滋」一聲，坎達奎索魯提將我的腹部刺得更深，不過我依然泰然自若地注視著眼前的神。

「我應該勸告過祢了。」

那把刺進根源、貫穿我身體的長槍，槍尖出現漆黑的生銹。

「……什麼，那究竟是怎麼回事……？」

大聖門前的聖騎士們露出無法理解的表情。

「遭到神槍貫穿，那個男人為何還活著……？」

「根據傳承，據說被那把長槍——未來神娜芙妲的坎達奎索魯提貫穿之人就連未來的可能性都會遭到剝奪且毀滅……」

「……也就是說，他能以人身抵抗這種奇蹟嗎……！」

無視難掩驚愕的聖騎士們，一名男人「嗯嗯嗯」地點頭。

還以為是誰，原來是米蘭主教。

「今天也發生了奇蹟啊。」

我一面向前走出數步一面說：

「就算無法觸及未來，只要祢攻擊我就不得不碰觸到我。」

將我貫穿也就意味著那把長槍碰觸到我。

「趕快拔出來吧，在根源噴出的魔王之血將坎達奎索魯提腐蝕之前。」

「『未來世水晶』坎達奎索魯提是這個世界的眾多未來，就等同是世界的模樣。你的行為就像在比世界跟自己何者會先毀滅一樣，結論很顯而易見吧？」

「的確。」

水晶槍尖掉落下來。

「我的血就連世界都會腐蝕。」

坎達奎索魯提被銹蝕成漆黑一塊，破破爛爛地朝著周圍粉碎消散。

魔王之血如果不是非常強大的攻擊我不會使用。要是沒有能承受這種毀滅的威力，就會對世界造成致命的損傷。

「不愧是掌管未來的神，祢相當強大。但差不多要拿出真本事了吧？要是不認真預知，說不定會在此毀滅喔？」

我沒有停下朝娜芙妲走去的步伐。就在這時，本來銹蝕消散的坎達奎索魯提化為閃閃發光的無數水晶碎片飄浮起來。

「娜芙妲宣誓，只要現在處於這裡，未來就算毀滅也會不斷復活。要毀滅『未來世水晶』，就只能毀滅一切可能性。」

水晶碎片眼看著不斷增加，宛如閃耀的沙暴般籠罩住這裡。

「這是說不定存在的另一個世界的模樣。罪人啊，娜芙妲要對你處以侷限世界之刑。」

等到水晶沙暴退去後，風景突然變了。

那裡是陌生的城市。

一切的建築物、一切的植物和一切的人們都是以水晶構成，就連遠望到的山脈、遠方的天蓋與流動的河川都是水晶。

而且，全都能感受到非比尋常的魔力。

「是以坎達奎索魯提創造的世界啊？是未來神的神域呢。」

「娜芙妲宣誓，會將這個世界侷限在一切都會對你造成最壞的結果，你的勝利在這個世界不會實現。」

「有意思。」

我泰然注視著祂說：

「來吧，未來。試著挑戰我吧。」

在我開口的同時，所有地面就「哐啷」粉碎。

在我施展「飛行」飄浮到空中後，開在地面上、巨大無比的坑洞就飛出無數水晶長槍。我試著用「四界牆壁（beno iebun）」堵住坑洞，但水晶長槍輕易地穿過牆壁貫穿了我。

下一瞬間，周圍的建築物上突然冒出水晶長槍。頭上的天蓋也同樣冒出水晶長槍，從上下左右一齊射來。

在長槍接連不斷切削我的身體時，眼前的鐘塔就像是被切斷似的浮上空中，連同尖銳的屋頂一起撞來。無數的水晶長槍束縛我的身體，那把鐘塔之槍以像是要把我壓爛似的力道刺在我身上。

大量鮮血從我身上滴落。

「好久沒流這麼多血了。」

在魔王之血的銹蝕之下，不論是鐘塔之槍、水晶長槍，還是附近一代的所有水晶全都破破爛爛地粉碎了。

留下來的就只有漆黑的銹。

「祢方才說一切都會對我造成最壞的結果，最糟糕的一天將會向我襲來吧？」

我伸手畫起多重魔法陣，有如砲塔般地層層疊起朝向娜芙妲。

「這還真是驚人的權能。不過既然祢很強，那我也有能施展的魔法。」

漆黑粒子從魔法陣的砲塔之中溢出。

「所有的奇蹟將會向你襲來。處以絕望之刑。」

無數的水晶長槍再次朝我襲擊而來，但是一接觸到周圍瀰漫的漆黑粒子就破破爛爛地粉碎了。

水、火、雷電、大地、樹木與天蓋，世間上的一切萬物朝我襲來。

這就彷彿奇蹟一般。可是，發出敵意的世間萬物全都無法靠近我。

「我以起源魔法向兩千年前的暴虐魔王阿諾斯・波魯迪戈烏多、創造神米里狄亞與破壞神阿貝魯猊攸借取了魔力。」

然後再加上我自己現在的魔力。

「這是無法在正常地方施展的禁咒，即使是我也只施展過兩次。」

漆黑粒子有如生物般捲起漩渦，纏繞在魔法陣的砲塔上。光是餘波就讓周圍的一切水晶眼看著不斷碎成粉末。

娜芙妲的神域龜裂，並且開始崩塌。

「所以睜開祢的神眼（眼睛），千萬要好好侷限啊。雖然我施展了這個魔法，但最壞就是坎達奎索魯提的世界毀滅。」

我朝著啞口無言、茫然地將臉轉來的未來神說：

「要是無法侷限，會連現實的世界一起毀滅喔。」

漆黑粒子以砲塔為中心畫出七重螺旋。

水晶地面裂開深不見底的龜裂。這道龜裂長得看不見前端，將侷限世界名副其實地分成兩半。

「『極獄界滅灰燼魔砲（egiru gurone angudoroa）』。」

魔法陣砲臺發射出終末之火，七重螺旋的暗黑火焰發出轟隆巨響直線前進。那大概是坎達奎索魯提的加護吧，終末之火就像穿過娜芙妲身體似的貫穿過去，抵達地平線的另一端，然後——世上的一切燃燒起來。

天蓋燃燒，地平線燃燒。地面、山脈以及所有一切都燃燒起來，化為漆黑的灰燼。

超越「獄炎殲滅砲」的這個魔法之所以沒被歸類為炎屬性最上級魔法，是因為這只是有火焰模樣的不同東西。

將不可能燃燒之物燃燒、將不可能毀滅之物毀滅、讓天地萬物化為灰燼，這毫無疑問是毀滅的魔法，我最擅長的魔法系統。

在終末之火前，侷限世界的一切化為漆黑灰燼。

就像要讓隱藏在背後的現實顯露出來一樣，灰燼被風帶走，我與娜芙妲再度回到大聖門之前。

「唔嗯，看來祢拿出真本事了啊。」

用雙手捧著「未來世水晶」的娜芙妲睜開了雙眼。作為掌管未來秩序的神，祂不能讓世界的可能性就此封閉。

為了侷限「極獄界滅灰燼魔砲」，祂看盡了一切未來吧。

「也就是勝負已決了。」

娜芙妲默默點頭，身體出現龜裂。

「……娜芙妲宣誓敗北。不論怎麼侷限未來，都無法讓無變成一。你敗北的未來就連一個都不存在。」

未來神的身體「喀嚓」一聲出現無數龜裂，祂開始崩塌。

不論怎麼侷限未來，既然對上了我，祂的未來就只有毀滅。是未來的結果讓娜芙妲瀕臨毀滅。

神無法違背秩序。就是因為不想知道這個結果，娜芙妲才會特意不睜開雙眼。

「所以我一開始就預言了啊。」

我用染成滅紫色的魔眼望去，慢步走到娜芙妲身旁。

就像要封閉未來似的，用手遮住娜芙妲的雙眼，祂的身體就此停止崩塌。

「不論累積幾億次的奇蹟，都絕對無法讓我最壞的結果到來。」

§19【阿蓋哈的劍帝】

「天…………」

觀戰的一名聖騎士不自覺地發出愕然的聲音。他們全都看得目瞪口呆，以非常驚愕的表情注視著分出勝負的瞬間。

「…………我的天啊……他居然以人身凌駕了未來神……」

「八神選定者竟然這麼強大嗎……？」

「不對，並不是這樣……亞希鐵與卡傑魯也同樣是八神選定者，但我怎麼也不覺得他們能做到相同的事……雖說讓神降臨的教皇之力難以估計……但就算是這樣，本人也沒有這麼強大的力量……」

「……那麼，那個男人到底是怎麼回事……？」

朝著難掩動搖的聖騎士們，米蘭主教平靜地說道：

「這有什麼好驚訝的嗎，諸位聖騎士？是的，畢竟他可是不靠盟珠就能讓那個天父神服從的人物。」

「你說什麼……！讓那個天父神，讓秩序誕生的秩序，最接近『全能煌輝』艾庫艾斯光輝的神服從嗎！」

「是的，您不知道嗎？」

「真的嗎？米蘭主教！你說的是真的嗎？」

「我就向『全能煌輝』艾庫艾斯宣誓吧。我確實親眼見證了這一切。啊啊，不過要是在這個地底最先認識他的人是我的話，說不定就沒有其他人知道了呢。」

「你這是見證了何等奇蹟啊……」

「要、要是這樣的話，就不是超乎常軌的程度了！而是超越了一切啊！那個男人真的是人嗎！難道不是有著人姿的神嗎！不對、不對，豈止如此……」

「……難、不、成…………他是…………那位大人是……………？」

「哎呀，究竟是怎樣呢？不適任者，他好像被冠上了這個相當諷刺的稱號，還是說這是他自稱的呢？他說不定是我們無法估計的尊貴存在呢。」

他發出感嘆般的嘆息。

儘管是以彼此的選定神為對手看能支撐多久的比賽，不過只要打倒選定神的話，就絕對不會輸了。

「哈～這還真讓人受不了啊，居然能打贏娜芙妲。祢選上的選定者豈止是豪傑啊。」

在與亞露卡娜對峙的迪德里希說：

「最初選上他的人不是我。然而他比任何人都還要適合成為代行者，所以他不會選擇走上代行者的道路。」

這樣回答的亞露卡娜單膝跪地，筆直注視著阿蓋哈的劍帝。

「哦？」

看樣子是被壓制了啊。

以依賴召喚神與召喚龍的龍人來說，他本人的力量非比尋常。雖然稱為劍帝，但他現在卻連劍都還沒拔出來。就跟我推測得一樣，實力非同凡響。

「覆蓋上冰冷的冰柱沉睡吧。」

雪月花在迪德里希周圍猛烈颳起。雖然散發著閃亮的冷氣，卻化為銳利的冰柱朝他一齊發射。

「哼！」

迪德里希緊握雙拳鼓起全身肌肉。在伴隨著激勵聲溢出龐大魔力後，他纏繞上深灰色的磷光。

發射出去的冰柱全都沒有碰到迪德里希的身體，被那道磷光彈開了。

「有意思。那是什麼？」

「是『龍之逆磷』。簡單來說就是在碰觸異龍逆鱗時會發出的魔力磷光吧。」

迪德里希在握緊右拳後，深灰色磷光就聚集在上頭。

「只要用這個拳頭揍下去——」

蹬地衝出的迪德里希筆直欺近亞露卡娜，祂將雪月花集中在右手上構築出神雪劍洛可洛諾特。剎那間，以光速消失在迪德里希眼前的亞露卡娜切開他的鎧甲將其凍結。

即使是「龍之逆磷」也無法防住洛可洛諾特啊……

不對——

「喂，我抓到祢嘍，選定神小姐。」

亞露卡娜咬緊牙關。在切開迪德里希的鎧甲之後，洛可洛諾特的劍身就立刻被他用左手一把抓住，能在他手上看到磷光的光輝。

儘管手掌微微滴血、凍結起來，迪德里希也不以為意地舉起拳頭。

「唔喔喔喔喔！」

纏繞上就像凝縮般聚集起來的「龍之逆磷」，他使勁地朝著神雪劍揮下拳頭，用這一拳將劍身悽慘地打碎。

「只要碰到龍的逆鱗，就沒辦法平安無事。」

相對於再度從手中發出雪月花創造神雪劍的亞露卡娜，迪德里希則是從正面衝過去。

「雪花撩亂，化形為劍——」

神雪劍洛可洛諾特閃耀起雪色。迪德里希比亞露卡娜慢了一步，在他的拳頭擊中祂之前，洛可洛諾特的劍刃就貫穿深灰色磷光，刺進了他的腹部。

「——刺穿的你凍結不動。」

冷氣轉眼間就從傷口擴展開來，將迪德里希凍成冰雕。

不過要是這樣就結束的話，亞露卡娜就不會被壓制了吧。就像在證實我的預測一般，從凍結的冰層後方傳來細微的聲音。

「……這我也收下啦……！」

深灰色磷光才剛溢出冰雕，迪德里希就動了起來。

狂暴的「龍之逆磷」化為龍嘴，將自己與雪劍一起咬下。

試著用魔眼凝視後，能看出「龍之逆磷」的牙將凍住迪德里希的冰與神雪劍分解成魔力吃起來。

「……在吃魔力。」

亞露卡娜如此低語並打算後退。

「沒錯！」

大概是吃掉的魔力使得力量提升了吧，迪德里希纏繞上「龍之逆磷」的右拳快了數瞬直擊那個嬌小神體。

發出「轟隆隆隆」的巨響，亞露卡娜被打飛撞上大聖門。

「再生之光，治癒傷勢。」

就連使用再生守護神的力量，祂全身受到的傷勢也恢復得很緩慢。

「正確來說，『龍之逆鱗』是在啃蝕根源。即使是神，只要魔力來源被咬破的話，就沒辦法輕易恢復傷勢。」

啃蝕根源嗎？簡直就像是龍的胎內。

不過他並沒有施展「附身召喚」的樣子。

「聽說阿蓋哈的劍帝是子龍。」

「沒錯。不知是什麼樣的因果讓龍產下了我。拜此所賜我才擁有不相稱的力量。」

迪德里希直接走近在大聖門前單膝跪下的亞露卡娜。

接著，等來到祂面前停下腳步後，他消去「龍之逆鱗」露齒一笑。

「雖然是我輸了。」

亞露卡娜握起戴德利希伸出的手。

祂起身向他說：

「你沒必要認輸。早在受到難以治癒的傷勢時就是我輸了。」

「很不巧的，這是我跟他之間的比試。如果方才那一擊殺掉祢的話，說不定還能主張是平手，不過沒能做到。」

迪德里希朝我看來。

「我們說好能撐得最久的人獲勝。如果你讓亞露卡娜認輸的話，就無法分出勝負，是雙方平手。」

他豪邁地笑了起來。

「不論由誰來看，都是你先贏過娜芙妲吧？要是因為方才說好的是這樣就擺出一副平手的嘴臉，可沒辦法作為阿蓋哈的王當人民的表率。」

而且——補上這一句，迪德里希用拇指指了指大聖門。

「那傢伙也不想跟雙方都說上話吧。」

我忍不住露出笑容。

「你這話還真是乾脆。迪德里希，我對你的國家產生興趣了。」

他露齒笑道：

「要是你到阿蓋哈來，我會充分款待你。要說是交換條件也很奇怪，但能把你那邊的聖歌隊一起帶來嗎？」

他方才也說過這種話。

「你很中意？」

「咯哈哈，那真讓人受不了啊。」

真是爽快的男人。

「我答應你。」

迪德里希把倒在一旁的亞希鐵輕鬆扛起。就像在跟隨他似的，未來神娜芙妲也站在他的身旁。

「迪德里希，我要問你一件事。」

他朝我回頭看來。

「既然你能看見未來，應該早就知道你贏不了這場比試。之後還有選定審判，為何你要做出這種就像是故意暴露自身本事的行為？」

亞露卡娜與迪德里希直接交戰，在場全員都看到了他的「龍之逆磷」。娜芙妲的秩序也是如此。

但是他就算不進行這場比試，也能靠未來神的力量得知我的本事。

「要是你難以回答，不說也無妨。」

「沒什麼，因為這是未來神娜芙妲的審判。」

戴德利希摸著下頷說：

「假設有一場戰鬥你必須要贏，要是你得知未來，知道你絕對贏不了，你會怎麼做？」

迪德里希豪放不羈地問道。

「逃避挑戰可不是預言者的工作。無法顛覆的預言沒有意義。」

原來如此。

對他來說我就象徵絕對無法顛覆的預言嗎？所以才會向我挑戰，哪怕之後會讓自己陷入不利也要顛覆這個未來。

「真是漂亮的覺悟啊，地底的王。」

迪德里希豪放笑起。

「我就為你預言一件你在意的事吧。」

「哦？」

我端正姿勢，筆直注視著迪德里希。

「請務必讓我洗耳恭聽阿蓋哈劍帝的預言。」

隨後笑容從他臉上消失，迪德里希以認真的語調說：

「選擇地上的魔王不適任者阿諾斯．波魯迪戈烏多作為選定者的是創造神米里狄亞。」

果然的想法和怎麼可能的念頭在我的心中縈繞。

他看起來不像是會在這種時候說謊的男人。

「還有一個預言，算是附贈的，這也跟我的事情有關。假如要與戈盧羅亞那交手，你最好確實將他毀滅——如果不想讓迪魯海德陷入危機。」

「唔嗯，我就心存感激地收下你的忠告。但你知道我的回答吧？」

迪德里希露齒一笑。

「在阿蓋哈再會吧，魔王。」

迪德里希轉身背向我，一面舉手告別一面帶著娜芙妲一同離去。

同時快樂地哼著「了．去了，了．去了」的地上歌曲——

§20 【與教皇會談】

背後響起了「喀答」的聲響。

回頭一看便發現大聖門緩緩開啟了。

本來茫然自失的聖騎士們紛紛閉上眼，將雙手疊起獻上祈禱。

「請進，不適任者阿諾斯．波魯迪戈烏多。願你能得到救濟。」

以奇妙的回響傳入耳中，大聖門後方響起教皇戈盧羅亞那的聲音。

我緩緩踏出步伐，偕同亞露卡娜一起朝大聖門內——聖歌祭殿走去。

室內排列著許許多多狀似音叉的柱子。那些全是魔法具，每一根都帶有不下於神話時代逸品的魔力。

再次響起「喀答」聲響，大聖門被關上。

每當踏出步伐，腳步聲就會大聲迴蕩。

在房間深處，圍繞著好幾層音叉柱的中心有名穿著藍色法衣的龍人，他應該就是教皇吧。頭髮不長也不短，有著難以分辨是男是女的中性容貌，五官端正。如果是男性就是美青年，如果是女性就是絕世美女了吧。

那名龍人跪在地上，就像覆蓋似的將左手疊在右手的選定盟珠上獻上祈禱。

教皇平靜地開口說：

「初次見面，阿諾斯，還有選定神亞露卡娜。我是吉歐路達盧的教皇戈盧羅亞那。」

聲音在聖歌祭殿大聲回響。

就連在打招呼時，教皇都沒有解除祈禱的姿勢。

我就這樣走到戈盧羅亞那面前——

「我是阿諾斯．波魯迪戈烏多。」

像這樣伸出手。不過教皇沒有回應握手，依舊讓雙手重疊著。

「還請你諒解。我是吉歐路達盧的教皇，為了這個國家，不論何時都不能停止祈禱。」

「是我做了失禮的問候。」

我配合戈盧羅亞那的視線跪下，同樣將雙手交疊。

亞露卡娜在我背後站著。

「你方才說想知道關於選定審判的事，還有痕跡神利巴爾修涅多的所在位置吧？」

「沒錯，主要想知道後者。」

隨後，在沉默了一會兒後，教皇回答：

「掌管紀錄與記憶的痕跡神就在我國吉歐路達盧沉睡。祂是要為地底帶來救濟的偉大秩序，直到那一刻來臨前想必都不會醒來。」

「唔嗯，不過據說偶爾起來動動身子會睡得比較舒服，這樣救濟也會比較順利吧？」

戈盧羅亞那面不改色地說：

「假如將沉睡之神喚醒，不知道會引發什麼樣的災害。」

「就只是能回顧過去的神的秩序根本不足為懼。即使多少有點起床氣，也只要安撫一下就好。」

「利巴爾修涅多能重現世界的痕跡。那尊神想必能夠引發對這個世界造成最大傷害的災害吧。」

「總之只要以在那之上的災害打倒祂就好了吧？」

聽到我這麼說，教皇沉默了一會兒。

「……我知道你。你第一次前往艾貝拉斯特安傑塔時，我也在聖座之間。」

吉歐路達盧的聖騎士卡傑魯也在那裡呢。就算跟亞希鐵關係密切的選定者當時在場，也沒什麼好驚訝的。

「也知道通過全能者之劍里拜因基魯瑪審判的你有著與神對等以上的力量。」

戈盧羅亞那加強語氣。

「儘管事實如此，這難道就足以構成你喚醒痕跡神的正當理由嗎？既然你說利巴爾修涅多不足為懼，那麼就沒必要拜託那尊神了吧？既然要拜託那尊神，就應當拿出相應的禮儀不是嗎？」

「你說得非常合理。也就是說，只要能讓沉睡中的利巴爾修涅多同意，就算喚醒祂也不會有意見吧？」

戈盧羅亞那的臉色不變，但是傳來了目瞪口呆的氣息。

「你打算怎麼讓沉睡的神同意？」

「這我之後會去想。我保證不會強行吵醒祂，這樣就沒問題了。」

我揚起微笑，注視著教皇端正的臉孔。

「所以，痕跡神在哪裡？」

教皇微微改變姿勢把臉轉向我。

「既然你都說到這個地步了，應該就知道祂位在何處吧？」

「我知道。但是痕跡神的所在地記載在只會由教皇傳承的教典上，無法告訴不信奉吉歐路達盧教義之人。」

在如此斷言後，戈盧羅亞那接著這樣說：

「只不過，不適任者阿諾斯．波魯迪戈烏多。假如用你的神交換，我就告訴你吧。」

身後亞露卡娜的魔力微微動搖。

「要用只會告訴教皇的教典內容交換無名之神嗎？」

「如果痕跡神是為地底帶來救濟之神，亞露卡娜就是地底新生所必要的神。因為祂是創造了這個世界的創造神米里狄亞的轉生。」

我的眼神忍不住凝重起來。

意思是我建造牆壁後，創造神米里狄亞捨棄神名轉生，然後作為亞露卡娜活到現在嗎？

假如是這樣的話，那麼在夢中看到的我的妹妹是怎麼回事？

儘管還不清楚，但要是戈盧羅亞那在說謊的話，那他就是有著要騙我亞露卡娜是米里狄亞的理由吧。

「這你是從何得知的？」

「此乃『全能煌輝』艾庫艾斯的教導。」

是聽神說的吧，但他似乎不打算把話說清楚。

「你打算怎麼做？」

「抱歉，我跟亞露卡娜約定好了，我不能違背約定。」

「我就知道你會這麼說。」

戈盧羅亞那以宛如歌唱般的優美聲調說：

「只不過亞露卡娜本是吉歐路達盧的神，要是繼續任由你強占的話，『全能煌輝』艾庫艾斯就不會給予我們救濟了。」

「龍子啊，你錯了。我並不是遭到強占，而是以自身的意志跟隨他。他正是適合與我一同在這場選定審判中戰鬥之人。」

亞露卡娜說。

「讓他成為代行者是神的意思嗎？」

「你錯了。我是為了要與他一起結束這場選定審判而戰。只是為了維持秩序的這場神的儀式是錯的。我們一直在持續著錯誤，必須要改正才行。」

戈盧羅亞那露出凝重的表情，然後靜靜地搖頭。

「選定神亞露卡娜啊，明知失禮，但請讓信徒說一句吧。祢是因為捨棄了名字，所以遺忘了作為神的職責吧。還請祢三思，不該在祢取回名字與記憶之前做出這種決定。」

「反抗秩序為何是罪？不去改變不好的秩序，還算什麼神？」

戈盧羅亞那立刻回覆：

「反抗秩序即淪為不順從之神。祢將會落入背理神耿奴杜奴布的手中吧。」

亞露卡娜平靜地說：

「這樣會讓誰受傷嗎？」

「我會受傷，吉歐路達盧的所有信徒都會悲傷度日吧。」

聽到他這麼回答，亞露卡娜露出心痛的表情。不過，祂並沒有反駁。

「教皇戈盧羅亞那，你也不是小孩子了，這點小事就忍耐一下吧。既然沒有實質傷害，就別一一干預神要做的事情。」

教皇微微朝我看來。

「你相信神吧？」

「是的，所以我才會像這樣祈禱、許願。你以為會有信徒不對神的墮落感到悲傷嗎？」

「無聊，只會哭著求神的信仰真讓人聽得傻眼。不要光是祈禱，偶爾也設身處地為接受祈禱的神想一想。」

我像這樣一口否決戈盧羅亞那的話語。

「我很清楚不信神的你為何會有這種想法，但請你也千萬別忘了，我們至今以來都在為了你所說的無聊事奉獻心靈、賭上性命。」

教皇以高潔的語氣說。

「你方才要亞露卡娜等取回名字與記憶之後再做決定吧?這樣正好。如此不就有喚醒痕跡神的理由了?」

在我這樣問之後,戈盧羅亞那就像尋思似的安靜下來。

「也是呢。我明白了。只要你將亞露卡娜歸還吉歐路達盧,我就以痕跡神的秩序讓祂的名字與記憶恢復原狀吧。」

「真是聽不懂人話,我方才應該拒絕過了。」

「不適任者,這是我的讓步喔。」

戈盧羅亞那這樣溫柔地宣告。

「你要把亞露卡娜從我身邊奪走?」

「我要因為你的事情違反戒律、觸犯教典來喚醒痕跡神,這本來是連提都不該提出來的事。只要你將亞露卡娜歸還應有的地方,我不只會原諒你的罪過,還會實現你的願望。這倘若不是讓步的話,又會是什麼呢?」

戈盧羅亞那鏗鏘有力地說。

「你這話要是認真的,我可要懷疑你是不是瘋了。就算是交涉,條件也必須再開得好一點吧?如果想回去,亞露卡娜自己就會回去了吧?為了自己方便任意操弄神明就是吉歐路達盧的教義嗎?」

「我應該說過這是讓步了。如果是其他事情,我當然會順從神的意思,不會加以干涉,但是你與亞露卡娜不是說了要結束選定審判嗎？」

「原來如此。你是在不服這件事啊。」

戈盧羅亞那睜開眼睛，但兩手依舊像是在祈禱般地交疊，直直地瞪著我。

「選定審判在吉歐路達盧是最為神聖的儀式。讓龍人成為神持續守護信徒，是地底代代相傳下來，為了偉大救濟的審判。」

「救濟說起來是很好聽，但是好像也有人因此而受苦喔？即使結束掉，也不會有什麼不妥吧？」

「人生在世沒有不受苦的。要是沒有選定審判，就只會讓更多人受苦吧。」

「能告訴我理由嗎？就算沒有選定審判，這裡也還有神，應該不會對龍人們的生活造成障礙才對。」

靜靜吐了口氣，戈盧羅亞那沉著地說：

「因為教典是這麼傳承的。」

「具體來說是什麼？」

「謹遵『全能煌輝』艾庫艾斯的意思。」

就只是因為他無法說出教典的內容嗎？還是說就連教典也沒有記載根據呢？

「如果想讓我接受，就得說出相應的理由。」

隨後教皇就朝我瞪來，能從他的視線中感受到憤怒。

「那我就用你的方式說吧，無法理解神的話語的不適任者。」

戈盧羅亞那以強硬的口氣說：

「請你千萬記好了。在和平的地上悠哉過活的魔族能否不要到地底擺出一副旁若無人的嘴臉嗎？我們有著我們的教義。」

「只要知道能獲得不相稱的力量，就會使人瘋狂。貴國的亞希鐵與卡傑魯可都是興高采烈地跑來殺我喔？還為此襲擊了亞傑希翁、襲擊了迪魯海德。光是向神祈禱就連自己的部下都不去管束，那侵略我國的責任你打算怎麼做？該不會想說自己不知情就當作沒事了吧？」

不知道是啞口無言，還是不想跟我爭論這件事，教皇沒有立刻回答。

「如果只是地底的事，你們要怎樣我都不管。但我可不打算對會傷害到迪魯海德的行為置之不理。」

「亞希鐵侵略地上一事，我也感到十分遺憾。那是教義所不需要的行為，作為治理吉歐路達盧的教皇，我要深深地向你謝罪。」

戈盧羅亞那以祈禱的姿勢向我低頭賠罪。

「那你就當場向神發誓絕不再犯。吉歐路達盧說不定也很氣惱他這麼做，但我也同樣氣惱。只要你做出讓步，我也不會急於對選定審判的事做出結論。」

靜靜地吐出一口氣，戈盧羅亞那注視著我。

「不適任者啊，謝罪已是我最大的讓步了。當然，我們也不想積極地把事情鬧大，我發誓會盡最大的努力儘量不去違反貴國的法律。但還請你務必要理解這一點，對我們來說沒有事情能比神的教義來得重要。」

我「咯哈哈」地笑了出來。

「也就是這個意思吧？雖然會多少在意一下，但迪魯海德的法律相對於吉歐路達盧的教義來說，是連比都不需要比的小事。」

「我並未這麼說。」

「那你能發誓不會為了選定審判而危害迪魯海德嗎？」

「偉大的神意並非我所能預測的。」

「這也就是說，只要神意下達，你就會毫不猶豫地對迪魯海德發動戰爭吧？這可不叫做讓步。」

「那我就提出一個很好的解決方法吧。」

戈盧羅亞那露出高潔的表情。

「哦？我雖然不期待，但你就說說看吧。」

「迪魯海德要不要試著入信吉歐路達盧？」

儘管我只覺得他是在說蠢話，但教皇的語調與表情都十分認真。

「只要你們信奉神，我想一切問題都會在『全能煌輝』艾庫艾斯的引導下迎刃而解。」

「我想到了一個比這更好的解決方法。不知這樣你覺得怎麼樣？」

戈盧羅亞那一臉疑惑地聽我說。

「你們就試著讓吉歐路達盧併入迪魯海德吧。只要納入我的統治之下，永遠服從魔王，我就幫你們解決這個國家的擔憂、這個地底的一切問題吧。」

戈盧羅亞那以虔誠的表情說：

「這是個愚昧的提案。我們是信奉神之人，怎麼可能會去服從神以外的人？」

「明白了嗎？這點我們也一樣。」

戈盧羅亞那閉上雙眼，彷彿祈禱般地說：

「國與國、人與人之間無法互相理解，有時也是無可奈何的事。我們就只能走在信奉神的道路上。」

雖然他說得很高深莫測，不過意思就是：只要符合神的教義，他就不論如何都會侵略迪魯海德，無法置之不理。

「所以我說要毀了選定審判。只要沒有無聊的審判，就不用擔心你們會危害地上。」

當然，這麼做並非代表完全沒有那種危險，但只要他們不借用選定神的力量，就構不成太大的威脅。

「恕我冒昧，但對於異教之國，我們這樣已算是讓步了。」

教皇語帶怒氣地說：

「要是你再繼續索求下去，就得請你接受相應的懲罰了。」

看來他做出了結論。

我起身俯瞰戈盧羅亞那。

「站起來。我就毀滅掉你的神吧。既然你說選定審判有這麼神聖，那麼要是在審判中輸掉，你也會稍微想認同我的主張吧？」

§21　【福音降臨】

依舊跪著獻上祈禱的教皇戈盧羅亞那說：

「你我同為選定者，假如你想進行聖戰，我就當你的對手吧。但要知道，我是不會受你蒙騙的。不論你想用多麼強大的力量打擊我，都無法讓我捨棄奉獻給神的信仰心。」

我能從他高潔的表情上感受到不可動搖的意志。

「你絕對無法尋得教典與痕跡神利巴爾修涅多。」

「不好意思，我的個性就是聽到人這麼說，就無論如何也想要顛覆呢。」

我俯瞰著他回道：

「你要祈禱到什麼時候？不會是想坐著跟我打吧？」

「有何不妥嗎？」

戈盧羅亞那始終不改祈禱的姿勢，有如唱歌般地說。

「哦？」

「我是吉歐路達盧的教皇戈盧羅亞那．德羅．吉歐路達盧，受選定神賜予救濟者稱號之人。直到救濟降臨地底之日到訪前，我都絕對不會中斷對神的祈禱。」

他跪著朝我瞪來。

「還請無須客氣，吾身受到神的奇蹟守護，能擊潰一切苦難。」

「有意思。那我就不客氣了。」

我在這麼說的同時在地面畫起巨大的魔法陣。

從中出現的漆黑火焰化為鎖鏈，綁向跪在地上的戈盧羅亞那。

「『獄炎鎖縛魔法陣（zora e deifuto）』。」

獄炎鎖漆黑燃燒起來後，就迅速變成為了施展大魔法的魔法陣。

「汝要懂得畏懼，束縛神是任何人都難以辦到的事。」

戈盧羅亞那的選定盟珠聚集起神聖的光芒。

盟珠的中心才剛點燃火焰，上頭就畫起立體魔法陣層層疊起，不斷地重疊下去。眼看持續高漲的魔力在眨眼間達到神的領域。

不可思議的音色響起，經由音叉柱回響開來。聲音眼看著不斷增強音量，發出「嗡、嗡、嗡」的聲音演奏著陌生的旋律。

就像要覆蓋住教皇的背後般，神顯現了。

「福音降臨，『神座天門選定召喚』。」

響起「嗡」的一聲，現身的是穿著藍色大衣的長髮之神。

「『附身召喚』・『選定神（杜迪雷德）』。」

顯現的神就像被吸入似的降臨在戈盧羅亞那身上。教皇的魔力高漲，被「獄炎鎖縛魔法陣」綁住的身體有如海市蜃樓般晃動消失。

伴隨著「嗡」的旋律，戈盧羅亞那的身體出現在我背後十公尺左右的位置。

「福音神杜迪雷德。」

亞露卡娜這樣說道，並且站到了我身旁。

「那是教皇戈盧羅亞那的選定神，掌管聲音的杜迪雷德，其模樣即是聲音本身。」

「唔嗯，也就是不會被鎖鏈與火焰束縛啊。話說回來——」

我朝亞露卡娜看去。

「祢被迪德里希打傷的傷勢怎樣了？」

「恢復了。」

「那就兩個人一起趕快解決掉吧。」

我畫起魔法陣施展「真空地帶（badoromu）」的魔法。室內形成真空，附近一帶籠罩著無法傳達聲音的寂靜。

不過，就像要打破這道寂靜一般「嗡」地響起福音。這道旋律在音叉柱之間反覆回響、共鳴，讓室內充滿魔力。

福音神杜迪雷德是聲音之神。大概是因為這個原因吧，每當音叉柱回響、共鳴著聲音，魔力就會不斷倍增。

「復活之日，已滅的信徒們會伴隨著福音獲得短暫的生命吧。喔喔，偉大之神啊，我要感謝祢的奇蹟。」

戈盧羅亞那就像祈禱般吟唱。

「福音書第一樂章〈信徒再誕(eguredo)〉。」

每當聲音「嗡、嗡、嗡」地響起，眼前就會出現拿著狀似音叉的劍、跟戈盧羅亞那穿著相同藍色法衣的人們，合計三十三人。

「就算是真空，福音也會響起。只要這道聲音不止，杜迪雷德即是不滅。」

亞露卡娜說。

「只不過還真是罕見哪。是音韻魔法陣啊？」

是以福音的變化畫出聲音魔法陣發動魔法的吧。

以聲音的高低、發音與音調發動的那個魔法陣必須等到詠唱結束才能施展魔法，所以跟一般的魔法陣相比很不方便。

只不過，看來他是以福音神的秩序瞬間完成詠唱。

「請看吧，不適任者。他們是至今一直在這個吉歐路達盧向神獻上祈禱的信徒，也是歷代的教皇們。在神的奇蹟之前，你就只能俯首跪拜吧。」

「唰」的一聲蹬地衝出，以「信徒再誕」復活的死者們揮舞著音叉劍朝我衝來。

「暴風雪夜，萬物凍結。」

亞露卡娜讓雪月花在周圍颳起暴風雪，用冷氣將襲來的死者們下半身凍住。

「既然是歷代教皇自九泉之下歸來，我就以禮相問吧。」

我朝著被封住行動的死者們拋出話語。

「這個國家是否想與迪魯海德和平相處，就說出各自的想法吧。」

就像在說這就是回答一般，「信徒再誕」的死者們讓音叉劍響動，唱起了聖歌。

音韻魔法陣讓強大的反魔法響起，將凍住自己等人的冰層粉碎。

然後在呼嘯的暴風雪中，死者們繼續舉起音叉劍襲擊而來。

「明知之事不該故問。能束縛住死者他們的只有臨終前的夙願。除了向神獻上祈禱與聖歌之外，心繫這個國家的教皇想必一無所求。」

「只是為了實現夙願的亡靈啊？」

我將漆黑閃電纏繞在右手上爆發開來，就像要充滿室內般地朝周圍飛去。

被起源魔法「魔黑雷帝（jirasudo）」貫穿，三十三名死者就連骨頭也不剩地消滅了。

「已滅之人即是不滅。要再度毀滅他們是任何人都難以辦到的事。」

福音「嗡、嗡、嗡」地響起，「信徒再誕」的死者們再度復活。

「在第二次的再誕中，已滅的信徒們會讓神降臨己身。無數眾神將在此顯現，驅除黑暗讓世界充滿光明吧。」

歷代教皇們在畫出魔法陣後施展「附身召喚」。

魔力提升到截然不同的境界。

「聲音守護神米拉希・伊殿・吉茲姆。」

三十三名教皇將音叉劍指向我們，一齊發射出帶有魔力的音波塊。

「白雪飄落，普照大地。」

飄落的雪月花形成守護我們的結界，隔絕了音波塊。

「在三十三名教皇與三十三尊神明之前，萬物將會屈膝叩首。信奉吧，異端之民；信奉吧，神的偉業。只要祈求，你也會獲得救贖。」

在戈盧羅亞那放聲高歌後，教皇們的音叉劍響起更強烈的聲音共鳴起來。他藉由福音神杜迪雷德的力量讓音韻魔法陣強化了。

「福音書第二樂章〈聖音龍吐（sabiozu）〉。」

音波塊有如龍的咆哮般震耳響起，「嘰吱嘰吱」地打算突破雪月花的結界。

「看來是一群相當虔誠的教皇……但他們真的將一切都奉獻給神了嗎？」

「明知之事不該故問。心繫國家的教皇不存在自私自利。」

教皇戈盧羅亞那以話語回道。

「那要跟我賭賭看嗎？我現在就來揭露教皇的自私自利。只要我贏的話，你就說出痕跡神的所在地；要是我輸的話，就把亞露卡娜給你吧。」

「我應該說過不會受你蒙騙。」

「只要讓我受到一絲擦傷就算你贏也無所謂。順便就連迪魯海德也送給你吧。」

我畫出「契約」魔法陣，隨後教皇就輕輕嘆了口氣，朝我看來。

只差臨門一腳了吧。

「你好像對歌很有自信呢。那我也只用與讚美歌相關的戰鬥方式應戰吧。這個結界也會立刻消除。」

我話一說完，教皇就說：

「我就以『全能煌輝』之名在此宣誓吧。」

「契約」的簽字就在這句話之下成立；同時，亞露卡娜消除雪月花的結界。

「聖音龍吐」發威襲來，但我的右手早已握著用「創造建築」創造出來的魔笛。

「『魔笛相消（gorudorosu）』。」

只要注入魔力，魔笛就會響起讚美歌的樂曲。我以魔笛演奏的旋律與「聖音龍吐」相撞抵消了。

「唔嗯，雖然是即興創造的魔法，但效果相當不錯。果然聲音就是要用聲音對抗。」

我邊說邊將手上的魔笛交給亞露卡娜。

「吹吧。」

亞露卡娜一拿到魔笛就置於嘴邊，開始吹奏讚美歌的曲調。

阻擋「聖音龍吐」的結界被更加強化了。

亞蒂艾路托諾亞就像將光打在祂身上似的照射光芒。白銀光輝穿過天花板，自天蓋架起通往地上的光橋。

「創造之月」緩緩降落，眼看著半月的光芒逐漸逼近，然後包覆住魔笛。

「月光吞噬，等待融雪，顯現嶄新的姿態。」

亞蒂艾路托諾亞與魔笛混合，擁有「創造之月」力量的神之魔笛就此誕生。

在亞露卡娜忽然吹起魔笛後，創造出來的音樂就將三十三把音叉劍發出的「聖音龍吐」在轉眼間消除掉。而且曲調的威力仍然不減，神之魔笛發出的音波塊隨即淹沒教皇們，將他們消滅殆盡。

「接著就是杜迪雷德了，你做好覺悟吧。」

亞露卡娜吹奏魔笛。

神聖且可怕的曲調響徹開來，襲向福音。魔笛的曲調干涉著「嗡」的響聲，使得福音變得比方才稍微弱了一點。

「……唔…………」

讓福音神附身的戈盧羅亞那露出痛苦扭曲的表情。

「唔嗯，看來這很有效的樣子。你應該不會說，為求自保而放棄祈禱，並不算是自私自利的行為吧？」

就像在說這就是回答一般，咬緊牙關的戈盧羅亞那到最後都沒有放棄祈禱。

「……我應該說過，已滅之人即是不滅……」

福音「嗡、嗡、嗡」地響起，「信徒再誕」的死者們再次連同著聲音守護神一起復活。

「在第三次的再誕中，已滅的信徒們會向神獻上聖歌。自古傳承下來的神聖曲調將會化為燒盡一切災厄的神之業火吧。」

讓神降臨己身的三十三名教皇發出澄淨的聲音，朗朗唱出聖歌。這些歌聲互相共鳴，構築出層層疊起的音韻魔法陣。

就像要覆蓋住我們周圍似的，地面竄起神聖的炎柱，並像是要壓制亞露卡娜的魔笛聲響般漸漸縮小範圍。

「汝說，為何你能如此漫長地一直祈禱下去？救濟者回答，我並非獨自祈禱，至今信奉著神的人們、那些前往神的跟前的信徒們，他們的祈禱也常伴著我。啊啊，救濟者歌唱著，與過去的死者們一同歌唱。吟唱那道神的曲調正是救濟，會燒盡反抗神的一切成為唱炎。」

戈盧羅亞那朗朗高歌起來，使得唱炎的威力增強。幾乎要壓過魔笛的聲響打算將我們燃燒殆盡。

「唔嗯，果然音樂就是要大家一起歌唱、演奏才好。這我也有同感喔，戈盧羅亞那。」

我沿著一直連著的魔法線發出「意念通訊」。

「聽到了嗎，魔王聖歌隊？來了一個剛好的機會，就讓我們來試試愛能對神產生多少效用吧。」

八道聲音立刻做出回答：

『『『遵命！阿諾斯大人！』』』

是我要她們在魔王城待命的愛蓮等人。

「唱吧，將妳們的愛交給我。」

『『『遵命——！阿諾斯大人！』』』

「『狂愛域（garudo asuku）』。」

沉入愛蓮她們愛的深淵之中，將她們的心意一點也不剩地轉換成魔力的魔法——這就是「狂愛域」。

近乎瘋狂的愛改變模樣，化為漆黑光芒滿溢出來。就彷彿帶有黏性一般，黏稠地纏繞在我身上捲起漩渦。

「福音書第三樂章〈聖歌唱炎〉。」

「那我這邊就是——」

我向獻上祈禱的教皇戈盧羅亞那說：

「魔王讚美歌第六號〈鄰人〉。」

亞露卡娜立刻吹奏起魔笛為〈鄰人〉伴奏，帶有「創造之月」力量的那把笛子漂亮地創造出伴奏曲調。

「在祈禱之前萬物皆空，在神明之前眾生跪拜。這道唱炎會將你燃燒，並且為我燒淨你的罪惡。」

熊熊燃燒的唱炎將我與亞露卡娜吞沒，烈焰竄上天際突破天花板，甚至達到天蓋。這簡直就是神炎，是燒淨世間一切，就連灰也不剩的淨化之火。

「喔喔，罪人啊。你的罪將會伴隨著唱炎一同燒淨——什麼…………！」

戈盧羅亞那瞠大眼睛。

他大概是在火焰中聽到了沿著「意念通訊」傳來的歌聲吧。在這瞬間，有如泥漿般的「狂愛域」之光爆發開來，將火焰腐蝕了。

我就連一道燒傷都沒有。

『啊～神啊♪我．從．不．知．道，竟有這樣的．世．界．啊～～♪♪』

「「「唔啊啊啊啊啊啊啊啊啊啊啊啊啊啊啊啊啊啊啊啊啊啊啊啊啊！」」」

至今都在專注唱著聖歌的教皇們，就只是為了能夠實現臨終前夙願的亡靈們——慘叫著被震飛開來。他們被黏稠的黑光侵蝕，逐漸腐化。

目睹到這一幕的戈盧羅亞那就只能瞪大眼睛，懷疑起自己的耳朵。就連火焰與死者都會腐蝕，可怕的「狂愛域」腐力。

因為這是愛，所以只會讓目標腐蝕。只論單純的腐蝕力的話，說不定直逼魔王之血。

「……足以讓前任們……死者……忘記祈禱與聖歌的歌……！」

「你同意了嗎？」

「……還、還無法斷定……他們就只是反射性地發出慘叫……稱不上是自私自利……」

「那就讓你明白吧。」

『了・去了，了・去了，了・去了嗚嗚——♪』

「呃唔唔唔唔唔唔唔唔唔唔唔唔唔唔，神啊啊啊啊啊啊！」

該說真不愧是現任教皇吧。

戈盧羅亞那始終不改祈禱的姿勢，忍受著暴虐襲來的「狂愛域」之光，並為了以唱炎對抗而唱著聖歌。

歷代教皇們也接連獻上祈禱讓聖歌共鳴，再度朝我與亞露卡娜發出「聖歌唱炎」。

「你們的聖歌也不壞，但光是祈禱還不夠。因為——」

配合著亞露卡娜吹奏的魔笛旋律，魔王讚美歌現在響徹開來。

「這邊可是有舞蹈動作喔！」

我配合著音樂蹬地衝出。

『請不要打開♪』

「喝！」

我纏繞著「狂愛域」的正拳將神之唱炎轟飛。

『請不要打開♪』

「喝！」

我在收回右手的同時打出左手的正拳將漆黑的「狂愛域」聚集起來，把「信徒再誕」的死者們一拳轟飛。

「唔啊啊啊啊啊啊啊啊啊啊啊啊啊啊啊啊啊啊啊啊啊啊啊啊！」

「嘎啊啊啊啊啊啊啊啊啊啊啊啊啊啊啊啊啊啊啊啊啊啊啊啊啊！」

『請不要打開，那是禁忌之門♪』

「喝！喝！喝——！」

再來三拳。

面對魔王讚美歌，他們的聖歌被震開了。

「……怎、怎麼可能——！神的聖歌……」

「被這種……這種禁忌之歌——……！」

目睹到慘叫連連的死者們，戈盧羅亞那露出驚愕的表情。

「請……請勿害怕……前任們。你們無須害怕。一度毀滅之人是不會再度毀滅的。蒙神寵召的你們早已是不滅的──」

看到一名死者澈底地腐爛消失，戈盧羅亞那當場啞口無言。

「……沒……有復活……？為什麼……？」

「你不明白嗎？」

我與亞露卡娜站在始終不放棄祈禱的戈盧羅亞那面前。

魔王聖歌隊的歌聲響起。

「了．去了，了．去了，了．去了嗚嗚──」

「…………我不明白…………」

「也就是雖然不知道為什麼，但只要快樂不就好了。這首歌喚醒了他們在臨終前懷有的真正想法，所以成佛了。」

「……成……佛……」

戈盧羅亞那一臉像是在說「不可能」的表情注視著我。

「人無法光是為了國家而活，不論是誰都有著一顆心。遺忘快樂，成為只是不斷祈禱的存在，算什麼人生啊。」

「不會的，這怎麼可能──」

「你還不肯相信嗎？他們的禁忌之門已硬是被她們撬開了。」

我果斷地舉起右拳。

「覺悟吧。我接著就在你的心中放進禁忌的鑰匙。」

『請不要放進來♪』

「喝啊——！」

魔笛響起，我將「狂愛域」纏繞在拳頭上。

揮出的正拳將福音神杜迪雷德一拳轟飛。

「呃啊……」

以聲音還以聲音，以愛還以神。

我的右拳打在應該是聲音本身的戈盧羅亞那的心窩上，把他的身體強行抬起。

「狂愛域」、魔笛以及〈鄰人〉的舞蹈動作，確實腐蝕著攻擊無效的福音神。

「……住……手……不要對福音，不要將這種聲音——喔、喔喔，神腐化了……！」

『請不要放進來♪』

「喝啊！」

我的左拳再度打在教皇的腹部上，讓他的身體凹成く字形。

「……呃……呃啊啊啊……福、福音，消失了………」

『請不要放進來，那是禁忌的鑰匙♪』

「喝啊！喝啊啊啊啊！喝啊啊啊啊啊啊啊啊啊啊啊啊！」

我朝著心窩、喉嚨與臉部，將纏繞在雙拳上的「狂愛域」打進去。教皇就像彈開似的往後飛走，在撞斷好幾根柱子、撞上牆壁之後才總算停下來。

「我不懂什麼福音。」

福音神杜迪雷德在澈底腐爛之後毀滅了。

我朝著失去神力的教皇說：

「但你難道以為連舞蹈動作都沒有的歌，就能打動我的心嗎？」

§ 22 【痕跡神的所在地】

我慢步走到趴在地面上的教皇身旁。

「唔嗯。」

儘管喪失意識、全身傷痕累累，戈盧羅亞那的雙手依舊像是在祈禱似的交疊。

明明歷代教皇都在魔王讚美歌之前忘記了祈禱。

我對戈盧羅亞那施展「總魔完全治癒（eishiearu）」的魔法，傷勢在眨眼間恢復後，教皇就像猛然驚醒似的睜開眼睛。

「是為了國家，不論何時都不能停止祈禱嗎？看來你並不是口頭說說而已。」

哪怕就要正面遭到帶有「狂愛域」與魔笛魔力的〈鄰人〉舞蹈動作擊中，戈盧羅亞那也沒有放棄祈禱。

明明要是不用雙手保護自己，就算跟著神一同毀滅也不足為奇，但他居然直到臨死之前都捨棄了自私自利。

「就看在你的信仰上，除非痕跡神同意，否則我絕對不會強行把祂喚醒。」

戈盧羅亞那坐起身，再度擺出祈禱的姿勢。

「能告訴我所在地嗎？」

他簽過字的「契約」魔法陣發出光芒。

「我絕對不會違背對神的宣誓。就如同你說的，歷代教皇們並沒有全心全意地為國著想，持續祈禱下去的樣子。」

或許正是因為戈盧羅亞那自己辦得到，所以才沒有發現到這件事。

「據傳痕跡神就沉睡在吉歐路海澤以西兩百公里，於地下深處被時光隱藏起來的地下遺跡利嘉倫多羅路中。白夜時分來臨時，神龍歌聲輪唱處會成為利嘉倫多羅路的入口。」

「白夜在地底很罕見嗎？」

我轉向亞露卡娜後，祂回答說：

「地底沒有太陽，所以沒有跟地上相同的白晝。早晨會稱為黎明，白晝稱為白夜，夜晚稱為極夜。」

也就是白天啊。關於痕跡神的消息這樣就夠了吧。

「那麼，戈盧羅亞那。」

我看向眼前的教皇。

「你知道我的目的吧？」

「……這個選定盟珠乃是神賜與的物品。想要奪走的話，就先取走我的命。」

「我才不要這種東西。」

語罷，教皇就露出一臉疑惑的表情。

「你是在驚訝什麼？」

「你在聖戰中獲勝了。只是毀滅了我的選定神，你不會打算就這樣結束吧？」

「唔嗯，我不懂你在說什麼。」

「……為何不將福音神作為供品獻上？」

在選定審判中，選定神能吃掉其他神。

亞露卡娜之前也吃掉過聖騎士卡傑魯的神，將祂們的秩序納為己有。也就是我沒有對福音神做出相同的事，讓他感到非常不可思議吧。

「我應該說過，我的目的是要毀掉選定審判。」

「既然如此，豈不是更加需要神的奇蹟嗎？」

「在選定審判中，神能夠吃掉其他的神。儘管也能用聖戰以外的方法分出勝負，但我怎麼樣都覺得這場儀式是想特意讓選定者們互相鬥爭。」

聽到我這麼說，戈盧羅亞那露出像是無法理解的反應。

「你想說什麼？」

「要在選定審判中獲得勝利，打倒敵人的神、將神吃掉或許是標準做法吧。也就是說，建立這場審判的存在——在地底的教義中叫做『全能煌輝』艾庫艾斯吧——那個艾庫艾斯想讓神吃掉神。」

如果只是要維持秩序，真的需要這種機制嗎？

「祂想藉由創造出擁有複數秩序的強大神明，來讓秩序變得更加強固，抑或是有著其他理由吧。但不管怎麼說，都讓人感覺到有某種意圖。我就只是覺得，假如有人在策劃這種事情，那就故意跟他唱反調吧。」

最主要的原因在於，就算不吃掉神，也只要靠我一人就夠了。

「……那麼，你的目的是殺掉我嗎？」

「我對你的性命沒興趣。」

「那麼你的目的究竟是什麼？」

「當然是方才話題的後續。」

語罷，教皇的端正容顏就變得扭曲。

「我難以理解。既然你獲勝了，那麼只要殺掉我就結束了吧？吉歐路達盧是不會有人責怪選定審判的結果的。」

「這跟我作為迪魯海德的魔王有關。如果你是施行暴政的暴君或是無能者，事情就另當別論……但你至少會為了吉歐路達盧祈禱，將這個國家治理得平穩無事。你要是死了，會讓國家陷入動盪吧？這樣說不定會遭到阿蓋哈或蓋迪希歐拉侵略。」

「這跟地上的國家毫無關聯吧？」

「要說毫無關係，生活在這個國家的人民太幸福，讓我不忍在這麼多笑容染上悲傷。」

我跟著魔王學院的學生們一起四處參觀了吉歐路海澤這座城市。雖然還有許多不明白之處，但能清楚知道生活在這裡的地底人民全都過著平安無事的生活。

他們快樂地唱著來聖奉歌，一心祈求著祭神儀式的聖歌祭禮成功。儘管有著文化差異，但他們跟迪魯海德毫無不同之處。

「要是懷有敵意就絕無寬貸；但如果不是的話，就讓我們攜手共進吧。」

戈盧羅亞那就像在揣摩我的真正意圖似的直盯著我。

接著他厲聲說：

「這是毀滅我的選定神的人說的話嗎？」

「咯哈哈。光是高談理想也毫無意義。正因為你知道就算竭盡全力也敵不過我，才會聽進我說的話。正因為你知道如果要阻止我的話，與其動武還不如勸說，我們之間的對話才得以成立。」

「……你這話還真是傲慢。」

我咧嘴一笑。

「看來我總算讓你理解到一件事了。沒錯，我很傲慢。光是毀滅敵國還不滿足，我想要的是和平，真正的和平。」

戈盧羅亞那陷入沉默，一副無話可說的表情。

「你試著捫心自問吧，我這番話有比方才還要打動你的心吧？」

教皇短促地吐了口氣。

這說不定是肯定的意思。

「地上在兩千年前也有一場大戰。就像地底的三大國相爭一樣，神族、魔族、人類與精靈互相殘殺，許多士兵與人民死去。我在最後賭上希望，靠著力量與對話向敵國挑戰。」

我朝著默默傾聽的教皇繼續說：

「於是世界和平了。至少比兩千年前和平。不過，我至今仍會想，要是我能再早一點與他們對話，應該就能讓更多死者獲救。」

我將毫無虛假的想法確實地注入話語中。

「我不能再重蹈覆轍。就算要一面戰鬥，我也要持續對話。直到你們屈服為止，我就用這雙拳頭對話，用話語戰鬥吧。」

「……你想要我怎麼做？」

「讓步吧。我會尊重你們的信仰，但是不准你們危害迪魯海德。就讓我們來締結國與國之間的盟約吧。」

戈盧羅亞那就像否定似的左右搖頭。

「我難以做到方才所說更進一步的讓步。吉歐路達盧乃神之國，沒辦法違背教義。」

「那就去想一個不會違背教義，也不會危害迪魯海德的方法吧。」

戈盧羅亞那的美麗容顏上滿是困惑。

「我不認為這是個聰明的想法。就跟方才沒有任何改變，我們本來就不會在沒有吉歐路達盧教義指示的情況下去危害地上。」

「即使是我也不會想一步登天。只要你們做了蠢事，我就每次都去教訓你們，提供對話的機會吧。」

戈盧羅亞那在閉上雙眼，向神獻上祈禱數秒左右後，再度緊盯著我。

「要在嚴酷的地底世界生存不能沒有神的力量，以及作為神使的龍的力量。我們沒有信仰便沒辦法活下去，跟有辦法自食其力的地上人們一定無法互相理解吧。」

「就因為無知，我們才會害怕彼此；就因為無知，我們才會不在意毀滅對方，把彼此看作惡鬼羅剎。」

然後憎恨的連鎖就在不知不覺中層層累積，讓所有人漸漸沉入束手無策的泥沼戰爭中。

「不覺得我們應該先從互相認識開始嗎？要是最後發現我們怎麼樣都無法互相理解，到時也就沒辦法了。」

「我不可能坐視你毀滅神聖的選定審判，吉歐路達盧的民眾也不會允許你這麼做。」

「假如你們還不清楚我的力量的話，就隨你們高興吧。不論多少次我都會讓你們親身體會，這世上有著比神還要不能招惹的存在。不論你們願不願意，你們都不得不去改寫你們的教典。」

我一步也不退讓，這樣向吉歐路達盧的教皇拋出話語。

「你肯定不會明白的吧。」

這樣說完後，戈盧羅亞那露出至今從未有的憂鬱表情。

「我們的這雙手是用來向神獻上祈禱的，絕對無法像地上的人們那樣攜手共進。」

教皇就像再三強調似的說：

「我並沒有握住你來到這裡時伸出的那隻手，而那就是一切。我與你攜手共進的日子是絕對不會到來的吧。」

「飢餓之人會向神祈禱是因為沒有食物吧？明明果樹就長在那裡，沒有人會不伸手去摘取而繼續祈禱。」

戈盧羅亞那面不改色，默默傾聽我說的話。

「有些事光是祈禱是無法救贖的。你也一定會遇到為了抓住什麼而必須伸手的時候。就連歷代教皇也是如此，所以才會對那首讚美歌做出反應。」

我這麼說完，接著調轉腳步。

「別急著下結論。直到你們無計可施為止，不論多久我都會奉陪到底。」

我與亞露卡娜一起離開了聖歌祭殿。

§ 23　【無名之神的慾求】

吉歐路海澤停龍場，魔王城——

我們位在最底層的木造寢室中。

外頭天色已暗，現在是極夜。要前往地下遺跡利嘉倫多羅路必須是白夜才行，我們得等到明天中午。

「──雖然痕跡神就在眼前，不過繼續去看夢境的後續也沒有損失。就算教皇沒有說謊，也得考慮到痕跡神早已離開利嘉倫多羅路的情況。」

「你說得沒錯。」

我仰躺在寢室的床鋪上。

亞露卡娜跨坐在我身上，準備將額頭抵在我的額頭上，不過祂卻在中途停下。亞露卡娜近距離窺看著我的臉。

「我可以問你一些事情嗎？」

「說吧。」

「你放過了救濟者戈盧羅亞那。根據迪德里希的預言，他將會讓迪魯海德陷入危機。你為何沒有消滅他？」

我毫不遲疑地回答：

「就算預言是真的，未來也還沒到來。被片面決定今後將會犯罪而遭到審判，這種事誰受得了啊。」

亞露卡娜靜靜點頭後說：

「你說得沒錯。」

「就像我跟教皇說過得一樣，他要是死了，吉歐路達盧就會陷入動盪，生活在這個國家的人們臉上將會失去笑容吧。假如戈盧羅亞那是個施行暴政，只會讓人民受苦的愚蠢之王，事情就另當別論了。」

我在腦海中回想起來聖奉歌的歌聲與笑容。

「但看來事情並沒有這麼單純。儘管那個人說不定是迪魯海德的敵人，但也是這個國家人民的王。」

「你說過想要真正的和平。」

「要讓迪魯海德和平很簡單，只要將迪魯海德以外的世界毀滅殆盡就好。」

亞露卡娜認真傾聽著。

「但是這樣的世界不可能會溫柔。」

「你在追求溫柔的世界嗎？」

「我有個很古老的約定。我必須向那個人證明才行。」

亞露卡娜直直窺看著我的眼睛。

「證明什麼？」

「這個世界很溫暖，充滿著愛與希望。」

亞露卡娜清靈脫俗的表情上綻開笑容。

「你給了我贖罪的機會。你賜予神寬恕，就連敵對者都想要拯救。」

「這不是這麼了不起的事，我就只是懷抱著一個想法。」

「我或許會很想知道那是個什麼樣的想法。」

因為是神吧，亞露卡娜就像在摸索自身感情般地說。

「我討厭無法如我所願的世界。」

亞露卡娜瞪圓了眼。

「我應該說過我很傲慢了。」

「我有想過。」

祂喃喃說出這一句。

「我自從成為無名之神後就是孤身一人。神不太會與其他人攜手合作。人雖然會向神伸出懇求之手，但不會伸出救贖之手吧。這是因為他們是人，而我是神。」

除了極少部分的例外，神都是超常的存在，只會是信仰與崇拜的對象。

「就連同選定者亞希鐵也一樣。」

那傢伙比其他人還惡質吧。

「我第一次與他人一同看著相同的風景做著某種事，抱持相同的目的並肩作戰。」

那澄澈的聲音中帶著亞露卡娜溫暖的感情，祂就像在摸索這份感情似的說：

「這份感情如果要取名的話，應該怎麼說才好？」

「祢覺得呢？」

「我……」

亞露卡娜止住話語，接著在思考後說：

「我想是高興。這份感情恐怕就叫做高興吧。能夠與你相遇，我大概被拯救了吧。」

「別這麼急著下結論。」

「不對嗎？」

亞露卡娜提出疑問。

「這點小事稱不上是拯救。」

「這是小事嗎……？」

祂不可思議地喃喃低語。

「是啊，完全就是件小事。祢要更強烈地追求，希望著自己的救濟。」

「此身乃神，所以無慾。神的慾求乃是罪過，光是拯救就讓我感到滿足了。」

我朝著說出澄靜話語的亞露卡娜笑道：

「只要有心，就有慾望。祢的慾求就對我發出吧，這樣就不會有任何人吃虧了。」

「你需要我的慾求嗎？」

「沒錯。不懂人心，就無法拯救世人。因為不懂人心，所以許多神族才會在地上冒瀆了人類與魔族。即使是一直以來能以盟約借用神力的這個地底，我想也不會有太大的差別。」

大概是回想起過去的罪吧，亞露卡娜露出充滿憂鬱的表情，就像在沉思似的久久不語並垂下眼簾。

過了一會兒，亞露卡娜再度朝我看來。

「……我想看那場夢的後續……」

「回憶我與祢記憶的夢嗎？」

「是的。那場夢非常舒服，夢中的亞露卡娜不是孤身一人，一直都受到哥哥保護。」

亞露卡娜回想起夢中的記憶，露出平穩的表情。

「你……保護著……我……」

祂一字一句，就像在品味回憶似的說：

「如果這是真實的話……如果就像夢中一樣，亞露卡娜是我，而我的哥哥是你的話，對我來說這會是無上的救贖吧。」

亞露卡娜的白皙指尖碰觸我的胸口。

「這就是我的慾求。」

「祢想要哥哥？」

亞露卡娜點點頭。

「想覺得自己不是孤身一人，有著會關心我的人，還有一個會為我操心、為我擔心的人。光是這樣，我就能有恃無恐地走在這條救贖之道上。」

「這樣啊。」

亞露卡娜不安地詢問：

「此身會太過貪心嗎？」

「祢在說什麼啊。這依然太過渺小，讓人都要哭出來的程度。」

亞露卡娜一時語塞，然後開口問：

「假如我是那場夢中的亞露卡娜，為什麼我們會分離？」

「天曉得。兩千年前不想要的分離太多了。」

說不定與亞露卡娜現在成為無名之神的事情有關。

「我想要知道。」

亞露卡娜以不修飾的話語說。

「想知道自己的事。」

將那真摯的話語直率地向我說出——

「想知道你的事。」

因為是神，所以一直壓抑至今的那份慾求被祂表現出來。

「假如我真的是你妹妹，我有話想對你說。」

「什麼話？」

「……想要叫你哥哥……」

帶著些許的羞恥心，有著少女模樣的神輕聲低語：

「想要跟你說，我們又見面了呢。」

「那就過來，今晚也來看夢的後續吧。」

亞露卡娜將額頭抵在我的額頭上，用魔法陣包覆住兩人的身體。

就在這個時候——

「喂、喂！」

從椅子那邊傳來慌張似的叫喊。

「你們是不是打從方才就把我們在這裡的事情給忘了？」

莎夏問道，她身旁的米夏也接連點頭。

「妳在說什麼啊？趕快過來，今晚也要一起陪我到夢中吧。」

「雖是這樣……但並不是這樣啦……」

莎夏一面碎唸一面來到我身旁。

「不過，祂是妹妹……祂是妹妹啊……」

就像在說服自己一樣，莎夏不停地喃喃自語。

「莎夏，妳認同我是他的妹妹嗎？」

「咦？啊，嗯……是、是呀。因為祢在夢中很有妹妹的感覺吧？也讓人覺得祢要是妹妹的話就好了……」

儘管困惑，莎夏還是這樣回答。

「我原以為妳在警戒我。」

「……這個嘛，是有一點啦……」

「謝謝妳。」

被祂這樣道謝，莎夏就像很尷尬似的別開視線。

「……不、不客氣……」

莎夏邊說邊輕輕靠在我身上，另一側躺著米夏。

亞露卡娜為了脫掉我們的衣服展開魔法陣，身上的衣服就在發光後收進收納魔法裡。

「等等，就、就說了，那個！……被子！……」

就在莎夏大叫的瞬間，寢室門「喀嚓」一聲打開。

兩道人影闖了進來。

「阿諾斯弟弟、莎夏妹妹，我來幫忙了喔！」

「……潔西雅……也要在夢中戰鬥……！」

艾蓮歐諾露與潔西雅帶著滿面笑容現身，她們眼中映著我們一絲不掛的身影。

「……哇～喔～……！」

「……全裸……」

慢了數瞬，以雪月花做成的薄被子輕飄飄地蓋在我們身上。

哪怕是艾蓮歐諾露也被嚇到的樣子，她整個人當場僵住。

「唔嗯，妳說要幫忙是指什麼意思，艾蓮歐諾露？」

「嗯～……？那個，你看嘛，因為昨天莎夏妹妹與米夏妹妹去找阿諾斯弟弟玩，在問你們做了什麼事後，就說了像是在夢中戰鬥之類的話。」

「……潔西雅我們……也想一起戰鬥……」

原來是這麼一回事啊。

「我們正要借用夢境守護神的力量回想起我的記憶。」

「啊～我知道了喔。全裸最能發揮魔法效果，就跟『根源母胎』（艾蓮歐諾露）的魔法一樣！」

不愧是相同條件的魔法，她理解得很快。

「雖然夢裡並沒有什麼危險，但要是妳也擔心的話，要一起來看嗎？」

「嗯嗯！我很討厭被排擠喔！」

艾蓮歐諾露一在自己與潔西雅身上畫起魔法陣，米夏就立刻關燈，只留下昏暗的油燈。

兩人變成夢境守護神最能發揮效果的模樣鑽進被子裡。

「嗯～很窄喔。」

「不如說這張床沒這麼大，全都擠上來沒辦法一起睡啦。」

莎夏困擾似的說。

「嘻嘻！為了這種時候，我準備了一個好魔法喔！」

艾蓮歐諾露在畫出魔法陣後，那裡就出現將我們全員身體包覆進去的水球。

以飄浮在水中的我為中心，左邊是莎夏，右邊是米夏，艾蓮歐諾露與潔西雅來到背後，正面則是亞露卡娜。

「……這是什麼魔法啊……？」

「這是『水球床舖』的魔法喔！利用水的浮力消除身體負擔，讓人一覺好眠的魔法！」

「人類的魔法，有些還真是奇怪呢……」

莎夏好奇地看著「水球床舖」的魔法。

「不過很舒服吧？」

「……嗯～聽妳這麼一說，總覺得身體很輕鬆……」

「對吧！」

艾蓮歐諾露用雙手環抱住我的脖子，緊緊地貼在我身上。

我忽然在背上感受到強烈的和平存在。

「怎麼樣？阿諾斯弟弟也很舒服嗎？」

「等、等等，妳在做什麼啦，艾蓮歐諾露。」

莎夏慌張地喊道。

「問我在做什麼？我怎麼了嗎？」

「……因為妳……那個、那個！」

「嘻嘻！沒關係喔。莎夏妹妹要是想抱上去的話就抱吧。對不對啊，阿諾斯弟弟？」

艾蓮歐諾露從我背後把臉靠過來。

「不接觸的話，就無法進入相同的夢，妳不用客氣。」

「這、這樣啊……」

莎夏彷彿很害羞似的滿臉通紅，比方才稍微靠近了我的身體一點。

「讓祢久等了。好像已經準備好了。」

我在這麼說後，亞露卡娜就像提案似的說：

「我想將在場所有人的魔力聚集起來。」

「會更容易看到夢的後續嗎？」

「是的。這樣能夠提高夢境守護神的力量，睡得越沉就越能深入夢境，潛入記憶的深淵之中。」

值得一試。

「要怎麼做才好？」

「連結魔力，疊起根源。」

亞露卡娜的魔法陣覆蓋住「水球床鋪」，讓我們的魔力與魔力連結，根源重疊起來。

在用眼神示意後，亞露卡娜說：

「夜晚降臨，誘人入睡，搖盪的記憶使夢境重疊，浮現於水面之上。」

就跟之前一樣，全員身上覆蓋著淡淡的透明光芒。誘人的睡意到來，意識倏地遠離。

§24 【陌生的來訪者】

這是夢境的後續——

積雪融去，天氣晴朗的午後。

亞露卡娜坐在椅子上看書。

一隻貓頭鷹飛來，在叫了一聲後把信夾在窗戶上。亞露卡娜露出疑惑的表情打開窗戶。

雖然已經比之前暖和了，但氣溫仍略帶點寒意。

她迅速回收信件，把窗戶關上。

她垂下視線看去，信件上寫著「密德海斯城的邀請函」。亞露卡娜雖然不懂世事，但好歹還是知道密德海斯是迪魯海德最大的城市。

收件者是阿諾斯。

「哥哥！」

她叫喚著在暖爐附近睡覺的哥哥。阿諾斯悠悠醒來，看向亞露卡娜。

「怎麼了嗎？」

「城裡送來了邀請函喲！是貓頭鷹先生送來的。」

「唔嗯，又送來了啊。」

亞露卡娜把邀請函放在阿諾斯伸出的手上，他立刻就將信件丟到暖爐的火裡燒掉。

亞露卡娜驚訝地瞪大眼睛。

「燒、燒掉了？」

「因為內容總是千篇一律。」

「信上寫著什麼？」

亞露卡娜一副興致勃勃的樣子探頭看著哥哥的臉。

「要我到城裡去。不久前我在密德海斯大鬧了一場，看來是在那個時候被盯上的。」

「不、不要緊嗎……？」

「別擔心，我是不會被城裡的士兵抓住的。而且我要是去的話，龍就會全部跟過去，這樣也會給對方造成麻煩。」

「……這樣啊。」

亞露卡娜就像安心下來似的鬆了口氣。

「我再睡一下，要是有什麼事就叫醒我。」

「嗯，抱歉吵醒哥哥了。」

「還有，別跑到我的魔眼（眼睛）看不到的地方去。」

阿諾斯就像警告似的說。

亞露卡娜連忙用力搖頭。

「人、人家才不會做這種事！」

「那就好。」

阿諾斯這樣回答後再度闔上眼睛，很快就能聽到鼾聲。亞露卡娜一副小心翼翼的樣子用食指戳著他的睡臉，看起來完全沒有要醒來的跡象。

「已經睡著了。」

她回到椅子旁，將方才看的書放回書架，然後走向玄關安靜地把門打開。

亞露卡娜在一面吸著屋外的空氣一面用力地伸著懶腰後，就這樣到森林裡散步。當然，就跟哥哥叮嚀得一樣，她走在阿諾斯魔眼看得到的範圍內。

就在她邊走邊悠哉觀賞著草木萌發新芽的景象時，上空飛下來一隻貓頭鷹。

那是方才送邀請函過來的貓頭鷹。貓頭鷹一降落到貼近地面的高度就被光芒所籠罩，變成了黑貓的模樣。

「哇。」

在叫了一聲後，亞露卡娜直直盯著黑貓。就像是要她跟上來似的，那隻黑貓回望亞露卡娜，在森林裡慢步走了起來。

「等等！」

亞露卡娜回頭看了家一眼。大概是想說只要在哥哥魔眼看得到的範圍內就沒問題了吧，她立刻尾隨著黑貓追了上去。走了一會兒後，她眼中看到陌生的景象，有人坐在樹根上倚樹躺著。

那是個紫髮、藍眼，穿著大衣的男人。黑貓跑到他身旁，輕盈地跳到他的大腿上趴下。

男人邊摸著貓的頭，邊朝著亞露卡娜看來。

「嗨，亞露卡娜。」

男人的聲音讓亞露卡娜輕顫了一下。

「別這麼害怕，我沒有要加害妳的意思喲。」

對方一臉看起來很善良的表情，以溫柔般的語調說：

「雖說睡著了，但只要往前踏進去的話，就會被他發現呢。」

亞露卡娜與男人的正中央就是方才阿諾斯叮嚀過，魔眼所能看到的範圍。他輕易地看穿了這一點。

「為什麼……你會知道人家的名字？你是誰？」

「我們在妳比現在還小的時候見過一面喲，雖然妳應該不記得了吧。我的名字叫做賽里斯。亞露卡娜，我有件事想拜託妳。」

亞露卡娜儘管警戒著他，還是開口詢問：

「……什麼事？」

「我想請妳把這封信交給阿諾斯。」

賽里斯在拿出信件、用手指彈了一下後，信件就輕飄飄地飛向空中，飄落到亞露卡娜手上。這封信與方才阿諾斯處理掉的邀請函相同。

「你、你是來抓哥哥的嗎？」

「抓他？為什麼？」

亞露卡娜吞吞吐吐地說：

「……因為……哥哥說他在密德海斯大鬧了一場……」

「是啊，他確實大鬧了一場。畢竟他的魔力以幼小的身軀來說太不尋常了，他現在還無法控制那麼強大的力量吧。只要稍有差錯，甚至有可能會燒燬國家。由於他擁有太過強大的力量，所以還無法自由地操控魔法。」

賽里斯以不帶惡意的笑容說：

「我是來迎接他的。他擁有成為迪魯海德之王的器量，我希望他能在適當的地方充分發揮力量。」

大概是因為她不覺得眼前的男人在說謊，但也不認為哥哥會對自己說謊吧，亞露卡娜一臉疑惑地看著賽里斯。

「我想阿諾斯也想要來迪魯海德喲。妳知道他每晚熬夜在做什麼嗎？」

「……學習魔法吧。」

「沒錯。在這種邊荒地帶，真虧他能研究魔法到那種程度。不過目前看來，他似乎稍微碰到了瓶頸。」

賽里斯直直注視著亞露卡娜，然而她有種那雙藍眼沒有在看任何事物的感覺。

「這也是沒有辦法的事吧。小孩子獨自一人，而且還是擁有無與倫比魔力的他沒辦法直接使用前人的智慧，要靠自學逼近魔法的深淵是極其困難的事。儘管如此，他恐怕只要有一個契機，就能在眨眼間潛入誰都不曾抵達過的領域。」

不是讚美也不是恐懼，賽里斯彷彿就只是在淡淡地述說事實般說出這段話。

「而我能夠給他這個契機。」

「……可是哥哥被龍盯上了，所以他說會給城裡的人添麻煩。」

在亞露卡娜這麼說後，賽里斯就像理解似的點了點頭。

「喔喔，原來如此。是這麼一回事啊。」

亞露卡娜露出疑惑的表情。

「什麼？」

「妳聽說過說謊的朵菈這篇故事嗎？」

亞露卡娜點點頭。

「妳覺得朵菈為什麼會像那樣一直說謊？即使說謊，她應該也不會有任何好處。」

「……因為很開心？」

「或許是這樣吧。不過，她說不定只是想讓在鄉下過著無聊生活的村民們感到開心。」

「朵菈說了溫柔的謊言嗎？」

一面回想起哥哥說過的話，亞露卡娜一面提出疑問。

「我覺得是這樣。那麼妳覺得呢？」

「可是，既然說了溫柔的謊言就必須要獲得幸福才行，但沒有任何人相信朵菈，朵菈一個人孤單地死去了。」

對於亞露卡娜的感想，賽里斯點了點頭。

「也就是這麼一回事吧。就算說了溫柔的謊言，也不一定能獲得救贖——真希望他不會落得這種下場。」

他朝著家的方向望去，說出意義深遠的話。

「亞露卡娜，妳覺得怎麼樣？妳要是願意幫我說服他，我就實現妳的願望。」

「人家的願望……？」

「沒錯，願望。不論什麼願望我都會幫妳實現。妳一直在這種邊荒地帶生活，難道不想去城裡嗎？」

亞露卡娜想了一下後搖搖頭說：

「……哥哥會寂寞，所以我不會去。我們這樣說好了……」

「那妳有什麼想做的事嗎？」

「想做的事……」

亞露卡娜低頭想了一會兒後隨即抬頭說：

「……人家也能施展像哥哥一樣的魔法嗎……？」

亞露卡娜戰戰兢兢地說：

「那個啊……因為一直都是哥哥在與龍戰鬥，實在很可憐。要是人家也能施展魔法的話，就能代替哥哥打倒龍了！不僅能幫忙建造房子，也能夠自己生火。」

「妳很溫柔呢，亞露卡娜。」

賽里斯微笑說道後，亞露卡娜就很開心地笑了。

「妳會無法施展魔法，是為了不讓魔力外洩而施加了封印所致吧。」

「封印……？」

「只要妳過來這裡，我就能幫妳解開封印喲。」

亞露卡娜陷入沉思。

「三秒就結束了，不用擔心會被他發現。」

「……嗯……」

亞露卡娜就像下定決心似的悄悄走到賽里斯身邊。

接著他在亞露卡娜身上畫出魔法陣。那個術式會干擾施展在她身上的封印魔法，只見光芒倏地進到亞露卡娜體內，她的根源在下一瞬間溢出魔力粒子。

「哇……」

「妳學過魔法術式嗎？」

亞露卡娜點點頭。

「可是沒辦法施展。」

「現在就沒問題了喲。妳試試看。」

亞露卡娜用滿溢出來的魔力試著畫起魔法陣，術式依照她所想的模樣逐漸構成，從中溢出火焰。

她施展了「火炎（gurega）」的魔法，可是成果以那個魔法來說實在太過巨大。膨脹到足以將大樹燃燒殆盡的火焰被賽里斯以反魔法消除掉了。

「看吧，妳做到了。」

亞露卡娜很開心地點點頭。

「如果妳想要，我可以教妳逃離龍的魔法喲。」

「……有這種魔法嗎？」

「當然有。相對地，在我教妳魔法之後，妳能幫我說服阿諾斯嗎？」

「嗯！要是龍不會襲擊過來，哥哥也一定會說要去城裡，因為哥哥最喜歡魔法了！」

「那就太好了。我也很感激妳喲。」

賽里斯就像鬆了一口氣似的笑了，露出自己彷彿是個好人的表情。

「因為要先做準備，明天的同一時間妳再到這裡來一趟，在那之前我先將封印恢復。」

賽里斯解除畫在亞露卡娜身上的魔法陣，隨後她的封印就再度作用，抑制住了魔力。

「啊，對了。那封邀請函上寫著對阿諾斯來說非常重要的事情，所以妳絕對不可以自己偷看喲。」

「咦……？」

「能跟我保證嗎？」

「……嗯。」

「那就明天見了。」

賽里斯施展「飛行」的魔法，讓身體忽然浮起，當場飛走了。

§25

【地下遺跡的入口】

隔天——

在地底的白晝——白夜時分，我們來到吉歐路海澤以西的荒野。

這一帶不見半點草木。在絲毫沒有生物氣息的這個場所，就只有神龍歌聲迴盪著。

一起跟來的有亞露卡娜、雷伊、米莎、米夏、莎夏、艾蓮歐諾露，還有潔西雅。至於辛與耶魯多梅朵，我則是要他們去照顧學生。

「在我不知道的時候，聽說你又大鬧了一場？」

雷伊一面豎耳聆聽神龍歌聲一面問道。

「沒什麼，就只是跟阿蓋哈的什麼劍帝打了一場，教訓了吉歐路達盧的教皇一頓而已，沒有殺掉任何人。」

「哈哈哈……所以愛蓮她們昨天才會像發狂似的在隔壁房間高唱〈鄰人〉嗎？」

米莎雖然提出了詢問，但也一副大致察覺到的模樣。

「我開發了能將她們的愛一點也不剩地轉換成魔力的愛魔法『狂愛域』，並以這個魔法毀滅了教皇的選定神。就跟我推測得一樣，愛果然對神族有效。」

「完全是大鬧一場耶……」

莎夏碎碎唸著，米莎也在她身旁連忙點頭同意。

「這麼說來，雷伊弟弟和米莎妹妹在自由行動時也不見人影，是在做～什麼呢？」

艾蓮歐諾露帶著別有含意的笑容，探頭看著米莎的臉，讓她當場滿臉通紅。

「請、請任君想像……」

「嗯～？說這種話的話，我會想像非常厲害的事喔！」

「……潔西雅……也要想像……」

潔西雅握緊雙拳。

「……吃了非常好吃的……食物……好羨慕……」

這是她想像力的極限。

「我們稍微做了點愛魔法的特訓。畢竟以神族為對手的情況似乎會增加。」

雷伊爽朗地說。

「雖然你說得一臉若無其事的樣子，但其實是那個吧？就只是不顧他人目光地在打情罵俏對吧？」

莎夏以冰冷的視線直盯著雷伊瞧。

「話說回來，這兩天妳們好像都跑到阿諾斯的房間裡去，是在做什麼呢？」

「什麼……」

大概是沒想到他會這樣反擊吧，莎夏的臉瞬間就紅得像是煮熟了一樣。

「做、做、做什麼……才沒做什麼呢。對吧，米夏？」

米夏就像在思考似的微歪著頭。

「請任君想像？」

「妳是笨蛋嗎！」

米夏「呵呵」笑了笑。

「只是想說說看。」

「真是的……」

走在前頭的亞露卡娜突然停下腳步轉身。

「是歌曲輪唱的地方。」

我們走到祂附近傾耳聆聽。

「聽起來確實像是在輪唱呢。這是怎麼辦到的啊？」

「神龍有兩頭？」

莎夏與米夏分別問道。

「不過，是不是也有地方聽起來像是三重唱啊？像是這附近？」

米莎走過去豎起耳朵，在那邊聽起來確實像是有三重唱在輪唱。

「在痕跡神的沉睡之地，神龍歌聲會形成多重回聲嗎？不過這種現象似乎不只是在指出通往利嘉倫多羅路的入口。」

我看向亞露卡娜，接著祂點點頭說：

「你說得沒錯。或許這就是利巴爾修涅多沒有返回神界，而是留在地底的理由吧。」

「嗯～什麼意思？」

艾蓮歐諾露的腦袋裡浮現疑問。

「儘管神龍早已毀滅，然而痕跡神是紀錄與記憶的秩序，那尊神在神龍死後讓歌聲的痕跡不斷地留在吉歐路達盧的土地上迴盪著。」

「啊～原來如此。因為必須重播歌聲，所以才會一直留在吉歐路達盧。」

艾蓮歐諾露就像理解似的叫道。

「神龍歌聲就跟龍域一樣，會成為阻擋外敵的國家鎧甲吧。」

只要迴蕩著神龍歌聲，就會難以施展「轉移」與「意念通訊」，要用魔眼環顧整個國家就會變得十分困難。即使想要侵略，也會很難取得情報。

「痕跡神也被稱為是地底的守護神。」

「不過目前好像只有守護吉歐路達盧就是了。」

我用魔眼朝附近一帶望去，找到歌聲以最多重唱輪唱的地點。

「唔嗯，這底下的神龍歌聲好像最為響亮。」

亞露卡娜才化為雪月花忽然消失，就出現在我的面前。

「不過沒看到像是地下遺跡的東西。雖說受到了神龍歌聲妨礙，但這種程度還是看得出來吧？」

「地下遺跡現在恐怕並不存在。應該是經由痕跡神的秩序將過去的神殿與現在連接在一起的吧。」

「也就是利嘉倫多羅路位在過去嗎？」

「沒錯。」

此時亞露卡娜伸出手，天蓋上浮現「創造之月」。

「大地凍結，冰雪融化。」

白銀光芒以亞露卡娜為中心灑落大地。這道光將祂的周圍形成圓形地凍結起來。

這道冰層就像薄冰裂開似的「哐啷」粉碎，在地面上形成巨大的圓形洞穴。就跟用魔眼看到得一樣，底下果然只有空洞。

「只要架起通往過去的橋梁，就能前往地下遺跡吧。」

「唔嗯，也就是這麼一回事吧。」

我朝著那個空洞畫起魔法陣。

在施展魔法「時間操作（rebaido）」將空間的時間往過去回溯後，空間就恢復成土，然後變化成石頭，於眼前開始出現巨大的建築物。

「哇！好大的遺跡喔！」

「……很像……神殿……」

艾蓮歐諾露與潔西雅驚叫出聲。

「能回溯的時間，到這裡就是極限的樣子。」

洞穴裡出現無法一覽全貌的巨大石造遺跡。

「那裡就是入口嗎？」

我們飛降在像是一座塔的遺跡頂端。仔細觀察圓形地板後，我們發現那其實是一扇巨大的門。

「這要怎麼開啊？」

莎夏直直凝視著那扇門。

「沒什麼，這種門一般來說都是直接撬開，只要一腳踹飛就好。」

「……就算你用魔王的常識來說……」

「大家浮空吧。在踹開的瞬間會摔下去喔。」

我輕輕抬腳準備要踏在門上，眼角餘光卻閃過了某樣東西。

「怎麼了？」

莎夏向我提出疑問。

「妳看。」

在我準備要踏上去的地板門附近有著腳印狀的破壞痕跡。

「雖然這座遺跡本身是過去的東西，所以有點難以辨別——」

「還很新？」

米夏從我背後探頭看著那道腳印。

「看來是這樣。」

「等等，這也就是說……？」

「有人先進去了，或者是進不去而放棄了。不過不管怎麼說，似乎有其他人來過這裡的樣子。」

就在我這麼說的瞬間，在上方感受到了複數魔力。

我抬頭望去，便發現在亞露卡娜開出的洞穴邊緣有著士兵人影。總共有十幾個人穿著全身甲冑，各個都讓人聯想到龍的深綠。大概是配戴了隱匿的魔法具吧，讓人難以辨別他們的魔力。

他們展露出明顯的敵意，瞪著在下方遺跡的我們。

「報上名來。有什麼事嗎？」

我發出詢問，不過無人答覆。

他們從魔法陣中取弓搭箭。

「……我見過他們一次。」

亞露卡娜說：

「他們是蓋迪希歐拉的無名騎士團，不知從何時起被人們稱之為幻名騎士團。儘管沒有公開其存在，據傳是霸王的直屬部隊，將與蓋迪希歐拉敵對之人自黑暗葬送於黑暗之中。」

是蓋迪希歐拉啊？既然他們曾經協助過亞希鐵，那麼就算出現在吉歐路達盧也沒什麼好不可思議。

「你們的目標也是痕跡神嗎？」

在我詢問的同時，騎士們就射出搭上的箭矢，纏繞著大量魔力粒子朝我們紛紛落下。

「我說對了吧。」

我畫出騎士人數份的魔法陣，從砲門中射出漆黑太陽。在將射來的箭矢盡數吞沒後，「獄炎殲滅砲」就連同深綠色的全身甲冑一起讓他們燃燒起來。

然而——

「哦？」

他們用反魔法甩掉漆黑太陽，幻名騎士團沒有一個人因此負傷。

「跟亞希鐵的部隊完全不能相比呢。既然有著這種實力，就不可能進不到遺跡裡頭。」

恐怕是有另一批人進到了遺跡裡頭，而這些傢伙是留在外頭警戒的吧。

「阿諾斯。」

雷伊說道：

「總之這裡就交給我們處理吧。要是被人率先毀滅掉痕跡神，我們可就白跑一趟了。」

米莎來到他身旁，靜靜地把手抬起。才剛溢出黑暗包覆住她的全身，大精靈的真體就顯現了。

「就讓我們去吧。」

「那就交給你們了。」

我抬起腳用力踏在地板門上。伴隨著「咚隆隆隆」的一聲巨響，圓形大門就被撬開了。

我們將雷伊與米莎留在入口，朝著大門後方落下。

「……嗯～很深喔。」

艾蓮歐諾露將視線向下看去，在墜落了十幾秒後才總算看到了地面。在著地的同時，莎夏喊道：

「阿諾斯，背後！」

於黑暗中現身，穿著深綠色全身甲冑的士兵就站在我背後。

儘管對方發出白刃一閃，但我染成漆黑的「根源死殺」之手卻快一步貫穿甲冑，抓住了他的根源。

「是打算偷襲我嗎？」

「…………看……招…………」

騎士的根源以彷彿要自爆的氣勢溢出魔力。漆黑太陽就像要連我一起吞沒般從騎士體內溢出，然後在轉眼間爆發開來。

隨著「轟隆隆隆隆」的激烈聲響，那名騎士連同自己的根源一起遭到漆黑火焰吞沒，並且化為灰燼。

儘管如此，他賭命發出的漆黑太陽卻仍然包覆著我劇烈燃燒。

「……混帳……！」

莎夏在用「破滅魔眼」一瞪後，纏繞在我身上的火焰就消滅了。

我的食指稍微燙傷。

「居然能讓我受到擦傷，看來實力相當不錯。只不過，是『獄炎殲滅砲』啊？」

騎士的身體化為灰燼。我注視著那之中即將燃燒殆盡的根源。只要注視深淵，就能清楚看出他的身分。

「看來他們並非龍人，而是魔族的樣子。」

§ 26 【溯航迴廊】

我們在地下遺跡利嘉倫多羅路的迴廊上前進著。

在用魔眼仔細觀察石板地面後，我們發現到處都有肉眼看不見的極小傷痕。這是有人走過時留下的，還比較新。

「唔嗯，有著像是有人走過的痕跡。大家提高警覺，說不定會有埋伏。」

我們儘管警戒著周遭，仍以不減慢速度的方式前進。利嘉倫多羅路很廣大，就連一個迴廊都非常寬廣。

「果然是那個叫什麼幻名騎士團的先進去了嗎？」

莎夏問道。

「可以這麼想。」

「可是，為什麼地底國會有魔族？亞露卡娜妹妹知道嗎？」

艾蓮歐諾露豎起食指向祂問道。

「我不知道。至少幻名騎士團的存在是蓋迪希歐拉建國不久後才開始流傳。儘管當時還沒有名字，但確實有身分不明的騎士們在協助蓋迪希歐拉。」

「那可是吃了我的『獄炎殲滅砲』也不以為意的對手。那個深綠的全身甲冑恐怕帶有龍之力，但就算扣除這點也並不弱，他們應該是神話時代的人吧。」

「兩千年前來到地底了？」

米夏問道。

「恐怕沒錯。」

或許可以認為他們是在地底形成不久後就發現到這裡並下來吧。

「不過，他們來這裡做什麼啊？」

莎夏一臉不可思議地說。

「不清楚。我記得蓋迪希歐拉祭祀著不順從之神吧？」

對於我的詢問，亞露卡娜回答：

「是的。跟著不順從之神一起反抗秩序之神的人們即是蓋迪希歐拉之民。儘管相較於吉歐路達盧與阿蓋哈是小國，但聚集著強大的龍人們，呼籲著繼續依賴神力的危險性。」

「這就一般想來，不覺得很像是我們的夥伴嗎？既是魔族，又與神族敵對。」

「可是，他們是會突然襲擊過來的人喔？」

艾蓮歐諾露在指出這一點後，莎夏就發出「嗯～」的低吟聲煩惱起來。

「如果是兩千年前的魔族，應該認識阿諾斯。」

米夏說道。

「啊～真的耶！應該會認識阿諾斯弟弟的長相與魔力吧？而且他又沒有隱藏起來。」

「……知道是……阿諾斯，還是襲擊過來了？」

潔西雅露出有點憤怒的表情。

「應該是這樣吧。既然不怕我，我不覺得他們會是默默無名之人，但兩千年前的那場大戰也不一定沒有強者蟄伏不出。」

在我建造牆壁轉生後，一部分的魔族下來了地底，然後一次也沒有返回地上，沒有讓地底的存在傳開，這樣想的話就符合情況了。雖然就算有一兩個脫離組織的人也不奇怪，但他們統率得可還真好。

「蓋迪希歐拉是個情況不明的國家，與吉歐路達盧與阿蓋哈不同，沒辦法輕易入國。據說只要一度踏上這裡，除了特別之人以外是沒辦法離國的。」

「……這算什麼？不覺得是個正常的國家耶？」

莎夏的感想讓亞露卡娜點了點頭。

「是的。蓋迪希歐拉不與他國交流，是喪失信仰者最後抵達的國度，是不信神的人們唯一的救贖之地，因此我也不知道這個國家的詳情。」

他們是個不信神的國家，除非是不順從之神，否則都不會受到歡迎吧。

「幻名騎士團是為了什麼目的下來地底，然後為何直到現在都還留在地底，目前還不清楚。然而既然來到了這裡，他們的目的就是痕跡神吧。既然說他們是反抗秩序的一群人，那麼可以認為他們是要來消滅祂的。」

「你說得沒錯。」

亞露卡娜說。

或者說，認為他們與我喪失的記憶有關，也不是不可能吧。他們說不定認為，讓我取回記憶會對他們產生不利。

「嗯～……？」

艾蓮歐諾露發出疑問聲。

我們在這裡停下腳步。

「總覺得水以奇怪的方式在流動喔？」

眼前是個T字路口，前方的迴廊形成一個坡道，水卻沿著坡道逆行往上流。或許是魔法的效果吧，水並沒有流到這一邊來。

「看。」

米夏用手指過去，那裡有塊石板。

「上頭寫了什麼？」

由於是祈禱文字，所以莎夏看不懂，於是我把內容唸了出來。

「溯航迴廊是回溯到過去的唯一道路。不過迴廊只接受三十三天前的過去，拒絕此外的一切。地下遺跡利嘉倫多羅路內部的時間流動總是朝著逆流的方向停滯，帶著鑰匙開門，搭船在時間流動中溯航吧。三十三天後，在利嘉倫多羅路的最深處，此世的一切痕跡就在那裡等待著。」

莎夏困惑地歪著頭。

「……門就在這裡吧？」

石板旁有一扇門，上頭有著魔法陣與鑰匙孔。

「是要使用這個魔法陣嗎……？」

「就試試看吧。」

我碰觸魔法陣注入魔力，眼前就創造出鑰匙。我把鑰匙插進門上試著轉動，可是卻毫無反應。

「唔嗯，打不開呢。」

「嗯～我覺得拆掉就好了喔。靠阿諾斯弟弟的力量『咚！』地下去。」

艾蓮歐諾露豎起食指說。

「要是有這麼單純就好了。」

我握緊拳頭，使勁地打在那扇門上。可是門別說是壞掉了，就連聲音也沒有。

「是因為時間的流動不同吧。這扇門是過去的痕跡。」

亞露卡娜說：

「溯航迴廊會接受三十三天前的過去，也就是要帶三十三天前的鑰匙來打開這扇門的意思吧。」

「嗯～三十三天前的鑰匙是什麼啊？要是回溯時間，這把鑰匙就會消失喔？」

艾蓮歐諾露苦惱著，而莎夏回答她的疑問。

「是那個吧？是要認為利嘉倫多羅路內部的時間是停滯的吧？所以只要到遺跡外頭去，時間就會相對於內部不斷地前進不是嗎？因為這裡頭的時間流動是朝著逆流的方向前進，所以意味著過去會成為未來、未來會變成過去。也就是只要到外頭去經過一天，這座遺跡的內部就會回到一天前的過去不是嗎？」

「啊～我的頭痛起來了喔……！」

「總之只要想成是帶著這把鑰匙在外頭經過三十三天，回來後這把鑰匙就會變成三十三天前的鑰匙就好。這樣一來就能開門了吧？」

「妳說的恐怕是對的。」

亞露卡娜同意莎夏的說法。

「嗯～那麼因為這扇門後面有船，所以也要把船帶到外頭去等三十三天，再搭上那艘船花三十三天前往最深處？」

「合計……要花九十九天。」

艾蓮歐諾露與潔西雅說完，莎夏按著腦袋。

「既然上頭寫著一切痕跡就在那裡，也就是痕跡神在最深處沒錯吧……？」

米夏點點頭。

「但是追不上走在前面的幻名騎士團。」

「也是呢，必須想想其他辦法——」

我「喀嚓」一聲地打開門。

室內地板上畫著魔法陣。

「——等等，你突然間做了什麼啊！」

「雖說必須等上三十三天，難道妳以為我就不能瞬間做到嗎？」

在我這麼說完後，大概是終於注意到了吧，莎夏恍然大悟。

「……對喔。也是呢……只要以『時間操作』將鑰匙的時間加快三十三天，就會成為三十三天前的鑰匙了……」

我在踏著地板的魔法陣注入魔力後，那裡就出現了船。那是一艘兩人共乘的獨木舟。因為有六人，所以我再造了兩艘船，然後施加上「時間操作」把時間加快了三十三天。也就是在利嘉倫多羅路裡頭成為三十三天前的船。

我扛起獨木舟走到室外。

「那就走吧。」

我將獨木舟放進溯航迴廊的水流裡搭上去。每艘船上分別坐著我與亞露卡娜、莎夏與米夏，以及艾蓮歐諾露與潔西雅的組合。

獨木舟立刻就像是沿著上升的水流溯航一樣，沿著溯航迴廊的坡道下行。

「雖然縮短了很多時間，但要抵達最下層還是得花上三十三天吧……？」

就如同莎夏所擔心的，照常理來想，無法否認先搭船出發的人會先抵達最深處吧。

「加快船的速度？」

米夏問道。

「船上並沒有船槳。就我看來，這艘船只能乘著時間流動前進的樣子。」

「能以『時間操作』加快時間流動嗎？」

亞露卡娜向我問道。

「雖然多少能辦到，不過這跟鑰匙和船不同，這個水流是痕跡神的秩序本身，要在對方的領域上較量，對我會有點不利呢。」

「就只是稍微變快一點，能趕得上嗎？」

「別擔心。方才的鑰匙我有多做一把，只要用這把鑰匙開啟通往最深處的門就好。」

我展示方才以門上魔法陣製造的鑰匙，隨後亞露卡娜露出一臉疑惑的表情。

「……這是什麼意思？」

「哪裡有通往最深處的門啊？」

莎夏朝米夏看去，只見她搖著頭。

「溯航迴廊會接受三十三天前的過去。」

我使勁將鑰匙高高舉起，砸向迴廊的地板，同時以「時間操作」將鑰匙本身與投出鑰匙的動能加速三十三天。

只有投出的鑰匙時間加速，即表示投出的速度加快了三十三天，甚至超越光速的鑰匙發出一瞬的閃光。然後下一瞬間——

響起「轟隆隆隆隆隆隆隆隆隆隆」的地鳴聲，船加速前進。投出的鑰匙在迴廊坡道上砸出大洞，水流從裡頭猛烈地噴了出來。

「看吧，門打開了。」

「這與其說是門，根本就是個洞啊啊啊……！」

莎夏在朝著無底洞逼近的船上大叫。

「咯哈哈，別在意這點小事。不論是門還是洞，都一樣能夠進去。」

跟從大洞中激烈噴發出來的水流相反，獨木舟就像要被吸入無底洞裡一樣，眼看著不斷溯航。

「呀、呀啊啊啊啊啊啊啊啊啊啊啊啊啊啊啊啊啊啊啊啊！」

伴隨著莎夏的慘叫，我們乘坐的獨木舟搭上筆直朝向正下方、通往利嘉倫多羅路最深處的時間水流。

§ 27　【痕跡神的所在之處】

大洞中噴出激烈的水流。

溯航的三艘獨木舟眼看著不斷加速，一個勁地朝著下方衝去。

「哇～喔！能看到像是星星的東西喔！」

「……好多……船……」

艾蓮歐諾露與潔西雅說道。有著許多跟我們的方向相反，沿著噴出的水流往上升的星星。在試著仔細觀察這些星星後，發現那其實是在閃爍的獨木舟。

穿著鎧甲之人、穿著法衣之人，男女老幼形形色色的龍人們搭著船從我們身旁經過。

「是造訪這裡的人們的紀錄吧。」

亞露卡娜說道。也就是過去曾前往過這座地下遺跡利嘉倫多羅路最深處的人們身影，作為痕跡留在這條水道上了吧。

「看。」

米夏的視線方向上有一個穿著藍色法衣、容貌中性的人。那位美麗的聖職者正是教皇戈盧羅亞那。

他也曾依照教典的指示，造訪過利嘉倫多羅路吧。

「這樣我們越是前進，就越是在時間流動中逆行吧？最深處究竟會回溯到何時啊？」

莎夏滿腹疑慮地看向隔壁獨木舟上的亞露卡娜。

「一切的痕跡都將回歸時間之始吧，那裡正是痕跡神的所在之處。」

「……也就是時間會回溯到世界剛誕生的時候？」

亞露卡娜點點頭。

「妳說得沒錯。」

「我感覺快瘋了。」

「沒有問題，一切都只發生在這座利嘉倫多羅路的內部。時間的秩序受到維持，時間並沒有失常。唯獨這裡充斥著痕跡的秩序，是利巴爾修涅多的懷中。」

莎夏抱著頭就像擔心似的說：

「要是就像教皇說得一樣，把痕跡神喚醒會惹祂生氣的話，那麼在這座遺跡裡頭豈不是非常危險……？」

「咯哈哈，對方可是能一面沉睡，一面輕易實現這種時間逆行的秩序。就算要將萬物變成單純的痕跡，似乎也易如反掌。」

「……為什麼你在這種狀況下還笑得出來啊？再說還有先走一步的幻名騎士團……」

莎夏就像很擔心似的煩惱著。

「沒問題。」

米夏說：

「有阿諾斯在。」

「這我知道……但要是對方很強的話，要躲避阿諾斯的流彈就會很辛苦不是嗎？倒不如說，這點還比較辛苦。」

聽到莎夏這麼說，讓我忍不住笑出聲來。

「別擔心，我的部下沒這麼脆弱。」

大概是聽出這是在要她好好避開的意思吧，莎夏一臉傻眼地看著我。

「是是是，謹遵諭令。」

「準備迎接衝擊，就快到終點了。」

我的魔眼看到水流的終點。才剛這麼想，獨木舟就猛然加速穿過大洞。噴出的水流突然中斷，獨木舟被拋到了半空中。

周邊是廣大的空間，地面上有一望無際的藍色淺水池。房間裡則有好幾道瀑布逆流著，但是水面並沒有被激起，就只有一道巨大波紋在徐徐搖盪。

過了不久，獨木舟墜落水面。衝擊沒有預期得大，獨木舟就像被水池吸收了力道一樣倏地停止。

「這裡就是最深處嗎？」

試著走下獨木舟後，我們發現水池很淺，能夠輕易著地。不用特意去找，就能發現室內充斥著程度截然不同的魔力。

源頭來自一個點，也就是在水面上泛起的巨大波紋中心。在我筆直朝著那裡走去後——

「你還是一樣以出人意料的方式登場耶。」

熟悉的聲音傳入耳中。

眼前才隱約瀰漫起黑霧，就從中出現了兩名魔族。

其中一人手持紅色魔槍，戴著遮住半張臉的眼罩。

那個人是四邪王族之一的冥王伊杰司。

另一個是頭上長著六隻角的男人，同樣是四邪王族之一的詛王凱希萊姆・姬斯緹。

「哦？冥王、詛王。我們又在稀奇的地方碰面了呢。你們是何時加入了什麼幻名騎士團的啊？」

面對我的詢問，冥王伊杰司舉槍回答：

「退去吧，魔王。與你爭論是在浪費時間。」

「你也一樣嗎，凱希萊姆？還是說現在是姬斯緹？」

詛王平靜地開口說：

「對不起，阿諾斯大人。這是凱希萊姆大人的請求。雖然之前曾受你幫助……」

詛王擁有雙重人格，分別是詛王凱希萊姆與其戀人姬斯緹。目前看來是姬斯緹的樣子，不過照情況看來，凱希萊姆出來也只是時間早晚的問題吧。

「阿諾斯。」

米夏在這樣叫喚我後，就注視著水面上泛起的巨大波紋中心。儘管不是不能強行通過，但要是在這裡打得太誇張，痕跡神說不定就會醒來。

「我知道。」

我邁開步伐，筆直走向波紋的中心。伊杰司與姬斯緹阻擋在我前面。

「你們的目的是什麼？」

「明知故問。我們要在痕跡神還沒醒來之前在這裡毀滅祂。」

「不好意思，我有事要先找祂，你們就等我把事情辦好吧。」

伊杰司沉穩地壓低身體重心，獨眼帶著殺氣，將紅血魔槍迪西多亞提姆的槍尖指向我的左胸。

「你忘記余的忠告了嗎？要是小看神族，將會重蹈阿伯斯・迪魯黑比亞的覆轍喔。」

「唔嗯，她的話目前就在外頭對付你們的同伴，有什麼問題嗎？」

「等發生就太遲了，要在發生之前先摘除幼苗。」

「做這麼浪費的事，這說不定能開出漂亮的花喔。」

伊杰司的獨眼透著冷光。

「果然是白費唇舌。」

迪西多亞提姆閃了一下突出，同時空間變得扭曲。長槍的前半段消失，超越次元出現在我的眼前。

我用「森羅萬掌」的手抓住槍柄。

「唔！」

伊杰司使勁把長槍往上揮，連同槍柄一起把我的身體抬到空中。

「哦？一段時間不見，你變強了呢。」

「余應該說過了，余可沒有在混啊！」

迪西多亞提姆更加地超越次元，把我頂到遙遠的上方。我雖然連忙放手，但從紅血魔槍上溢出的鮮血卻用球體包覆住了我的身體。

「你就飛到次元的盡頭吧。」

迪西多亞提姆溢出大量鮮血，散發出不祥魔力干涉著我的身體。就如他所說的是要讓我飛到次元的盡頭吧。

剎那間，伊杰司收槍往後跳開。艾蓮歐諾露發出的「聖域熾光砲（teo toraiasu）」擊中他方才的所在位置，並且濺起了水花。

「耍這種小聰明。」

「你敢動的話，就會死喔。」

著地後的伊杰司，被莎夏用「根源死殺」的指尖抵著背部。

「冰牢。」

米夏以創造出來的冰將姬斯緹囚禁起來。儘管她發出黑霧吞噬掉出現的冰，但米夏創造的速度比她來得快。

她接連不斷地創造出冰，十重、二十重地疊起監牢。

米夏說：

「阿諾斯。」

「嗯，來吧，亞露卡娜。先去逮住痕跡神。」

因為伊杰司收回了長槍，所以鮮血球體也跟著炸開消失了。我施展「飛行」控制著墜落的方向，筆直朝向波紋的中心。

化為雪月花的亞露卡娜在下一瞬間出現在我的身旁，就這樣兩人一起飛向痕跡神的所在之處。

中途傳來了一道聲音。

「勇氣可嘉的傢伙。以兩名四邪王族為對手，是打算捨命爭取時間嗎？」

儘管背部被「根源死殺」的指尖抵著，冥王像是毫不在意似的關注著我與亞露卡娜。

就像在說以莎夏為對手，他怎麼樣都有辦法應付一樣。

「後者是正確答案，但前者你可就答錯了。」

莎夏一面讓「破滅魔眼」浮現，一面堂而皇之地發出宣言：

「雖然不知道四邪王族有多強大，但我可是魔王大人的部下。」

伊杰司眼神銳利地朝我發出殺氣。只見他一個翻身，有如閃光般刺出深紅魔槍；察覺到他的行動，莎夏隨即用「根源死殺」的指尖刺向冥王持槍的手。

雙方交錯，刺出的迪西多亞提姆稍微偏了準頭，擦過我的臉頰。

「幹得好。」

我降落在波紋的中心處。

響起「嘩啦」水聲，我們沉入水中。本來應該是淺水池的地方，周圍卻在不知不覺中變得全都充滿著水。

不論再怎麼用魔眼（眼睛）凝視都看不見水底。

「亞露卡娜。」

「我感受到了神的魔力，而這恐怕就是痕跡神利巴爾修涅多。如今在沉睡的祂大概不具有形體吧。」

也就是這些水全都是痕跡神嗎？

「你說過會在痕跡神同意之後才喚醒祂。」

「如果是在夢中的話，就算不喚醒祂也能對話吧？要是能溝通的話，就能要祂直接喚醒記憶不是嗎？」

「你說得沒錯。但痕跡神掌管的記憶秩序比夢境守護神來得更加廣泛。要讓那尊神墜入夢境需要相當龐大的魔力，即使成功也很短暫吧。」

「只能試試看了。也使用我的魔力吧。」

亞露卡娜點點頭，碰觸我的身體。在祂畫出魔法陣後，衣服就化為光逐漸消失。祂將額頭抵在我的額頭上。

「夜晚降臨，誘人入睡，搖盪的記憶將夢境重疊，浮現於水面之上。」

我們一面沉入過去的痕跡，一面靜靜地墜入夢境——

§ 28

【擁有相同魔眼之人】

這裡是個不曾見過的場所。

位於荒野上，沒有生物的氣息，一片無垠大地綿延不絕。上空是天蓋，時間是極夜，應該是封閉在黑暗之中的地底吧。

亞露卡娜跟在我身旁，我與祂都還穿著衣服。

也就是說，這裡是痕跡神的夢境之中嗎？

「是吾之夢，也是祂之夢。吾乃痕跡神利巴爾修涅多，將此世一切紀錄與記憶銘刻在此身的痕跡秩序。」

伴隨著響起的聲音，荒野的地面逐漸隆起。

那是直達天蓋的巨大書架。不計其數的書架在無垠荒野上源源不絕地出現。

等注意到時，眼前就站著一個男人。祂是個手持純白書籍，穿著莊嚴服裝的神。

「吾等待著應當到來之日，在此時間的盡頭，利嘉倫多羅路的最深處持續沉睡著。找吾何事，不適任者，還有無名之神亞露卡娜。」

亞露卡娜走出一步向利巴爾修涅多說：

「我想取回喪失的記憶與神名，這應該銘刻在祢的秩序之上。」

「記憶是傷痛，忘卻是救贖。吾乃背負此世傷痛之神，取回的記憶將會苛責著汝，使汝痛苦、受傷吧。」

「我所犯下的罪是屬於我的東西。既然祢說這是傷痛，那就不該被治癒。我想讓我的傷痕再度銘刻於此身上。」

「此處是一切記憶與紀錄的歸屬之地。已是無名之神的亞露卡娜，汝就去注視記憶的深淵，只要汝不別開魔眼(目光)由衷希望的話，就能取回記憶吧。」

無數書本無聲無息地從荒野上連綿不絕、擁有龐大數量的書架上落下。這些書本在空中翻開後，書頁就接連脫落，有如碎紙花般飛舞在荒野的天空之中。

這些數千、數億，數之不盡的書頁，大概就是這個世界的記憶與紀錄所留下的痕跡吧。當中的一頁是祂所追求的記憶。亞露卡娜用魔眼（眼睛）凝視著於空中飛舞的無數書頁。

就在這時——

響起震耳欲聾的雷鳴，無數的紫雷落下，射穿了飛在空中的書本，讓無數書頁「轟」的一聲燃燒起來。這把火還延燒到書架上，夢中世界在眨眼間化為火海。

「唔……」

利巴爾修涅多一臉困惑地蹙起眉頭，祂身上也纏繞著紫雷。

「不速之客，崇拜不順從之神的愚者們，對吾沉睡中的身體發出閃電。」

「唔嗯，之前是在等痕跡神分心露出破綻啊？」

這些紫電的魔力，不是伊杰司也不是凱希萊姆的。儘管本來就覺得不會只有他們兩人，但果然還有幻名騎士團在場的樣子。

「要醒來嗎？」

「不，我去阻止這把火，祢就在時間允許之下找尋記憶。」

「就依你說的。」

亞露卡娜在我身上畫出魔法。

「雪滴讓人夢醒，使他返回現實。」

一片雪月花落在我的臉頰上。

瞬間，荒野從眼前消失，我的懷中抱著一絲不掛的亞露卡娜。

水中閃過無數紫電在侵蝕著痕跡神。我畫起魔法陣，在穿上白制服後用薄布包裹住亞露卡娜。

接著我用「破滅魔眼」瞪向雷光。一瞪之下消失的只有三成左右的雷光，對方魔力相當強大。我再繼續用魔眼瞪下去，逐漸將這些紫電消除掉。

就在大致清除乾淨後，我搜索周遭。在有如深海的黑暗之中，我的魔眼發現到了潛藏的人影。

「我找到你了。你是誰？」

我畫出多重魔法陣把手穿過去。

我用蒼白的「森羅萬掌」之手抓住潛藏的人影提起來，隨後就在左肩上感覺到抵抗。

我被看不見的手用力抓住。是「森羅萬掌」啊？這是地上的魔法，這傢伙恐怕也是魔族出身。

「抱歉，我不能讓你在這裡大鬧。」

我用「森羅萬掌」抓著那傢伙，就這樣朝著水面一口氣飛上去。

水聲「嘩啦」響起，我回到流著瀑布的房間。

霎時間，方才就在室內的人們紛紛朝我看來。現況是兩名四邪王族與我的部下正處於混戰之中。

「……是誰，姬斯緹。把妳關在這種地方的人……」

充滿怒氣的低喃聲從被關在冰牢裡的姬斯緹體內傳出，而她自根源溢出的魔力飆升到了截然不同的境界。

她是會伴隨著人格切換，就連根源也會跟著變化的特異體質。現在的他是貨真價實的四邪王族——詛王凱希萊姆。

「是這樣啊……」

黑霧聚集在他眼前畫出了魔法陣。

「不可原諒……」

憎恨滿溢而出，他以猛然升起的魔力粉碎冰牢。

「不可原諒——！你們這些傢伙啊啊啊！」

他把手伸進魔法陣裡，取出一把不祥的弓。

「唔嗯，小心點，米夏。那把弓是絕對會命中受詛咒者的魔弓尼特羅奧布斯。早在對姬斯緹動手時，妳就已經被詛咒了。」

在這一瞬間，方才還在與莎夏對峙的伊杰司有了行動。

「唔啊！」

迪西多亞提姆一閃，刺中莎夏的腹部。儘管在「不死鳥法衣」的火焰包覆之下，傷勢受到了治癒，她也還是跳了開來，朝米夏伸出手。

「米夏。」

「嗯。」

她們將彼此畫出的半圓魔法陣連結起來。

「『分離融合轉生』。」」

兩人的身體融合交錯，回歸成一體。銀髮少女愛夏將她的魔眼朝向詛王凱希萊姆。

「消失吧！」

伴隨著凱希萊姆的怒吼，魔弓尼特羅奧布斯射出箭矢，並在剎那間從愛夏的視野中消失，刺在她的左胸上。

「這是對本大爺的姬斯緹動手的報應。妳就被詛咒致死吧。」

在詛王這樣說道的瞬間，刺在愛夏身上的箭矢就變成冰粉碎了。

「還真是遺憾呢，雙重人格的怪人先生？」『冰雕的箭矢，就算命中也無礙。』

莎夏與米夏說。她們在箭矢刺中皮膚的瞬間，用「創滅魔眼」重造成脆弱的冰雕。

凱希萊姆燃起憎惡之火，橫眉怒目地凝視著兩人。一扯到姬斯緹，他就會變得很暴躁，現在就連要好好對話都沒辦法。

「就一口氣解決你們吧。」『「創滅魔眼」。』

愛夏將眼睛瞪向伊杰司與凱希萊姆。她的「創滅魔眼」突破他們的反魔法，干涉著魔弓與魔槍。

「……可惡……」

「……就跟聽到得一樣，是很驚人的魔眼哪……」

迪西多亞提姆與尼特羅奧布斯在眨眼間變成冰晶，就像要逃離她的魔眼一樣，冥王與詛王當場跳了開來。

「你們別想逃。」『就算跳開，只要還在視野裡就一樣。』

愛夏就像要追擊似的對「創滅魔眼」注入魔力，同時瞪著兩人。就在這時，抓住我的「森羅萬掌」手感消失了。

就像要遮住愛夏的視野一樣，紫色的巨大閃電伴隨著巨響落下。

「跟我想得一樣。」

傳來輕佻的聲音。這聲音不屬於伊杰司，也不屬於凱希萊姆。

「那是『背理魔眼』呢。」

能在紫電中心看到人影。

在紫色雷光忽然散去後，那裡站著一個男人。對方紫髮、藍眼，而且穿著大衣。

是在夢中見過——跟亞露卡娜講過話的那名魔族。

名字記得叫做賽里斯吧。

「好久不見了，背理神耿奴杜奴布。雖然祢好像轉生了，不過還記得我是誰嗎？」

愛夏狠狠地瞪向他。

「我完全不認識你！」

然而她所發出的「創滅魔眼」卻被那個男人正面瞪了回來。那雙藍眼化為染成滅紫色的魔眼。

「沒有用……？」

「……跟阿諾斯的魔眼很像……？」

莎夏與米夏驚訝地喃喃低語。

「祢這麼說並不恰當喲，背理神。」

那傢伙露出善良般的笑容說：

「是他的魔眼（眼睛）很像我才對。我叫做賽里斯．波魯迪戈烏多。簡單來說呢，沒錯，就是他的父親喲。」

「哦？」

我走到愛夏前面，用同樣染成滅紫色的魔眼注視著賽里斯。

「這我還是第一次聽說呢。」

賽里斯輕佻地露出笑容然後這樣說：

「就只是你忘記了喲，阿諾斯。一切都是創造神米里狄亞的陰謀。祂從你身上奪走了我的記憶，然後創造了虛偽的記憶。」

這說法就像在說米里狄亞是敵人。

「我不會說這不可能，但這是為了什麼？」

「即使我說了，我也不覺得你會相信。不然我早就來找你闡明一切了。」

儘管他說得煞有其事，但不一定就是事實。

「還真是令人費解呢。假如你想讓我回想起記憶，那你意圖毀滅痕跡神是為了什麼？」

「要是等你恢復記憶的話，似乎就會讓痕跡神逃走呢。」

賽里斯把手舉高，在那裡畫出多重魔法陣，然後空氣就突然變成異質的東西。

本來平穩的水面掀起激烈的波浪。這裡是時間的起點。積起的水一滴一滴都是銘刻在這個世上的痕跡。

這個秩序被賽里斯甚至還沒發動的魔法給激烈扭曲了。

「還真是相當驚人的大魔法。」

「讓開吧。雖然你應該不會死，但說不定會受傷喲。」

賽里斯用魔眼看著我，彷彿很親切地說。

「那就試著逼我讓開啊。」

「哦？你打算忤逆我嗎？」

「既然你說你是我父親，這應該是小事一件。」

「哎呀哎呀，真是不懂事。」

構築在賽里斯前方的多重魔法陣化為球體，而就在他把手伸過去的時候——

因為魔力餘波掀起激烈波浪的水面突然平靜下來，就連波紋都不見了。水倏地變得越來越透明，然後消失無蹤。

——連同本來存在於此的龐大魔力一起。

「看來是你的神在搞鬼呢。祂好像讓痕跡神醒來了。」

賽里斯忽然收回力量，讓球狀魔法陣消失，地下遺跡的震動也戛然而止。

我轉過身就看到包著薄布的亞露卡娜站在那裡。大概是因為水消失了，所以浮到這裡來了吧。

祂說：

「我讓利巴爾修涅多逃走了。那個魔族不是能一面保護著什麼一面交戰的對手吧？」

確實照剛剛的情勢繼續演變下去，我不只要保護利巴爾修涅多，還必須保護沉睡中的亞露卡娜。

「我沒有很在意。是剛好的讓步。」

「我不能成為累贅。因為我是神。」

就覺得祂會這麼說。

「回想起記憶了嗎？」

縱然我警戒著賽里斯，還是朝亞露卡娜看了過去。

祂露出黯然的表情。

「……我…………」

亞露卡娜咬緊唇瓣，然後就像在勉強自己似的喃喃說：

「…………沒能想起來……」

「沒什麼，祢不用這麼悲觀。祢比起自身的願望，更優先向他人伸出了援手，這樣才是我所選上的神。」

亞露卡娜讓薄布「啪咚」地落在腳邊，對自己畫起魔法陣。祂穿上平時的衣服，然後注視著眼前的賽里斯等人。

男人以不帶惡意的表情笑了笑。

「不談談嗎？」

「哦？」

「我乃幻名騎士團的騎士團長。蓋迪希歐拉正在與神族交戰，而你也對神族沒什麼好感吧？再加上我是你的父親，這次就只是利害不一致的樣子，但我們本來就沒有任何需要戰鬥的理由。」

他以無憂無慮的表情說：

「我們應該能夠攜手合作才對。」

如果能不用戰鬥，應該沒有比這更好的事。但總覺得一看到這傢伙就強烈覺得：為了世界，還是在這裡毀滅他比較好。

我朝愛夏看去，只見她微微搖搖頭。

「……看不透……」

這道喃喃說道的聲音是米夏的。也就是她完全看不透賽里斯的內心吧。

「面對我，與其選擇戰鬥不如嘗試對話，實在是個不錯的選擇。這世上存在太多還沒進行對話就行使武力的愚者。」

「這世上真的太多壞人，讓人傷透腦筋呢。我很明白喔。假如可以的話，沒有比靠對話解決一切更好的事了。因為和平最好了呢。」

他臉上浮現善良一般的笑容。

「說得沒錯。只不過，單純的惡質還算可愛的喔。」

「哦？為什麼？」

「因為最為醜惡的下賤之人，會帶著彷彿是善人的嘴臉出現。」

「這還真可怕呢。我也會小心的。」

他以沒什麼動搖的反應這樣說：

「你不用急著回答。假如有事想問我的話，就來蓋艾拉黑斯塔吧。我暫時會待在那裡，會在艾貝拉斯特安傑塔的聖座之間等著你來。」

賽里斯畫起魔法陣，身旁站著冥王與詛王。

「賽里斯。」

我在他們即將以「轉移」轉移離開之前說：

「給我好好記住。不論你是不是我的親生父親，假如打算做出小看我的行為，我是不會輕易放過你的。」

對於我的警告，他只是笑笑回應，然後當場轉移離開了。

§29 【神的墮落】

吉歐路海澤的停龍場，魔王城——

我們回到位於最下層深處的房間。

「——那麼，你們對付的那些騎士也是魔族嗎？」

我在聽完雷伊的報告後說。

「因為他們莫名警戒著靈神人劍。我破壞鎧甲確認過了，那毫無疑問是魔族的魔力，但是否全員都是魔族就不得而知了。」

他帶著清爽的笑容回答。

在他身旁的米莎說：

「而且對方非常厲害喔。我雖然相當認真應戰了，但還是讓他們在消滅之前逃走了。」

雖說目的不是要消滅他們，但以米莎的真體與雷伊為對手還能平安逃走，果然不是尋常的魔族。

「會是四邪王族的部下嗎？還是那個叫賽里斯的魔族的部下呢？」

莎夏困惑地歪著頭。

「都有可能吧。」

「那個叫賽里斯的魔族雖然自稱是阿諾斯的父親，但那是真的嗎？」

雷伊一副難以置信的樣子說：

「我從未聽說過魔王有父親。就算阿諾斯的記憶不完整，我也不認為會連我的記憶都受到影響。假如真是那樣，這可是相當嚴重的事態。」

「哎，我也不是從石頭裡蹦出來的，當然有過父親吧。如果沒有出現在檯面上，人類就算不知道也不足為奇。而且魔眼很容易遺傳給子孫。」

雖說如此，但也不是一定會遺傳。尤其是強大的魔眼，假如沒有相應的根源是不會顯現的。雖然這個時代有很多我的子孫，但只有莎夏擁有「破滅魔眼」就是因為這個原因。

只不過莎夏的情況，說不定不是因為遺傳自我。

「……那傢伙說融合後的我們是背理神耶……」

米夏點了點頭。

「他說『創滅魔眼』就是『背理魔眼』。」

之前與亞露卡娜討論時就有察覺到這個可能性。就是不知道那個男人說的話能相信到何種程度就是了。

「米夏，妳看過那傢伙的心了嗎？」

她點了點頭。

「可是看不到。他的心虛無、一無所有，是個空心的人。」

米夏就像在回想窺看過的內心深淵一樣地說，不過很快又搖了搖頭。

「……說不定只是我看不到……」

「嗯～我也不太喜歡那傢伙喔。」

艾蓮歐諾露說。

「這不是喜不喜歡的問題吧……」

莎夏抱怨著。

「該怎麼說好呢？看嘛，雖說要攜手合作，但總覺得很可疑，有點可怕喔。」

「覺得可疑這點我有同感。既然對方從屬於蓋迪希歐拉，那麼至今都在與神族敵對就是真的了吧，但這不一定是他的真正目的。」

「冥王至少打從以前就很討厭神呢。」

雷伊帶著微笑說：

「就從他原本打算消滅沉睡中的痕跡神來看，賽里斯並不打算對神客氣的樣子。他應該是在這點與冥王一拍即合吧。」

話雖如此，他看起來也不太像是冥王會去侍奉的那種男人。雖然是部下，但終究只是形式上的，實際上說不定是近似同盟的關係。

「還有，那傢伙曾在阿諾斯與亞露卡娜的夢中出現吧？」

對於莎夏的詢問，我點了點頭。

在夢中，亞露卡娜被龍盯上。雖然我好像在隱瞞這件事，但那個男人就像要讓她知道一樣的感覺。

如果不知道後續的發展，就沒有確切的證據。

「他一點也沒有阿諾斯與亞露卡娜父親的感覺耶。」

「我們不一定是正常的親子。並不是所有孩子都是因為愛而誕生於世上，特別是在兩千年前。」

「……這麼說也是啦…………」

莎夏沉思起來，臉上表情透露著她對賽里斯的厭惡感。

「就再看一次夢吧。要是能回想起賽里斯的事情，說不定會成為與他對話時的關鍵。對方似乎認為我澈底喪失記憶的樣子呢。」

要是他不知道我已回想起記憶而說謊的話，也能藉此明白他的意圖。或者也能認為，就是他奪走了我的記憶。

「……又能……跟大家一起睡覺……了……」

潔西雅開心地說道，然後看向亞露卡娜。

然而祂的眼睛卻注視著虛空。總是澄澈透明的表情，如今看起來陰沉憂鬱。

一副魂不守舍的樣子。

米夏小碎步地來到我身旁，在耳邊低聲說：

「讓祂休息吧。」

唔嗯，這樣也好。反正也沒什麼要緊的事情。

「儘管想去詢問賽里斯，但在那之前我要先想一想。你們今天也下去休息吧。」

「嗯。」

米夏在這麼說後，就跟著莎夏一塊兒離開房間。雷伊與艾蓮歐諾露等人也起身回到自己的房間。

留下來的只有我與亞露卡娜兩人，而祂一直沉默不語。

「消耗太多魔力，累了嗎？」

我走到祂身旁如此詢問。

「魔力確實消耗太多了，但這不成問題。」

畢竟是神族，只要不是相當嚴重的情況，魔力就不會枯竭。

「那麼祢為何這麼沮喪？」

我這麼詢問後，亞露卡娜才終於朝我看來。

「我在沮喪嗎？」

「在我眼中看來是這樣。」

「這樣啊……」

亞露卡娜低著頭，專心地在想著什麼。

我決定就這樣等到祂開口為止。

「我有過時間。」

亞露卡娜喃喃說出這句話。

「我當時在痕跡神的夢中。你為了讓我取回記憶，從夢中醒來幫我爭取了時間。痕跡神被賽里斯的魔法盯上，在讓那尊神逃跑之前，我有過短暫的時間。」

亞露卡娜就像在自我警惕地反覆說道。

「當時夢中飛舞著痕跡書籍，從這無數的世界痕跡之中，我沒能找出我記憶的頁面。我應該別開目光了吧。」

亞露卡娜淡然地繼續說：

「儘管回想起來是我的贖罪，我卻感到恐懼。我在那一瞬間感到害怕了吧——害怕現在的我會消失不見。我又犯下罪過了。」

「祢也不是故意要別開目光的。」

沒有否定也沒有肯定，亞露卡娜直直注視著我。

「我讓痕跡神逃走的判斷是對的嗎？你不會輸給任何人，既然如此，我應該要相信你，繼續看著夢吧。我說不定是在假裝拯救那尊神，實際上卻逃避了。」

亞露卡娜稍微停頓一下，然後再度開口說：

「以拯救為藉口。」

「天曉得。我的魔法有點不適合用來守護什麼東西，既然看不出賽里斯的全部實力，就難以斷言祢是錯的。」

亞露卡娜想說些什麼，但最後還是不發一語。

「我不會要祢別害怕。既然祢是親自捨棄了那個名字，會害怕回想起來也是當然。」

「神要是恐懼，會令人們不安。」

「連恐懼都不懂的神能懂什麼？要是不懂人心，就無法拯救世人。」

亞露卡娜的眼神稍微恢復光采。

「你昨天也說過相同的話。」

我點了點頭，向亞露卡娜問道：

「祢想要溫柔對吧？」

「……是的。只有這點是千真萬確的事。」

「這就是祢所追求的感情。祢一點也沒有錯。」

亞露卡娜的視線倏地被我的眼瞳吸引住。

「恐懼是溫柔嗎？」

「人很軟弱，而對這份軟弱伸出援手即是溫柔。既然如此，祢就必須理解軟弱。」

我對著露出潔淨且澄澈表情的祂笑起來。

「說出軟弱人心的祢，讓我感到非常舒服。」

「……這是什麼意思？」

「意思就是，這對我來說是救贖。」

亞露卡娜驚訝地回看著我。

「……我該怎麼做才好？」

「要是害怕就說出來吧，毫不掩飾地握住我的手。」

亞露卡娜注視著我的臉，專心思考著某件事情。

就這樣不知過了多久後，祂脫口說：

「……我現在沒有睡意……」

不過——亞露卡娜說。

「要是像那個時候一樣，哥哥哄我入睡的話，我想一定會感覺到睡意的。」

我回想起第一次看到的那場與妹妹生活的夢。

「這就是我的軟弱。」

「真拿祢沒辦法。」

我說出跟當時一樣的話，朝亞露卡娜伸出手。

等祂牽起我的手後，我們就走進寢室裡。在我躺上床後，亞露卡娜就像夢中一樣鑽進被窩裡。

「我知道了慾求。」

祂就像依靠似的抱住我的身體。

「我知道了軟弱。」

亞露卡娜一面把臉埋進我的胸口，一面喃喃自語。

「雖為神之身，我卻墮落了。」

「咯哈哈，雖說是神，難道祢以為就不會墮落嗎？」

「你被稱為魔王的意思，我好像明白了。你甚至是暴虐地將恐懼抹去。」

亞露卡娜一面緊緊抱著我，一面在我與自己身上畫起魔法陣。

「你如果是我哥哥，就沒有東西能讓我害怕了吧。一定是這樣。」

衣服伴隨著光芒消失，我們變成一絲不掛的模樣。

亞露卡娜把臉靠過來說：

「……我能像夢中一樣叫你嗎？」

「隨祢高興。」

儘管有些害羞地，亞露卡娜喊出清澈的聲音。

「……哥哥……」

「怎麼了？」

「今天我能再稍微墮落一點嗎？」

「我允許祢。」

隨後，祂就注視著我的眼睛說：

「我想要哥哥用魔法哄我睡覺。」

我把手繞到亞露卡娜的頭後面，就像那場夢一樣溫柔吻在祂額頭上。透明光芒包覆著我們的身體，誘人的睡意到來。

「晚安，亞露卡娜。」

「……晚安……哥哥……」

§30 【在夢中做出的約定】

夢中——

亞露卡娜在森林裡走著。

少女總是無憂無慮的表情，今天像是感到很苦惱的樣子。

亞露卡娜撥開草木在森林裡不斷前進，離開哥哥的魔眼所能看到的範圍。然後在她眼前，她看到了一名男人的身影。

那個人是有著一頭紫髮、身穿大衣的魔族——賽里斯。

「嗨，妳來了啊。」

帶著善良般的表情，賽里斯迎接亞露卡娜的到來。

「……那個……」

亞露卡娜立刻開門見山地說：

「教我魔法！你知道逃離龍的魔法吧？」

到底發生了什麼事？亞露卡娜比昨天還要迫切地尋求著那個魔法。

「當然，我有這個打算喲。不過在這裡的話會有困難呢。」

賽里斯把手伸向亞露卡娜。

「會暫時跟阿諾斯分開，妳沒問題嗎？」

儘管亞露卡娜遲疑了一下，但還是立刻下定決心，握住了他的手。

賽里斯露出滿意的笑容。

「那就走吧。」

他畫出魔法陣，兩人的身體浮起。

賽里斯以目不暇給的速度飛越天際。

過了一會兒，便能在兩人的前方看到一座高山。賽里斯在朝山腰伸手後，就出現了魔法陣。他朝魔法陣的中心飛去，然後倏地穿透過去。

照理說應該進到了山的內部，然而抵達的地方卻是個寬敞的石造室內，於建築物中看不見盡頭地寬敞。

在並排的柱子與無數篝火的中心有個格外引人注目的銀色火焰。

亞露卡娜看到那個銀色火焰後，害怕得全身顫抖。室內無比炎熱，越接近那道火焰，溫度就越升越高了。

「這個就叫做審判篝火喲。據說只要跳進這個銀色火焰中撐過數千的痛苦，那個人就能得到強大的力量。」

賽里斯一面注視著審判篝火，一面就像理所當然似的說：

「只要擁有這份力量，別說是逃離龍了，就連要殺光牠們應該也易如反掌。」

「……可是……會死吧……？」

「放心吧，我就先來教妳逃離龍的魔法吧。」

賽里斯在亞露卡娜的脖子上掛起項鏈，上頭鑲著透明的石頭。

「這是什麼？」

「是讓魔法成功的護身符喲。」

賽里斯在眼前畫起魔法陣。

「好了，妳就試試看吧。」

亞露卡娜就照他說的試著畫起魔法陣，但是不太順利的樣子。

「我來幫妳。」

賽里斯把手伸到亞露卡娜構築的魔法陣上。他使用她的魔力在項鏈的水晶裡畫起某個魔法陣。

是「使役召喚」的魔法陣。

那顆石頭——盟珠的內側接連畫出魔法陣層層疊起，緊接著亞露卡娜背後就竄起巨大的火焰。

火焰之中，龍影輕輕搖晃。

「吼喔喔喔喔喔喔喔喔喔喔喔喔喔喔喔喔喔喔喔喔喔喔喔喔喔喔喔喔喔喔喔喔喔喔喔喔喔喔！」

召喚火焰伴隨著巨大咆哮聲消失，出現了一頭閃耀著黃金光芒的異龍。

「咦……啊…………不要………」

亞露卡娜就像嚇到似的往後退，然後跌坐在地上。

「妳不需要害怕喲，亞露卡娜。妳可是就算被龍吃了，也能在龍的胎內轉生的龍核。而龍會尋求能成為所生子嗣核心的根源，所以妳至今才會一直被龍盯上喲。」

亞露卡娜一臉驚訝地看向賽里斯的臉。

「妳看過那封邀請函了吧？差不多該想起來了吧？阿諾斯從妳身上奪走的記憶，還有他所說的謊言。」

「……人家…………」

亞露卡娜就像不明白他在說什麼似的左右搖頭。

「只要成為子龍，忘卻的魔法也會解除，妳馬上就會想起來了喲。他覺得被龍盯上的妳很可憐，不過就算能一直逃下去也沒有什麼意義。因為即使被龍吃掉了，妳也只不過是轉生了而已。」

「…………不、不要……」

亞露卡娜帶著害怕的表情，勉強擠出聲音。然而賽里斯依舊一副看起來很善良的表情，困惑地歪著頭。

「不要？為什麼？我沒有說謊喲，就算要賭上我這條命也行。只要轉生的話，妳就不會再被龍盯上，不用再繼續逃下去了，這不是妳所希望的嗎？」

賽里斯絲毫不懷疑自己的善意，滿不在乎地說。

「……可是……被、被吃掉的話，會很痛……」

「是啊，妳說得沒錯。根源在龍的胎內被混合成一體可是超乎想像的痛苦喲。這頭龍才剛被召喚出來，就連一個根源都還沒吃過。也是呢，我想大概再吃掉千人左右，妳就能轉生了吧，會痛也只要忍到那時候就好了喲。」

賽里斯看來完全無法溝通，讓亞露卡娜的表情逐漸充滿絕望。

「……救……救我……」

賽里斯一臉笑吟吟的模樣。

「我知道喲。放心吧，我現在就來救妳。害怕龍的生活已經結束了。」

「……救救我，哥哥——」

「嘎啊啊啊啊啊啊啊啊啊啊啊啊啊啊啊啊啊啊啊啊啊啊啊啊啊啊啊啊啊！」

龍的叫吼聲蓋掉亞露卡娜的叫喊，張嘴吞下那個嬌小身軀。

賽里斯就像很滿意似的望著吃掉少女的黃金異龍。

「阿諾斯不知道這裡喲。再說跟審判篝火比起來，被龍吃掉的痛苦根本就不算什麼，而且還會通往神族降臨的審判之地，體驗這世上沒有的痛苦。妳正好可以把這當作是那時候的預先練習。」

賽里斯微微一笑。

「妳就是為此誕生的。」

「——唔嗯，居然擅自對他人的妹妹胡說八道。」

賽里斯眼神凌厲地轉身。

聽到「劈啪」的空間扭曲聲，他眼前漆黑地燃燒起來。撞破魔法門的漆黑太陽「獄炎殲滅砲」就這樣直擊賽里斯。

「哦？」

賽里斯展開反魔法，往眼前瞪去。從熊熊燃燒的漆黑火焰中現身的竟然就是阿諾斯。

「你變得能施展相當強大的魔法了呢。不過判斷對手實力的魔眼還不到家喲。」

阿諾斯以零距離發射的「獄炎殲滅砲」被賽里斯若無其事地用反魔法擋下。

「你是救不了她的。所以，我幫你救她了喲。」

賽里斯把左手朝向阿諾斯發出「紫電(buera)」的魔法。紫色閃電打破他的反魔法，撕裂著他的身體。

阿諾斯的表情猙獰扭曲。

「懂了嗎？你完全不需要擔心喲，阿諾斯。她即將轉生，像這樣繼續爭執下去是沒有意義的喲。」

「…………開……」

阿諾斯以他的魔眼瞪向賽里斯，臉上帶著充滿憤怒與憎惡的表情。

「你說什麼？」

「……我叫你讓開……！」

魔力聚集在阿諾斯的魔眼上。就像之前沉睡的一部分根源覺醒了一樣，他的眼睛染成滅紫色。

阿諾斯的魔力突然增強，在畫出巨大魔法陣後，從中心射出「獄炎殲滅砲」將賽里斯的身體猛然推開。

那個男人微微睜大眼睛。

「哦？居然能強行把我推開，真不愧是你呢。不過你知道吧？你的『獄炎殲滅砲』是傷不了我──」

「總算發現了啊，蠢蛋。」

被推開的賽里斯背後有著審判篝火。

「……哎呀哎呀。你難道以為這種把戲會有用──」

賽里斯撥開漆黑太陽，朝天空躲去。

剎那間——

「嘎啊啊啊啊啊啊啊啊啊啊啊啊啊啊啊啊啊啊啊啊啊啊啊啊啊啊啊啊啊啊啊啊啊！」

黃金異龍就像瞄準好似的一頭撞來，把賽里斯撞飛了。

「什麼——」

「最近這陣子我都在陪龍玩捉迷藏呢。吸引牠們注意力的方法我可是學到都膩了。」

賽里斯想施展「飛行」控制住移動方向，但阿諾斯為了小心起見，又再施放了一發「獄炎殲滅砲」。

「雖然不知道你是打哪兒來的，既然這麼喜歡什麼審判之地，你就自己一個人去吧。」

在賽里斯的身體「轟隆隆隆」燃燒起來的瞬間，他就被審判篝火給逐漸吞沒。

「哎呀哎呀。」

或許是領悟到一旦進來就再也出不去了吧，賽里斯站在那道銀色火焰裡垂下雙手。

「哎，算了。這也是不錯的結果。」

在留下這句話後，他的身體就完全被銀色火焰包覆，當場消失無蹤。

「咕嗚嗚嗚嗚嗚嗚嗚！」

發出重低音的吼聲，黃金異龍的眼睛狠狠瞪向阿諾斯。

「別吠，我現在就讓你解脫。」

伴隨畫出的魔法陣，阿諾斯的右手染成漆黑。

「『根源死殺』。」

「吼喔喔喔喔喔喔喔喔喔喔喔喔喔喔喔喔喔喔喔喔喔喔喔喔喔喔喔喔喔喔喔喔喔喔！」

阿諾斯一面用身體承受著噴出的黃金龍息，一面衝進異龍懷中將漆黑的「根源死殺」刺在龍的胸口上。

「還給我。」

「咕滋」一聲貫穿堅硬的鱗片與強韌的皮膚，阿諾斯把手伸進龍的胎內。

然後確實抓住了那個。

「難道以為我會讓妹妹被區區的蜥蜴吃掉嗎？」

「咕」的一聲，阿諾斯把手抽回。

伴隨著死前的慘叫，異龍身上溢出大量鮮血。只見龍的龐大身軀搖晃一下，發出巨大聲響地當場趴倒在地。

阿諾斯的手中抱著遍體鱗傷的亞露卡娜。他施展「抗魔治癒(enshieru)」讓光芒包覆她的身體。

然而阿諾斯的眼神更加凝重了。

傷勢沒有恢復的跡象。大概是在轉生途中強行從胎內取出來的關係吧，亞露卡娜的根源一分一秒地漸漸遭到侵蝕。

阿諾斯用魔眼直直注視著亞露卡娜的全身。

「……你為什麼知道……？」

亞露卡娜微微睜開眼睛向哥哥問道。

「妳在出門時，留下了這個吧？」

阿諾斯從魔法陣中取出亞露卡娜寫下的信。

信上寫著：「明天是哥哥的生日，人家會送哥哥最想要的東西當作禮物，要懷著期待等人家回來喔。」

阿諾斯持續著恢復魔法，一面用魔眼尋找治療她的方法一面說：

「我想說妳是不是要做什麼亂來的事，就事先用魔法在妳身上設下了不論去哪裡我都會知道的印記。」

而她一如預期的離開了魔眼範圍，於是他立刻追了上來。

「哥哥，對不起……」

阿諾斯就像要她別在意似的摸著她的頭。

「放心吧，亞露卡娜。我絕對會救妳的。」

阿諾斯以要將所有魔力注入在妹妹身上的強度施展「抗魔治癒」。儘管他眼看著越來越衰弱，妹妹的傷勢卻完全沒有好轉，根源還是一點一滴地遭到侵蝕。

他咬緊牙關，繼續對魔法注入魔力。

年幼的臉孔一分一秒地變得焦慮。

「……哥哥，人家沒事了喲。人家恢復精神了……」

亞露卡娜儘管虛弱無力，還是努力地故作堅強說道。這大概是因為她看得出來阿諾斯相當勉強自己吧。

「妳還是一樣不會說謊。」

阿諾斯甚至在消耗自身根源地使用魔力，而且一瞬也沒有要減緩魔力的意思。

「……人家一直沒注意到……」

「別說話，這樣對傷勢不好。」

然而阿諾斯的忠告讓亞露卡娜悲傷地笑了。

「……原來被龍追的不是哥哥，而是人家呢。哥哥一直以來都在守護人家……」

在身體變得越來越虛弱當中，亞露卡娜拚命地向他訴說，就像是察覺到自己的死期將近一樣。

「……人家本來想要變強的……假如人家一個人就能逃離龍，假如是這樣的話，哥哥就不用再擔心人家了……」

亞露卡娜以悲傷的眼神注視著哥哥。

「……人家都知道。哥哥其實想去學習魔法，是因為人家的關係才沒辦法去城裡……所以只能自己一個人學習……所以，所以呢……」

她淚眼盈眶地說：

「人家本來想對哥哥說，人家不要緊了……人家就算一個人也不要緊了，所以哥哥就去城裡吧……想送給哥哥這個禮物……」

淚水自她的眼睛輕輕滑落。

「可是，人家卻……說謊了……」

「我不需要這種禮物。我只要可愛的妹妹能夠陪著我，這樣就夠了。」

「可是……！」

淚珠從亞露卡娜眼中撲簌簌地落下。

「……可是，人家明明就不是哥哥的妹妹……」

這也是亞露卡娜偷看的邀請函上寫著的內容。這大概是在她背後推了一把的絕望吧。

「……實際上……明明就不是哥哥……」

「亞露卡娜。」

阿諾斯平靜地說：

「請原諒我。看來我力有未逮，沒辦法救妳。」

「…………嗯……」

「我要施展『轉生（shirika）』的魔法。只不過，我還不擅長根源魔法，妳的根源在龍胎內變質了，所以不知道妳會在何時轉生在何處，就連會不會留下記憶都無法確定。不對，就連會不會成功都不得而知。」

亞露卡娜就像做好覺悟似的點點頭，然後一面強忍淚水一面努力地笑了出來。

「沒關係喔。因為這樣一來，哥哥就終於能夠自由了。人家不要緊的，就算是一個人也不會怕。」

「最後我想要一樣禮物。」

「……哥哥想要什麼…………？」

亞露卡娜疑惑地詢問。

「成為我的妹妹。」

之前忍住的淚水從亞露卡娜眼中滴滴答答地落下。

「我不會要妳別忘記我。但妳要回想起來，絕對要回想起來。妳是我的妹妹，就算我們確實沒有血緣關係，我跟妳共度的日子也絕無虛假。」

阿諾斯緊緊抱住啜泣不止的亞露卡娜畫起「轉生」的魔法陣。

「……哥哥…………」

亞露卡娜就像很勉強似的喊道：

「這次，這次人家轉生之後……絕對，這次人家絕對會變強！人家會變強，成為哥哥的力量……畢竟人家可是哥哥的妹妹，怎麼可能會不強呢！人家會去找你！這次不會是謊言，絕對不會是謊言……」

就像不安似的，亞露卡娜戰戰兢兢地向哥哥喊道：

「哥哥相信人家嗎……？」

「嗯，我相信妳。」

「轉生」的魔法發動，她伴隨著光芒漸漸消失。

「妳絕對要來找我。不論妳轉生成什麼人，妳都是我唯一的寶貝妹妹。」

阿諾斯打算握住亞露卡娜伸來的手，然而他的手卻倏地撲了個空，她化為光粒子完全消失了。

他悲傷地望著虛空。

「……下一次，我絕對不會再讓妳哭泣……」

阿諾斯帶著懊悔與決心向消失的妹妹發誓。

「我就變強到不會再失去任何事物地等妳回來吧，亞露卡娜。」

§ 31 【記憶的不一致】

早晨——

睜開眼睛就看到一頭漂亮剪齊的白銀秀髮。那張天真無邪的睡臉儘管長相不同，但有某些部分與夢中見過的妹妹容貌相似。

「……雖然還沒有真實感，但明明說了要祢絕對要來找我，我卻忘了這件事，還真是對不起祢。」

我喃喃說出這句話，輕撫著亞露卡娜的頭。就算沒有記憶，祂確實來到我身邊了。是內心的某處、根源的角落還記得那個約定嗎？

「……嗯…………」

亞露卡娜發出微弱的聲音睜開眼睛。祂的金色眼瞳恍惚地朝我看來。

「……謝謝……」

亞露卡娜這樣向我說道。

「這是在謝什麼？」

「多虧了你，我昨晚睡著了。」

亞露卡娜起身對自己畫了個魔法陣。祂的身體在被光芒籠罩後穿上了衣服。

我也起身下床做相同的事穿上白制服。

「看過夢了吧？」

「看了。」

「在那之後，祢覺得自己轉生成神了嗎？」

亞露卡娜陷入沉思。那個表情也讓人覺得祂有點消沉。

「……就算施展『轉生』的魔法，魔族也不會轉生成為神。」

「確實。即使是現在的我，也不可能讓人轉生成神。不過夢中的亞露卡娜曾一度被吞進龍的胎內，使得她的根源變得異常，而她本來就被龍盯上……是叫做龍核吧？不是普通存在於世的樣子，所以也不是完全沒有這種可能。」

只不過事情如果真是如此，就會是無數奇蹟般的偶然同時發生的結果吧。目前要斷定這點，手頭的情報還完全不夠。

「教皇戈盧羅亞那稱我為米里狄亞。」

「這要是事實的話，那祢早在兩千年前就來找過我了。」

「…………是不是事實，現在還不清楚…………」

亞露卡娜不安地說。

「要確認看看嗎？」

「……有方法嗎？」

「如果是要確認祢是否為米里狄亞的話就有方法。這無法恢復記憶，如果祢有會一知半解的覺悟，就值得一試。」

「……想要確認……我是這麼想的吧……」

如此喃喃說完，亞露卡娜甩了甩頭。

「我想要確認。」

亞露卡娜明確地重新說道。

「那就跟我來。」

說完我離開房間，亞露卡娜也一起跟在我身旁。我一面走上階梯，一面向米夏他們發出「意念通訊」。

『今天的大魔王教練中止。我們要去蓋艾拉黑斯塔，大家各自做好準備後到魔王城的訓練場來。』

走了一會兒後，眼前能看到一扇雙開門；開門後，裡頭是一間空曠的房間。

這裡是訓練場，具有連相當規模的魔法與魔劍都能承受得住的構造。

我一走到中央處就轉身面向亞露卡娜。

「起源魔法無法對借予力量的起源本身造成影響。只要我以創造神米里狄亞作為起源施放起源魔法，就能清楚知道祢是不是米里狄亞了。」

「就算是捨棄名字的神也完全沒有影響嗎？」

「這是個難點。就算失去神名的祢過去曾是米里狄亞，現在說不定也不會被完全視為同一個體，所以也有可能會受到影響吧。然而，既然祢能夠施展『創造之月』，這就表示關係並沒有完全斷絕。」

「是要根據受到起源魔法影響的程度來進行判斷？」

我點點頭。

「根據起源的對象，能施展的魔法會有所不同。在以創造神米里狄亞作為起源的情況下，魔法的控制會極為困難。很不湊巧地，能正常施展的就只有攻擊魔法。」

簡單來說，就是借來的魔力會變成失控狀態，所以要強行制服後再釋放出去。

「沒問題，就照你想做的去做。」

亞露卡娜移動到離我稍微遠一點的位置，然後消除掉平時纏繞在身上的反魔法。

「我要上了。」

我以創造神米里狄亞作為起源畫起魔法陣後，漆黑閃電就「劈啪」作響地纏繞在我的右手上。

我施展起源魔法「魔黑雷帝」，於是巨大地爆發開來的漆黑雷光一面響著激烈雷鳴，一面覆蓋住整座訓練場。下一瞬間，增強到遠遠超乎我預期的漆黑雷電便以要轟掉訓練場的威力爆炸了。

大氣「嘰嘰嘰嘰嘰嘰嘰嘰」地被撕裂開來，瓦礫堆在周圍散落一地。由於我在最後一刻控制住了威力，所以亞露卡娜毫髮無傷。

「這是怎麼了？」

亞露卡娜露出疑惑的表情朝我看來。

「唔嗯，看來是失敗了。」

起源魔法要是沒有正確認知到作為起源的存在，控制起來就會十分困難。而在以神作為起源的情況下，控制更是難上加難，就連守護神層級都很容易讓魔力失控，非常難以讓魔法成立。

這時對象要是創造神米里狄亞的話就更不用說了，但通常我會讓失控的魔力更加失控，來藉此讓魔法成立。

「極獄界滅灰燼魔砲」就是個很好的例子。是讓作為起源的創造神、破壞神魔力無限制地失控，藉此製造出某種穩定狀態。

不過要讓威力下降到「魔黑雷帝」程度的話，就需要細心的魔力控制，非常難以穩定下來。然而就算是這樣，也只要正確認知到米里狄亞的起源，應該就沒問題才對。

證據就是，這方法在兩千年前可行。

這也就是說——

「……我好像忘記了什麼事，或是記錯了什麼事的樣子……」

「創造神的事？」

「是啊。在這種條件下，無法辨別祢是否為米里狄亞。」

亞露卡娜沉默了一下然後說：

「沒辦法。」

「能得知我記憶中的米里狄亞跟現實不一致，要說的話也算是一個收穫……」

但我忘記了什麼？

「只要找到痕跡神，就一定能回想起來。」

「知道祂的所在地嗎？」

「不知道。」

祂是至今都一直留在地底的神，不會返回神界。

「……哇，這是怎樣？破破爛爛的耶……？」

走進訓練場的莎夏說。

「『魔黑雷帝』？」

她身旁的米夏微歪著頭。

「久等了！我隨時都能出發喔！」

「準備……萬全……」

艾蓮歐諾露與潔西雅說。在她們背後，雷伊與米莎也在。

「要是能和平地用談話解決就好了呢。」

「哈哈哈～就是說啊……但我總覺得事情完全不會變成那樣，還真是傷腦筋呢……」

「叩」的一聲響起手杖撐地的聲音。

「咯咯咯咯，可是事情又變得很有意思了不是嗎？沒想到詛王與冥王居然來到地底了。哎呀哎呀，還以為他們跑去哪裡做什麼了，沒想到居然在準備反抗魔王！」

耶魯多梅朵一臉愉快地說：

「還真是危險、危險、危險啊！你不這麼覺得嗎，辛老師？」

「我的想法只有一個，就是愚蠢。」

在他身旁的辛說。

「沒錯、沒錯、沒錯，就是愚蠢。正因為這樣才有趣啊。聰明的人是不會反抗魔王的不是嗎！」

在說出帶有微妙反叛意圖的話後，耶魯多梅朵就壓著喉嚨愉快地陷入呼吸困難的窘境。

「喂，阿諾斯．波魯迪戈烏多。也就是說，那是足以讓你召集部下的對手吧？」

「他是一名叫做賽里斯的魔族，似乎是我父親。可別大意了。」

「原．來．如．此！」

耶魯多梅朵愉快地揚起嘴角。

「哎，不論他是不是親生父親都無所謂，問題在於那個男人好像在策劃什麼。昨晚我與亞露卡娜一起看了夢，那傢伙有著像是善惡基準錯亂一樣的思考方式。」

而且還跟冥王與詛王合作，有著足以毀滅痕跡神的魔力。

「他是蓋迪希歐拉的人，也知道不順從之神——背理神的事吧。」

莎夏的表情凝重起來，米夏則緊緊握住她的手。賽里斯曾指著兩人，斷言她們是背理神耿奴杜奴布。

「就先去問話。對方要是愚蠢的話，就在那裡消滅他。」

儘管覺得就算問了，他也不會好好回答；就算是這樣，夢中有個讓人無法理解的事也是事實，因此還是有必要去確認吧。

「走吧。」

我畫起「轉移」的魔法陣。全員看到我這麼做後，也跟著畫出「轉移」的魔法陣。

我們施展魔法進行轉移，在視野染成純白的下一瞬間，眼前出現神代學府艾貝拉斯特安傑塔。

亞露卡娜伸出手後，正門開啟。我們踏入門內直接走到艾貝拉斯特安傑塔的中央區域。

穿過走道，打開房門。

眼前是一面圓形的空間，是均等設置了八張坐墊的聖座之間。

「嗨，你來啦。」

賽里斯就在裡頭等待著。

身旁還有冥王伊杰司與詛王凱希萊姆。

「我問你。」

我開門見山地詢問賽里斯。

「你的目的是什麼？」

「雖然一言難盡，但也是呢。」

他一臉善良的表情輕快地說：

「總之，今天我想毀滅吉歐路達盧喲。」

§32 【背叛與謊言之神】

賽里斯一副氣定神閒的樣子，就像要把用舊的椅子拿去丟掉一樣的語氣隨口說。

看起來並不像是威脅或虛張聲勢，應該是真的打算毀滅掉吉歐路達盧吧。

「又做這麼性急的事。還是說，你至今都在準備嗎？」

「讓人困擾的是，你的出現是在意料之外喲，阿諾斯。」

賽里斯看起來一點也不困擾的樣子說。

「我們至今所做的準備，是要毀滅掉痕跡神利巴爾修涅多。本來的話，昨天就應該要達成目的了。」

「會對神族抱持敵意是無可奈何的事。不過雖然統稱為神，卻也有各式各樣的存在。利巴爾修涅多之前一直都在沉睡，你有什麼要毀滅祂的理由嗎？」

「因為祂是神。」

賽里斯若無其事地說。

「不覺得光是這樣就有充分的理由毀滅祂了嗎？」

「不覺得。既然是在沉睡就沒有害處，讓祂繼續睡下去就好了。」

「那我換個說法。」

他立刻接著說：

「痕跡神利巴爾修涅多是地底的守護神喲。地底與地上無論如何都無法相容，他們遲早會去侵略天蓋對面的世界。就連現在這個瞬間，他們也在進行侵略的準備。我也是魔族，所以會想要守護故鄉呢。」

儘管擺出一副就像在展現愛國心一般的表情，他的話語卻說得很不認真，看不見信念。甚至讓人覺得不論要毀滅的是地上還是地底，他都毫不在乎的樣子。

「只要意圖毀滅吉歐路達盧，利巴爾修涅多就肯定會為了守護這個國家而現身。只要將雙方一起毀滅，會危害地上的存在就少了兩個。」

賽里斯豎起兩根手指。

「看來你很喜歡鬥爭呢。」

「怎麼可能。如果能不用鬥爭，就沒有比這更好的事了。只是對方似乎不這麼想。和平還真難呢。」

賽里斯掛著就彷彿是個好人的笑容說：

「你如今也是迪魯海德的王。阿諾斯，為了守護故鄉，要不要和我攜手合作啊？」

「那就服從我，給我在不毀滅吉歐路達盧與利巴爾修涅多的情況下守護迪魯海德。」

賽里斯嘆了口氣，就像傻眼似的笑了笑。

「哎呀哎呀，真是個不懂事的孩子呢。實在不覺得是我的兒子。」

「你才是讓人不覺得會是我父親的軟弱男人。」

聽到我這句話，賽里斯就像很感興趣似的睜大眼睛。

「哦？」

「如果你想自稱我的父親，就用你的實力證明吧。不毀滅無辜人民就無法守護故鄉的弱者，還真虧你敢自稱是魔王的父親。」

「你太天真了，阿諾斯。話雖如此，畢竟你還是個孩子嘛。這要說無可奈何也是沒辦法的事。」

「天真？是你的器量不足。我們說不定確實有著血緣關係，但我真正的父親，可是有著比你還要廣大的器量喔。」

我話一說完，他就瞇起眼這樣說：

「真拿你沒辦法呢。難得的重逢，我也不想表現得太不成熟，就讓我們稍微促進一下親子關係吧。」

「哦？」

「要來打個賭嗎？只要你在今天之內變得想毀滅那個國家，就是我贏了。到時你要對我毀滅吉歐路達盧與利巴爾修涅多的事情睜一隻眼閉一隻眼。」

「有意思。但是假如我不想毀滅吉歐路達盧的話，你就要對吉歐路達盧與利巴爾修涅多收手。」

在我畫出「契約」的魔法陣後，賽里斯就毫不遲疑地簽字了。

他是知道什麼會讓我想毀滅吉歐路達盧的事實嗎？真是個腦袋有問題的男人。但也能認為這對他來說就只是一場遊戲吧。

「話說回來，阿諾斯。你把不順從之神帶在身邊呢。」

賽里斯一臉若無其事的表情，突然提起這件事。

「你的想法果然跟蓋迪希歐拉的教義很相似呢。」

賽里斯朝著莎夏與米夏看去。

「背理神耿奴杜奴布，沒想到祢會一分為二轉生到地上去哪。難怪我翻遍了地底都找不到祢。」

「不好意思，這兩個人是我的部下，不是因為本來是背理神才帶在身邊的。而且，也不確定這是不是真的。」

我瞪著賽里斯，就像在摸索他的真正意圖似的說：

「畢竟，這是你說的話。」

「你對背理神有多少了解呢？」

賽里斯不為所動地向我提出詢問。

「是不順從之神，與神敵對的神吧？我知道祂在地底沒受到什麼好待遇。畢竟蓋迪希歐拉的事情，就連亞露卡娜也不清楚。」

我話一說完，賽里斯就以親切般的表情說：

「祂是反抗秩序的秩序，就連自己的秩序都加以反抗，欺騙、背叛著眾神與人們。謊言與背叛之神，這就是背理神耿奴杜奴布喲。」

聽到他這麼說，莎夏的眼神變得凶狠。米夏溫柔地牽起她的手緊緊握住。

「耿奴杜奴布據傳曾是吉歐路達盧的神呢。有傳承說祂為了為地底帶來恩澤，率領虔誠的信徒與他們一起在地底最初舉行的選定審判中戰鬥過。而勝利的結果，則是為這個荒廢的大地帶來名為盟珠的恩澤。吉歐路達盧原本應該會躍升強國，將他國納為從屬國，長久繁榮下去才對。」

耿奴杜奴布是參加過最初的選定審判的選定神啊？既然遵從了選定審判的秩序，也就是說祂這時還沒被稱為背理神吧。

「然而耿奴杜奴布背叛了吉歐路達盧，將一半的盟珠帶去阿蓋哈。那尊神本來好像是阿蓋哈的神呢。是祂欺騙了吉歐路達盧的教皇喲。因此獲得力量的阿蓋哈，就與意圖奪回盟珠的吉歐路達盧開戰了。這讓雙方都死了許多人呢。疲憊的兩國開始避免衝突，儘管彼此宗教對立，本來在檯面上的戰爭也還是沉寂下來了。」

賽里斯淡然地繼續說明：

「然後持續了一段平穩的日子。龍人們靠著召喚龍與召喚神的力量，在嚴酷的地底活了下來。然而耿奴杜奴布這次卻背叛了阿蓋哈。不對，不只阿蓋哈。祂宣稱神與秩序是錯的，向眾神發起了反抗喲。耿奴杜奴布不只背叛了龍人，甚至還反叛了眾神，於是人們開始稱祂為不順從之神——背理神。」

秩序是錯的這點，我也不是不能理解。

「在與眾神敵對的背理神耿奴杜奴布身邊，不久後就從吉歐路達盧、阿蓋哈以及其他小國中聚集起不再相信神的龍人們。背理神率領著他們與眾神開戰，其對象也包含擁有眾神的吉歐路達盧與阿蓋哈呢。不久後，他們就形成足以稱為國家的集團，霸龍國蓋迪希歐拉就這樣誕生了。」

在與神戰鬥的神身邊，聚集起了不信神的人們啊？

幻名騎士團的魔族們也是如此吧——至少表面上是如此。

「只不過，背理神耿奴杜奴布就連自己所召集的蓋迪希歐拉的子民們都背叛了。就在與眾神戰鬥的過程中，背理神從背後攻擊了自己人喲。結果，背理神就被蓋迪希歐拉的子民殺害了。當時殺害祂的人就被人們稱之為霸王。但是由於失去了背理神，讓蓋迪希歐拉受到了極大的打擊。」

「真是讓人費解啊。蓋迪希歐拉至今仍在祭祀著背叛他們的背理神吧？他們應該信奉著不順從之神才對。」

「是啊。耿奴杜奴布是謊言與背叛之神，作為絕對不能相信之神，在蓋迪希歐拉受到祭祀。畢竟他們絕對不會信神嘛。但是要在地底生活，就必須倚靠神的力量，所以經由不要相信背理神的教義，也就是透過相信耿奴杜奴布絕對會背叛的信仰，讓蓋迪希歐拉的人民得以生存喲。」

儘管很複雜，但就是不信神的生活方式與不得不借助神力的地底環境，雙方巧妙地配合起來了吧。

「總之就是絕對會說謊的神，就跟誠實者一樣吧？」

「就是這麼一回事。所以你要是信賴著那個小小部下的話，就最好還是小心一點。」

賽里斯就像發出忠告似的說。

「因為背理神絕對會背叛你。」

莎夏狠狠地瞪向賽里斯。

「還真是抱歉，就算我曾是背理神，也絕對不會這麼做。」

「我們是阿諾斯的同伴。」

米夏語氣淡然，不過帶著堅定的意志說：

「總是希望著他的勝利。」

賽里斯看起來開心地露出微笑。

「昨天他曾這麼說過呢。最為醜惡的下賤之人，會帶著彷彿是善人的嘴臉出現，我說得沒錯吧？」

莎夏凶狠地露出犬牙，對賽里斯發出敵意。我伸手制止著眼看就要衝過去的她，向那傢伙宣告：

「這是不可能的。」

「你會這麼想也無可厚非喲。人會去看自己想看的東西，甚至不惜逃避現實呢。就連人稱魔王的你也一樣不是嗎？」

「會逃避現實是因為力有未逮吧？不利的現實只要瞪一眼毀滅掉，改變成理想的現實就好了。」

賽里斯聳聳肩說：

「背理神絕對會背叛，就連你的理想都會背叛喲。耿奴杜奴布是謊言與背叛之神，過去不論是誰都相信著那尊神，然後不論是誰都遭到祂的欺騙與背叛。你遲早會深深理解這句話的意思——就在不遠的將來。」

賽里斯露出就像是好人般的表情。

他的笑容讓人不由得感到非常可疑。

「阿諾斯，我這是在擔心你喲。你認為只要擁有力量，不論什麼樣的理想都能得手。雖然很嚴厲，但是讓妄自尊大的小孩子明白現實可是父母親的責任呢。」

「所以？」

賽里斯瞇著眼就像要迎接我似的敞開雙手。

「……雖然現在你會覺得難以接受，不過儘管短暫，但我們也曾經作為親子共度過一段愉快的日子喲。只要回想起這段記憶，你肯定就會聽進我的話。」

「妄想也要適可而止。」

我朝他走出數步，亞露卡娜跟在我身旁。

冥王與詛王就像要迎擊似的擺出戒備姿勢，賽里斯卻輕輕抬手制止了他們。

「你認識祂嗎？」

我微微看向亞露卡娜朝他問道。

「是你締結盟約的選定神吧，是個無名之神。雖然吉歐路達盧的教皇說祂是創造神米里狄亞，不過我也不知道正確答案喲。」

「既然想假裝是父親的話，那就好歹記住我的妹妹。」

我就像是要讓確信我沒有記憶的那傢伙動搖似的堂而皇之地說：

「我想起了一件事呢。忘了是什麼時候，我曾跟你愉快地玩過火呢。」

我朝著筆直回望過來的藍眼笑了起來。為了不看漏他心中的反應，緊盯著他的深淵。

「審判篝火還愉快嗎，賽里斯？」

§ 33 【衝天之焰】

「回想起來了……嗎？」

賽里斯在喃喃自語之後重新開口說：

「真的是這樣嗎？」

賽里斯不改從容的表情直直地注視著我。

感受不到動搖，他就跟方才一樣以氣定神閒的語氣說：

「我呢，不曾見過你的妹妹。當然，你有妹妹這件事也是第一次聽說。你明白這是什麼意思嗎？」

「可能性之一，你在說謊。」

賽里斯瞇起眼，同時向我回道：

「而另一個可能性，是你回想起來的記憶是錯的。」

他緩緩地指著我。

「創造神米里狄亞對你的記憶上了二重三重的機關。回想起遺忘的記憶，誤認為那就是事實，可是人的心理喲。所以為了你快回想起記憶的時候，祂預先準備了虛假的記憶。」

不覺得這個可疑的男人會老老實實地說出事實。

不過也能認為他預期到我不會相信，所以故意說出事實讓我將目光從這裡移開吧。

至少，既然我的記憶有可能不是正確的，這就不是絕對不可能的事。

「要是這麼想的話，就也能認為與你締結盟約的無名之神是創造神了。祢在策劃著什麼事對吧？」

賽里斯朝亞露卡娜看去。

「我追求著救贖，就僅是這樣的神。」

「真的是這樣嗎？」

搶在亞露卡娜回答這個問題之前，賽里斯說出下一句話。

「你方才提到了審判篝火吧？你說你回想起以前的記憶了，那你是在地上看到的嗎？」

「沒錯。」

「既然如此，我就讓你看一樣有趣的東西吧。跟我來。」

賽里斯施展起「轉移」的魔法。我用魔眼看穿那個術式，並且以「意念通訊」傳達給莎夏等人。

冥王與詛王也立刻轉移離開了。追在他們後面，我們也施展了「轉移」。

在視野染成白色後，我們來到艾貝拉斯特安傑塔中間左右的樓層。這裡很寬敞，沒錯，是個看不見盡頭的寬敞空間。

並排的柱子與無數的篝火，中心有著格外引人注目的銀色火焰。賽里斯等人就站在那道火焰前面。

「這就是審判篝火喲。」

他高舉著手說：

「是只存在於艾貝拉斯特安傑塔內部，神所帶來的審判之火。這個為什麼曾經出現在地上，你就試著仔細想想理由吧。」

不論是審判篝火還是這個空間，確實就跟在夢中看到得一樣。

「是艾貝拉斯特安傑塔曾經存在於地上嗎？但是擁有相當於德魯佐蓋多立體魔法陣的城堡要是曾經存在於迪魯海德，真的有辦法瞞過阿諾斯你，還有那個時代魔族們的魔眼嗎？」

確實我不覺得我會看漏。姑且不論小時候，但在我長大之後更是不可能。不只是我，要是沒有許多人知道這座城的存在就太奇怪了。

光是我的記憶被封住了，無法解釋這點吧。

「就假設亞露卡娜真的是你妹妹吧。換句話說，也就是這麼一回事。過去你在不得不與妹妹分離之後，她成為了神，像這樣在地底與你重逢。啊啊，還真是感人的故事呢，我的眼淚都要流出來了。」

賽里斯就像一點感慨也沒有地滔滔說著。

「你覺得這世上會有這麼剛好的偶然嗎？神可是秩序喲。所謂的秩序，就是會將一切都點綴成必然。你所回想起來的記憶與目前的現實真的對得上嗎？」

確實有對不上的地方。

盟珠是在經過地底最初的選定審判之後，才產生代行者，並且被帶到地底。這就跟方才賽里斯說得一樣，也是刻在艾貝拉斯特安傑塔石碑上的歷史。

地底約在兩千年前形成，因此恐怕發生在我轉生之後。要不然在我打算殲滅龍的時候竟沒發現到地底的存在未免太奇怪了。

既然如此，那為什麼在我小的時候就已經有盟珠了？闖進家裡的那三名疑似龍人的人們也明顯是將龍「附身召喚」了。

「說不定能設法讓記憶與現實相符喲。但是為了這麼做，究竟需要多少奇蹟呢？」

就假設盟珠是兩千年前就存在於地上的東西吧，只是一直遭到隱匿，直到最後都沒讓任何人知道，而使用盟珠的召喚魔法也沒有在地上傳開。

亞露卡娜偶然成為了神。偶然成為神，偶然捨棄了名字。

然後很偶然地與我重逢，很偶然地締結了盟約。這些說不定確實稱之為奇蹟也不為過。

「雖然發生了奇蹟也沒有問題。但既然發生了奇蹟，這就說不定是神所設計的。」

「那又怎麼了？」

「我知道你所遺忘的過去喲。應該有辦法填補你記憶的空白吧——以我絕對沒有說謊的方式。」

賽里斯畫出「契約」的魔法陣。

「你想知道嗎？」

「你不會白白讓我知道。」

賽里斯抬起一隻手，隨後審判篝火上就畫出魔法陣。

他施展了「遠隔透視(rimuneto)」的魔法。顯示在火焰中的是吉歐路達盧的遠景，能在上頭看到吉歐路海澤的街道與豆粒大的大聖堂。

「我派去潛伏的騎士傳來報告，說神龍的歌聲變大了。」

賽里斯彈了個響指，隨後能從「遠隔透視」中聽到聲音。

總是流淌於吉歐路達盧的神龍歌聲，曲調本來像溪水聲般微弱，然而如今在國內巨大地響徹開來。

下一瞬間，吉歐路達盧的大聖堂竄起火焰。

唱炎膨脹的程度比我跟教皇戈盧羅亞那交戰時還要遠遠巨大許多，朝著上方猛烈地發射出去。

淨化之火衝天，熊熊燃燒的那道火焰熔化天蓋，穿出了洞穴。

而唱炎的氣勢依舊不減，在天蓋裡無止境地不斷往上衝去。

「那是……？」

莎夏露出驚訝的表情。

「是密德海斯的方向。」

米夏喃喃說道。

唱炎平息下來，從遭到破壞的天蓋上「嘎啦嘎啦」地朝著地底落下無數砂土與岩石。

「第一發看來被張設在地下的魔法結界擋下了。雖然因為神龍歌聲的關係看得不是很清楚，但既然是你所構築的結界，哪怕是那道唱炎，也只會消耗掉一半左右不是嗎？」

我張設在密德海斯地城上的魔法結界並不弱。

話雖如此，畢竟是有著那種威力的唱炎，沒有我協防的都市是沒辦法像這樣承受太多次攻擊的。

「應該就再一發吧。結界在第三發攻擊就會撐不住。」

「之所以讓神龍歌聲大聲響徹，是為了要封住『轉移』，不讓人前往唱炎射手的所在位置吧。」

他說得沒錯。假如響起了這麼大的神龍歌聲，別說是「轉移」了，就連要用魔眼確認狀況都辦不到。

「好啦，既然你明白了，那我有個提案喲，阿諾斯。我現在要發射毀滅吉歐路海澤的魔法。因為幕後黑手恐怕是教皇吧。」

「雖說發射點在吉歐路海澤，但他人不一定就在那裡。」

「沒錯喲。所以我要毀滅的不是大聖堂，而是吉歐路海澤。明白了嗎？只要失去必須守護的國家、必須救濟的信徒消失的話，教皇就沒有戰鬥的理由。要是毀滅掉吉歐路海澤還不行的話，就只要連同吉歐路達盧一起毀掉就好。」

賽里斯一臉理所當然的表情說。

「這樣一來就能輕易守護住迪魯海德。我不會要你弄髒雙手，只要在我毀滅那些反抗迪魯海德的傢伙們時睜一隻眼閉一隻眼就好。當然，我會先等你在那裡的部下逃走。只要你這麼做，我就說出你毫無虛假的過去。」

賽里斯在「契約」上添加條件。

「只要你簽字了，迪魯海德的敵人就會毀滅，國家會受到守護，而你能得知自己失去的記憶。已經沒有理由再執著於痕跡神了不是嗎？」

「這或許確實是聰明的判斷。」

賽里斯瞇起眼。

「但難以說是理想。」

我以魔眼向外瞪去，尋找著神龍歌聲抵達不到、能勉強以「轉移」跳躍過去的場所。

「就跟『契約』規定得一樣，賽里斯。我不打算毀滅吉歐路達盧，對吉歐路達盧與利巴爾修涅多收手吧。」

「我們說好的是今天之內呢，你說不定還會改變主意。」

「不可能。」

我說下斷言便畫起「轉移」的魔法陣，而且是難度有點高的轉移。我伸出手，與米夏等部下們把手相連在一起。

「辛、耶魯多梅朵，盯緊他們。締結『契約』的只有賽里斯。要是移開目光，他們就多得是方法攻擊吉歐路海澤吧。」

「遵命。」

辛向前數步，從魔法陣中拔出掠奪劍基里翁諾傑司與斷絕劍提魯特洛茲。

賽里斯從容看完這一幕後說：

「兩個人就行了嗎？我現在雖然因為『契約』的關係無法攻擊吉歐路達盧，但他們可就不同了。說不定你留在這裡，讓部下去阻止唱炎會比較好喔。」

賽里斯就像在說這是他的一番好意地笑了笑。

「否則你說不定會後悔喲。」

「別小看人了。辛可是我的右臂，哪怕你擁有滅國之力也不會落於下風。」

我稍微看向在背後竊笑的熾死王。

「而要毀滅這個男人——熾死王，也是相當棘手的喔。」

熾死王就像否定似的左右搖著手。

「我在與熾死王敵對時，具有能消滅這傢伙的力量，也有過消滅的機會。然而到頭來，他現在卻一臉若無其事地站在那裡。你就盡可能別落入他的圈套裡吧。」

耶魯多梅朵用手杖「叩」的一聲敲擊地面。就在辛以此為訊號將魔力注入魔劍的瞬間，賽里斯等人的注意力移到了他身上。

「請別輕舉妄動，不然你們的腦袋將會與身體分家。」

辛這麼說完後，我們已經離開現場，轉移到了吉歐路達盧附近。

「即使是魔王的右臂與熾死王，想靠兩個人阻止余等三人，就叫做傲慢啊。」

就像要與手持兩把魔劍的辛對峙一般，冥王伊杰司將深紅魔槍指向他。

「姬斯緹……看好了……我是不會放過傷害妳的那些傢伙的……！」

詛王凱希萊姆從魔法陣中取出魔弓尼特羅奧布斯，同時搭上三根箭矢。

「真受不了。」

在嘆了口氣後，賽里斯把手舉高畫出多重魔法陣。儘管他只是在構築術式，卻讓大氣顫抖、艾貝拉斯特安傑塔震動起來。紫色電光才剛「劈啪劈啪」地朝著周圍漏出，賽里斯前方就出現了球體魔法陣。

然後就在賽里斯等人與辛互相瞪視，情況處於一觸即發時——

「咯、咯、咯，地底居然有這種同學會在等著我，還真是讓人意想不到啊！」

耶魯多梅朵毫無防備地邁出步伐，把身體暴露在舉起武器與魔法的他們面前。

「還真是讓人懷念啊。冥王，你還是一樣不苟言笑啊。詛王，你瘋得更勝往常呢。之後要是那個研究笨蛋緋碑王也在的話，就能暢談往昔了，不過也有代替的人在呢。」

耶魯多梅朵把手杖撐在地上，將體重沉沉地壓在雙手上。

「吶，賽里斯．波魯迪戈烏多。倘若是有可能成為魔王之敵的人，本熾死王之前可是上窮碧落下黃泉地找過了。原來如此、原來如此，你就是那個人啊。」

熾死王意有所指似的笑了，彷彿在說他認識賽里斯一樣。

「你想說什麼呢？」

「沒有、沒有。倒不如說，我是不想說話啊。但是照這樣下去，我好像會不小心說溜嘴呢。只不過，三對二還是足以滅國的對手，這對我方很不利。要是能以不將你隱瞞的事跟任何人說為條件爭取時間的話，要我跟你簽訂『契約』也行喔？」

耶魯多梅朵一臉愉快地說：

「吶，你的計畫要是在這裡曝光的話會很無聊不是嗎？你可是難得的敵人，要是不好歹做點像敵人的事，就不有趣了吧？」

「你很有趣呢。」

賽里斯不為所動地笑著回應：

「我當然有隱瞞的事。是小孩子不需要知道的事呢。只不過，這件事還很難說吧？你不一定知道我隱瞞的事。」

「沒錯、沒錯，就是這樣。但要是萬一，我說不定就是知道呢？因為我很多嘴呢。還是趁早封口會比較好喔。說不定會因為意想不到的事情讓你的計畫泡湯不是嗎？」

相對於淡淡微笑的賽里斯，耶魯多梅朵咧嘴露出笑容。

「十分鐘。只要你等十分鐘，就算要我簽下誓死絕不說出這項情報的『契約』也行。」

熾死王就像提議似的說。

不知道他是真的知道，還是單純在虛張聲勢。但要是知道什麼的話，他應該會認為這是個好機會。

對上強大的敵人，以情報作為交換爭取時間，這難以說是反叛了我，但也帶有培育我敵人的危險性。

「倒不如說，讓我簽訂『契約』吧。」

熾死王如此愉快地懇求著。

§ 34 【神之力與魔族之力】

審判篝火熊熊燃燒著。

賽里斯三人與辛、耶魯多梅朵他們持續對峙，互相瞪視著。

熾死王就像是要打破這份緊張似的說：

「咯咯咯，怎麼啦，賽里斯·波魯迪戈烏多？既然不簽『契約』，就趕快封住我這張嘴吧。還是說怎麼了？你想打一場又只是魔王在蹂躪的無聊戰鬥嗎？嗯？」

耶魯多梅朵朝著不改從容態度、泰然注視著兩人的賽里斯繼續說：

「還是說就連我現在在這裡把那件事公布出來，也在你的計畫之中嗎？」

「你說說看，這樣不就明白了嗎？」

聽到賽里斯不為所動的回答，耶魯多梅朵「咯咯咯」地笑了。

「沒錯、沒錯，這是正確解答。要是你驚慌失措地答應簽下『契約』，就像是在說你心裡有底一樣呢。不愧是要成為魔王之敵的男人，不這樣怎麼行呢！那我就不客氣地公布了，你是——呃……！」

耶魯多梅朵的喉嚨被深紅魔槍刺中。

「依舊是個破綻百出的男人。你的想法比那個魔王還要令人費解喔。」

冥王超越次元從相隔遙遠的距離將迪西多亞提姆刺出，讓槍尖猛烈貫穿熾死王的喉嚨。

然而就算渾身鮮血淋漓，耶魯多梅朵也還是露出笑容。

「你是因為我露出破綻才刺的？還是因為讓我說出來會很不妙才刺的？」

「胡說八道。」

伊杰司儘管打算就這樣把長槍刺下，熾死王還是抓住前端的槍柄用力往上抬起。

「被本大爺的箭射穿喪命吧。」

凱希萊姆用魔弓尼特羅奧布斯射出三根箭矢。被迪西多亞提姆貫穿的熾死王無從閃躲，因此頭頂、心臟與腹部都被箭矢刺穿了。

「詛咒他吧，尼特羅奧布斯。」

伴隨著凱希萊姆的話語，被箭刺中的傷口瀰漫起黑霧。那是侵蝕身體的詛咒。魔力與肌力被施加上魔弓的重量。

「唔！」

被伊杰司的長槍往下壓，熾死王的身體再度噴出鮮血。

「這樣好嗎，千劍？要是光顧著警戒團長，你的夥伴可是會死喔。」

對於伊杰司的詢問，辛一臉從容，依舊緊盯著賽里斯不打算動作。

「請便，就這樣殺掉他吧。雖說現在同為部下，但熾死王遲早會與吾君為敵。要是能在這裡解決掉他，對我來說也是萬幸。」

辛冷冷說道。

在他就像是要先發制人的凌厲殺氣之前，賽里斯也不打算輕舉妄動。他或許是認為：等到熾死王被打倒之後就是三對一，只要繼續等下去，戰況就會變得有利吧。

「只不過冥王，你才是別大意了。如果是會毫無準備就暴露在危險之下的愚者，他早在許久以前就被吾君消滅了。」

聽到辛這麼說，熾死王咧嘴一笑。

「仰天吐沫的愚者，就接受違背秩序的懲罰，瞻仰神的姿態吧。」

引發奇蹟的神的話語自耶魯多梅朵的口中流洩而出。他的身體被光芒所籠罩，魔力超乎常規地爆發開來。

「咯咯咯咯！」

耶魯多梅朵的身體逐漸出現變化。

他的頭髮染成金黃色，魔眼（眼睛）發出有如燃燒般的紅光，背上聚集起魔力粒子形成光翼。

地鳴聲發出震耳欲聾的聲響，艾貝拉斯特安傑塔震動起來。擁有龐大魔力的真神存在使得空氣炸裂，世界也為之震撼。

在他的神體發出的壓倒性反魔法與魔法屏障之前，迪西多亞提姆斷裂，尼特羅奧布斯的箭矢也粉碎了。

「……唔！……你這傢伙……」

冥王立刻把手刺在自己的左胸上，用鮮血製造魔槍。他以獨眼的魔眼直直窺看著熾死王的深淵。

「咯咯咯，明白了嗎，冥王？我終於得到打從兩千年前就一直想要的東西了。」

熾死王拿下大禮帽在手上拋接起來，每次從手中拋出，數量就隨之增加。

「只不過，其實我還不太習慣神體，會跑出哪尊神來，全看骰子的數字。好啦、好啦，會跑出什麼來呢？」

增加到十頂的大禮帽被耶魯多梅朵拋到空中。

「遵循天父神的秩序，熾死王耶魯多梅朵在此下令。誕生吧，十個秩序，守護常理的守護神啊。」

十頂大禮帽閃閃發亮地撒下大量有如碎紙花與緞帶的光芒，彷彿變魔術一般形成守護神的身體。

這時出現戴著白手套、穿著純白兜帽長袍，看不見長相的守護神。十尊猶格・拉・拉比阿茲帶著「時神大鐮」在此顯現。

「哎呀哎呀，真是萬萬沒想到！在想爭取時間的時候，時間守護神居然來了十尊。這簡直就像是在作弊不是嗎！」

在與娜亞締結盟約後，耶魯多梅朵變得能經由她的召喚隨時顯現出神體來。

他大概避開了我的耳目，反覆嘗試過秩序的使用方式吧。

「好啦、好啦。那就讓我們前往時神庭園吧。」

世界突然染成一片白色。

不論是地面、天花板，還是牆壁，就連審判篝火都變成純白色。時神庭園——猶格．拉．拉比阿茲為了調整時間的秩序，在要排除異端分子之際所構築的神域。

「既然是你們的話就應該知道吧？從世界的時間隔離開來的這座庭園，要是打倒猶格．拉．拉比阿茲的話，不會回到原本的時間，而是會抵達數小時之後。我是覺得到時候一切就都結束了啦，你覺得呢？」

耶魯多梅朵向賽里斯問道：

「你差不多想跟我締結『契約』了吧？只要你老實待上十分鐘，不僅能堵住我的嘴，就算要我放你從這邊出去也行喔。這可是跳樓大拍賣啊！」

「哎呀哎呀。你難道以為反抗秩序的蓋迪希歐拉，會屈服於區區的守護神嗎？」

賽里斯將一隻手伸向球體魔法陣，從中溢出無數紫電朝著天地雙方降下落雷。

「『紫電雷光（gabuesuto）』。」

無數紫電劃過染成純白的世界，並且膨脹到數倍之大。

就像要強行推動時間停止的時神庭園，不祥的雷鳴響起，將白色的世界染成暗紫色。地板、牆壁與天花板被雷電撕裂，時神庭園漸漸消失。世界取回色彩，他們沒有打倒猶格·拉·拉比阿茲就回到了原本的世界。

「就如你所見喲。」

「幹得真是漂亮！」

熾死王拍手稱讚將時間守護神的秩序輕易毀掉的賽里斯，愉快地揚起嘴角。

「不過只要反抗秩序，就得付出代價。我們沒有完全回到原本的時間，比方才經過了一分鐘喔。」

時間守護神們再度當場創造起純白空間。

「我知道這不是你的極限，拿出真本事來吧，賽里斯·波魯迪戈烏多。不然就答應簽下『契約』吧！」

賽里斯立刻發出「紫電雷光」破壞時神庭園。

「這樣就兩分鐘了。如果簽下『契約』，只要十分鐘就能結束。好啦、好啦，照這樣下去能爭取到多少時間呢？」

「兩分鐘就結束了。」

在冥王這麼說的同時，十尊猶格·拉·拉比阿茲被深紅長槍貫穿了。

「紅血魔槍，祕奧之一——」

伊杰司靜靜地喃喃說道：

「『次元衝』。」

十尊守護神被刺出孔洞。

猶格．拉．拉比阿茲們被吸進那個孔洞中消滅了。儘管停止身體的時間、無法受到傷害，時間守護神卻因為伊杰司的祕奧而被送到了時空的另一頭。

「就算你獲得了神力，也別太得意忘形啊。」

「冥王，就對你下達神劍羅德尤伊耶的審判吧。」

熾死王手中噴出黃金之焰，火焰化為黃金之劍，朝著伊杰司射出。

「唔！」

縱使用迪西多亞提姆將神劍羅德尤伊耶打掉，那把劍仍在空中獨自飛舞，朝冥王砍去。過去連辛的劍技都會被逼入劣勢的那把黃金之劍，朝著眼罩魔族發出怒濤般的攻勢。

「紅血魔槍，祕奧之二——『次元閃』。」

紅槍一閃，神劍羅德尤伊耶飛到了時空的另一端。

「咯、咯、咯，不愧是冥王，相當厲害啊。既然如此，那我也回應你的安可吧！」

周圍形成好幾道黃金之焰的柱子，當中有半數變形成羅德尤伊耶。數十把之多的神劍朝著冥王猛烈射出。

準備接招的伊杰司眼前飄起黑霧，就在羅德尤伊耶穿過去後——

「呃……啊……」

黃金之劍所刺穿的是詛王凱希萊姆的身體。當一把劍刺在他身上後，所有的神劍就像是

被吸引過去似的接連刺穿凱希萊姆的身體。

「……啊……啊啊……！」

沒有流血，傷口化為黑霧，彷彿不祥詛咒一般覆蓋住羅德尤伊耶。

「……你傷害……本大爺了呢，熾死王……不可原諒……」

怨念之聲迴蕩。

與此同時黑霧形成魔法陣，施展了魔法「自傷咒縛（dekudedo）」。這是以魔力造成的傷勢為媒介詛咒魔力之主，將魔法吸引到自己身上的詛咒。

「咯、咯、咯，你依舊是個被虐狂呢，凱希萊姆。無所謂、無所謂，無所謂喔。本熾死王就來奉陪你的玩法吧！」

耶魯多梅朵用手杖畫圓，所發出的黃金之焰創造出更多的神劍羅德尤伊耶。

這些神劍彷彿被磁鐵吸住一樣接連刺在凱希萊姆身上。

只要刺傷，傷口就會化為黑霧。凱希萊姆的身體幾乎變得一片漆黑。

「我可是知道的喔，凱希萊姆。只要你全身都變成霧，『自傷咒縛』就會解除，魔王之前是這樣說的！」

「你以為自己能等到那時嗎，熾死王？」

剎那間，大量鮮血灑落。

耶魯多梅朵體內刺出無數深紅魔槍，是從他身體內側被刺穿出來的。

「紅血魔槍，祕奧之三——『身中牙衝』。」

伊杰司回轉沒有槍尖的迪西多亞提姆，從體內刺出的那把長槍就像要咬破耶魯多梅朵的身體一般，不斷撕裂著他。

帶有魔力的各種攻擊魔法、恢復魔法，全都因為「自傷咒縛」的詛咒被吸引到凱希萊姆身上。

不論是要恢復還是反擊，如今熾死王都不可能做到——沒錯，冥王是這麼想的吧。

「這樣就結束了——」

然而就像要給予最後一擊般猛烈回轉的迪西多亞提姆從伊杰司手中滑落，飛到了錯誤的方向去。

「……啊…………！」

伊杰司就像全身無力似的跪下。

「…………這、是…………」

就像使出最後的力氣般，冥王用他的獨眼注視周遭。耶魯多梅朵灑落的黃金之炎讓地板燃燒著。

混在火焰之中，放置了四十四個「熾死沙漏」，而內部的沙早已全部落盡。是詛咒發動才奪走了冥王的性命。

「咯、咯、咯，天父神的秩序是篡奪來的東西。受到凱希萊姆詛咒的只有天父神這一邊，我的魔力能自由使用。」

耶魯多梅朵以自己的魔力施展「總魔完全治癒」恢復傷勢，是為了不讓人發現到他能這麼做，才在詛咒發動之前毫無防備地持續承受著冥王的祕奧。

「……太大意了………」

伊杰司當場倒下。儘管施展了「復活」的魔法，但只要「熾死沙漏」還在發動，就算復活也只會反覆地立刻死亡。

熾死王「叩」的一聲撐著手杖笑了。

「儘管你老是說不要小看神族，然而你太過小瞧本熾死王的力量了呢。你說對不對啊，冥王。」

§ 35 【虛實之戰】

在冥王倒下後，賽里斯沒有立刻要復活他，而是將指尖朝向耶魯多梅朵。

「『紫電雷光』。」

賽里斯的聲音響起，伴隨著刺耳雷鳴射出狂暴紫電，以熾死王無從反應的速度將他貫穿，毫不留情地削弱他的神體。

「咯咯咯，你總算認真了啊。就陪我玩玩吧，魔王之父，賽里斯·波魯迪戈烏多！」

剎那間，賽里斯已接近到熾死王眼前，突然伸手一把抓住他的臉。

賽里斯一副好人般的表情說：

「遊戲結束了喲。」

「終於露出破綻了呢。」

白刃閃動。預測到賽里斯衝來的步調，辛以最佳時機揮出掠奪劍基里翁諾傑司，一劍砍向他持續展開的球體魔法陣。

「我可不記得有露出喲。」

紫電閃爍，發出「嘎嘎嘎嘎」的激烈雷鳴，射出的「紫電雷光」將辛的掠奪劍打斷了。

而基里翁諾傑司會這麼容易被打斷，是因為辛的魔力在這一瞬間化為了虛無。

「斷絕劍，祕奧之二——」

吸收魔力的詛咒魔劍——斷絕劍提魯特洛茲化為冰冷的美麗之刃。能一擊斷絕敵人的祕奧，以更勝閃光的速度揮出。

「『斬』。」

「『迅雷剛斧（garubuedoru）』。」

面對可怕的祕奧之刃，賽里斯一步也沒退後，從正面將右手往上揮出。

從球體魔法陣溢出的紫電就彷彿纏繞在他右手上似的聚集起來，形成攻防一體的巨大戰斧，有如迅雷般迎擊斷絕劍提魯特洛茲。

斷絕之刃與迅雷之斧撞擊，響起「滋滋滋滋滋」震耳欲聾的爆炸聲響。賽里斯的「迅雷剛斧」斷成兩截，而辛的提魯特洛茲燒成了焦炭。

「要再試一次嗎？」

賽里在將魔力集中在手上後，斷掉的「迅雷剛斧」就開始再生。

「咯、咯、咯，太厲害了！能對抗辛．雷谷利亞的劍到這種地步的人可不多啊！」

站在賽里斯背後的耶魯多梅朵在手上升起黃金之焰。

「來吧，展現你更多實力吧！」

神劍羅德尤伊耶猛烈射出。只不過劍並沒有砍向賽里斯，而是飛往錯誤的方向。

「凱希萊姆的『自傷咒縛』還在持續喲。」

「拜這所賜讓我省了遞交的工夫。你說對吧，辛．雷谷利亞？」

朝著凱希萊姆飛去的羅德尤伊耶被辛握住。

「假如是你的話，應該能使用吧？」

在瞬間將神劍之主改寫成自己後，辛朝著賽里斯前進。就像要將他壓扁似的，賽里斯將「迅雷剛斧」高舉過頭劈下。

重量與速度兼具的閃電戰斧與辛的羅德尤伊耶對砍。第三次撞擊。儘管就跟方才一樣響起激烈轟響，這次雙方的武器都毫無損傷。

辛以流水般的技術讓斧劍僵持不下，就在下一瞬間有如閃電般打掉戰斧。

「迅雷剛斧」雖然強大，然而論劍技果然還是辛會勝利。只見他一衝進對方懷中，就揮出羅德尤伊耶，對準沒有纏上「迅雷剛斧」的右手根部將其砍斷。

鮮血飛濺，賽里斯的右手飛到空中。

「哦？」

就像要追擊退開的賽里斯一樣，辛將羅德尤伊耶刺向他的心臟。

「迅雷剛斧」在這時「咚！」地劈下。被砍斷的右手就像單獨的生物一樣動著，以紫電之斧砍下辛握住羅德尤伊耶的右手。

賽里斯用左手抓住右手，強行接在自己的身體上。

「以為我終於露出破綻了嗎？」

不過露出微笑的賽里斯就像注意到了什麼，看向辛掉在地面上的手臂。

手臂變成了霧。

不只是手臂，就連辛的身體也開始變成霧，然後他增加為兩人。

賽里斯朝他投以無法理解的眼神。能欺瞞視覺與魔眼的魔法不盡其數，但不論怎麼窺看深淵，都看不出他身上展開過魔法陣。

「呀哈哈！」

響起小孩子般的尖銳笑聲。

「猜錯了、猜錯了！」

「不是使劍的大叔喔！」

「常識、常識！」

這時出現長著翅膀的小妖精——蒂蒂。她們就在兩個辛身旁飛來飛去。

腳步聲響起，賽里斯朝背後看去。

「她們是我國的小朋友們。說了要前往未知的地底後，就吵著無論如何都要跟來呢。」

第三個辛在遠處出現。在被「迅雷剛斧」砍中之前，辛倚靠同樣跟來的隱狼杰奴盧逃進神隱的空間裡，與蒂蒂交換了。

「新的惡作劇。」

「我們學會了喲。」

「真正的。」

「是誰～呢？」

蒂蒂們的身影化為霧氣將這裡覆蓋起來。三個辛也一度融入霧中，然後這些霧就變成了二十二個辛。

就算用魔眼凝視，也完全看不出哪一個才是本人。

「阿哈魯特海倫的精靈們嗎……」

「是的。大概是長年待在地底的關係吧，看來你對精靈的事不太了解呢。」

辛與冒牌的辛們說出同一句話。

「那又怎麼樣？假如分辨不出來，大不了全部轟掉就好了喲。」

賽里斯把手伸進球體魔法陣裡直接注入魔力，之後魔法陣就充滿紫電，「劈啪劈啪」地朝著周圍撒出雷光。

「好啦——」

賽里斯一用力握拳，魔法陣就像被壓縮一般，受到凝縮的紫電聚集在他的右手上。

能感受到壓倒性的破壞之力。他原本打算靠這股力量毀滅痕跡神還有吉歐路達盧吧。

「——萬物歸於灰燼吧。」

瞬間，世界染成了一片白色。

這不是賽里斯的魔法。他的魔眼（眼神）變得銳利起來。

「時神庭園……」

耶魯多梅朵宛如嘲笑般的「咯、咯、咯」笑聲響起。

「雖然我說誕生了十尊守護神，但可沒說不是十一尊喔。」

賽里斯用魔法仔細環顧周遭，但是到處都看不到時間守護神的身影。

「沒有機關也沒有祕密。是喜歡惡作劇的妖精蒂蒂們把那尊神藏了起來，然後現在讓祂變成辛・雷谷利亞的模樣。」

二十二個辛以小心翼翼的步法將賽里斯團團圍住。

耶魯多梅朵咧嘴露出笑容。

「好啦、好啦。中獎一個，失誤二十，要是抽到剩下那一個大失誤的話，就會可喜可賀地被送到數小時之後的世界吧。」

賽里斯用空下來的左手畫出魔法陣。

「『紫電雷光』。」

紫電朝著天地降下落雷，破壞著時神庭園。同時蹬地逼近的辛，則以羅德尤伊耶強行攻向賽里斯的臉。

就在千鈞一髮之際，他避開了這一劍。只不過他沒能完全避開，後頸濺出了鮮血。

「在那裡喲。」

因為時神庭園遭到破壞，二十二人當中的其中一人露出些許反應。在判斷那就是猶格·拉·拉比阿茲後，他就以「紫電雷光」貫穿了那個人。

「這種騙小孩的把戲是——」

才正要這麼說，他就將魔眼朝向周圍。

那裡又是一片純白的世界，回到了時神庭園之中。

「咯、咯、咯，雖然我說誕生了十一尊——」

耶魯多梅朵一副非常愉快的模樣揚起嘴角。

「——但可沒說其實不是十二尊喔。」

變成辛的猶格·拉·拉比阿茲應該還有一尊吧。

不對，真的就還只有一尊嗎？賽里斯肯定會心存疑慮。

「不愧是父子，你跟那位魔王很像。因為具備的力量太過巨大，所以要是拿出真本事的話，就會連不必要的東西都一起破壞掉。只要使用你右手的魔法，確實不論我讓時神庭園疊上多少層，都會被轟飛吧。但這麼做就會波及到時間守護神。」

要是毀滅掉守護神，在離開時神庭時園就會經過好幾個小時。

這樣賭約就結束了吧。

「當然，你要用『紫電雷光』將時神庭園一個一個破壞掉也行，不過，我到底還誕生了幾尊守護神，你掌握到了嗎？」

就連這個詢問，熾死王都特意隱瞞了重點。就算他掌握到了，只要在必要時讓辛砍死守護神，賽里斯就會被送到數小時之後的世界。

既然不知道誰是辛、誰是守護神，賽里斯就無從預防這件事。而就算他有辦法預防，熾死王也還藏著殺手鐧。他做出了這種暗示——

「這時候就是『契約』了。用老實待上十分鐘，換取預先封住我的嘴。對了、對了，既然我能讓猶格．拉．拉比阿茲誕生，就也能輕易回到過去確認發生了什麼事。就順便連這方面的行為也通通為你封住吧。這條件並不壞吧？」

耶魯多梅朵畫出「契約」的魔法陣。

「就算不用強行從這裡闖出去，也只要待上十分鐘就能離開。既然如此，就算你答應簽下『契約』，也不一定表示你擁有無論如何都想隱瞞的祕密。這應該能讓你有個不錯的名義才對。」

賽里斯瞪著周圍的辛與冒牌貨們「呼」的一聲嘆了口氣。

「哎呀哎呀，真沒辦法呢。你就跟阿諾斯說得一樣，是個棘手的男人。」

賽里斯消掉右手的魔法陣，在「契約」上簽字。這樣一來就能夠利用耶魯多梅朵——他說不定是這樣想的。

「咯、咯、咯，交涉成立了不是嗎？哎呀哎呀，這男人是個強敵，還真是千鈞一髮啊，魔王。不過這是為了實現理想，我不得不用對你有用的情報來換取時間。」

他到底知道賽里斯什麼事呢？耶魯多梅朵就像非常愉快地送來了這種「意念通訊」。

§36 【神龍的真面目】

正當辛與耶魯多梅朵在和賽里斯等人對峙時——

我們轉移到神龍歌聲勉強抵達不到的外圍，位於天蓋附近的地方。

眼前看到的是從吉歐路達盧竄起唱炎的光景。熊熊燃燒的淨化之火有如衝向天蓋的長槍，正要貫穿密德海斯。

雖說增設了地城的結界，但這是第二發了，沒辦法擋住下一發。

「我先走一步了。」

我宛如閃光一般，瞬間飛越覆蓋著天蓋的地底天空。能勉強跟上我飛行速度的，只有亞露卡娜一人。

在將魔眼朝向地底大地後，第三發火焰霎時亮起。我用「破滅魔眼」凝視第三次竄起、猛烈地熊熊燃燒的唱炎。

「毀滅吧。」

逼近而來的唱炎火勢隨著逼近我的身體而變得越來越弱，最後消失殆盡。

「第二發與第三發的發射點不同。」

追上來的亞露卡娜說。

「看來是這樣。瞄準密德海斯的魔法砲擊不是『聖歌唱炎』，就是類似的魔法。既然比當時要強上數倍，說不定是以『信徒再誕』讓許多死者復活了。」

「在選定審判中毀滅的神，在結束之前都不會復活。在沒有福音神杜迪雷德的權能下，應該無法施展『信徒再誕』的魔法才對。」

「我確實消滅祂了。」

我在那麼近的距離下，以這雙魔眼確認過，所以不可能會看錯。

「『聖歌唱炎』是音韻魔法陣吧？吉歐路達盧有著眾多信徒，只要召集許多信徒唱歌，難道就不會有現在這種威力嗎？」

這麼說的人是莎夏。她為了加快飛行速度而與米夏融合，變成了愛夏。

米莎也顯現出阿伯斯・迪魯黑比亞的真體，跟著雷伊一起追了上來。

「似乎不是不可能呢。既然無法施展『信徒再誕』，那麼這樣的猜測應該很妥當。」

因為神龍歌聲的關係，在這種距離下無法連吉歐路達盧城裡的龍人們身影都看得見。

「或許就是為了這麼做，才沒有將地上的存在傳達給吉歐路達盧的人民知曉。」

要是知道天蓋上面有國家，就跟自己等人一樣有人民居住的話，不論是怎麼虔誠的信徒都會有人感到猶豫吧。

所以是為了不讓信徒對神懷有疑心，能毫不遲疑地攻擊天蓋才隱瞞真相的嗎？

「……教皇為何要攻擊地上？」

亞露卡娜向我提出疑問。

「天曉得。即使攻擊我國，也不可能讓我放棄結束選定審判。他照理說沒有理由要無意義地擴大火種。」

他毀滅密德海斯打算做什麼？他也不是不知道，攻擊魔族之國只會招惹我的憤怒。

「要做的事，就跟我向教皇宣告得一樣。阻止這場魔法砲擊，封鎖他的一切辦法，然後問出這麼做的理由。」

我們專心凝視著下方。

「……嗯～？不再攻擊了喔？」

艾蓮歐諾露一臉疑惑的表情。

「……沒魔力了……嗎？」

對於潔西雅的詢問，艾蓮歐諾露「嗯～」地煩惱起來。要是這樣就耗盡魔力的話，打從一開始就不會發動攻擊了吧。

「難道不是認為：我們既然守在這裡，就算攻擊了也沒用嗎？」

雷伊說道。

「或許有這種可能。不論他們要從哪裡射擊，要從地底攻擊密德海斯就不得不經過這片空域，而要是攻擊的話，射手的位置就會曝光，進而遭到我們擊潰。從第一發到第三發的間隔與發射點看來，發射唱炎的部隊最少也有三個，應該是千人規模的大隊吧。」

除了這三個部隊以外，十之八九還有其他部隊在。

「之所以沒發動攻擊，是在連忙讓砲擊完畢的大隊移動位置吧。他們已經離開方才的發射點了。」

要是隨便降落的話，也需要擔心會在防守變薄弱之際遭到來自其他地方的砲擊。

「平時的話，會讓人想跟他們比比看誰能撐得久呢。」

雷伊就像傷腦筋似的微笑起來。

「要是只有這裡的話會是個好主意，但辛與耶魯多梅朵那邊會怎麼樣？幻名騎士團也不一定只有那三人，要是讓他們介入的話，能和平解決的事情也會解決不了吧？」

雖說賽里斯的實力深不見底，但既然是那兩人的話，就有辦法爭取時間吧。

不過要是演變成雙方要以全力對抗的話，勝敗就難說了。就只能趁現在束縛住賽里斯他們行動的時候，從根本斷絕這場魔法砲擊；不然要是讓賽里斯擾亂戰局的話，他肯定會意圖把局面帶到我只能毀滅吉歐路達盧的地步。

「亞露卡娜一個人留下，其他人前往吉歐路達盧各地搜尋、擊破唱出唱炎的信徒們。」

「我能擋下那個唱炎，不過也有限度。」

亞露卡娜冷靜地說。

「這就是我的目的。既然攻擊有好處的話，他們就會攻擊吧。這樣一來就能知道發射點的位置。這次只要在他們移動之前加以擊潰就好，在他們突破亞露卡娜的守護之前，我們要先讓所有的部隊喪失戰力。」

亞露卡娜在思考了一下後說：

「把你國家的命運交給我好嗎？」

「祢是最適當的人選。假如神抵擋在前，信徒們也會猶豫要不要砲擊吧。」

「……要是有人能代替的話，請換成其他人……要背負你的國家，對此身來說太過沉重了。這應該是交給最受信賴之人去做的事。」

祂說得雖然很有道理。

只不過，有哪裡不太對勁。大概是從利嘉倫多羅路歸來之後吧，能在亞露卡娜的內心看出至今所沒有的迷惘。

祂說過自己「沒能想起來」。但就算是這樣，說不定也不是什麼都沒看見。

「亞露卡娜，祢的願望是什麼？」

「救贖。」

祂以靜謐的聲音確實地說：

「但願人們能獲得救贖，就是我的願望。」

「既然如此，就沒有比祢更適合的人選了。就守護住吧，祢所背負的那個願望。」

亞露卡娜直直注視著我的眼睛後點了點頭。

「……就依你說的……」

「走吧。雷伊去東邊，米莎去西邊，愛夏去北邊，艾蓮歐諾露與潔西雅去南邊，而我則降落到中央。魔法砲擊要是發射的話，離發射點最近的人就過去吧。」

我們互相使了個眼色後，就立刻朝著吉歐路達盧的大地降落。他們應該藉由某種方法在看著這裡，只要離開天蓋一定以上的距離，照理說就會發動攻擊。

眼看著大地逐漸逼近，停龍場就在眼前。東邊的方向才亮起來，那裡就竄起了唱炎。

『白雪飄落，照耀天際。』

「創造之月」亞蒂艾路托諾亞在地底的天空浮現，降下閃閃發光的雪月花，創造出守護天蓋的白銀結界。

從地底「轟隆隆隆隆隆龍」竄起的唱炎撞上雪月花結界，激烈地衝突著。火星與雪晶的碎片如夢似幻地飄落在吉歐路達盧的大地上。

『我過去了喲。』

雷伊前往魔法砲擊的發射點。

緊接著唱炎竄起。這次從西邊發起。

「我這就去收拾他們。」

米莎一朝向那裡，就又有兩個地方發射出唱炎的魔法砲擊。

「潔西雅……這邊的……登場……」

「就在不死人的程度內殺光他們喔。」

潔西雅與艾蓮歐諾露前往南邊。

「構築音韻魔法陣的果然是信徒的樣子呢。」『……全員一千零一十二名……』

莎夏與米夏說道，同時前往北邊的發射點。

我降落在吉歐路海澤的停龍場後，發現魔王學院的學生們聚集在魔王城的入口附近，一面帶著到底發生了什麼事的疑惑表情，一面仰望著竄起的唱炎與擋下攻擊的白銀月亮。

「啊……！阿諾斯大人！」

愛蓮一注意到我，粉絲社少女們就全員轉過頭來。

接著魔王學院的學生們也朝我看來。

「你們進去城裡比較好。密德海斯被稍微攻擊了，這裡說不定會成為戰場。也向其他人這麼說吧。」

「知、知道了……！」

他們飛也似的衝回魔王城裡。

好啦，既然附近沒有竄起唱炎，那我就去找教皇吧。要是他人在大聖堂的話就好了。

話說回來，他們真是做了奇怪的事。還以為他們知道我們是在引誘他們攻擊，結果卻用四個大隊一口氣發出唱炎。

是還有很多伏兵嗎？不過，這是如此規模的大魔法，考慮到吉歐路達盧龍人們的魔力，我不覺得他們還剩下這麼多戰力。

儘管如此他們依舊毫不吝嗇地投入貴重的戰力，就像在高喊：「趕快找到我們吧。」

現在確實只有亞露卡娜一人在守護。要是順利的話，確實有辦法以唱炎的集中砲火突破，但不覺得這會是最佳辦法。

這波盛大攻勢會是佯攻嗎？要是這樣的話，真正的目的應該是在別處。

「托摩！不行啦！……回到城裡去！」

響起「咕嚕嚕」的可愛叫聲。

看去聲音的方向，就發現小龍托摩古逸正在與娜亞互相追著跑來跑去。

娜亞好不容易才抓到托摩古逸，緊緊將牠抱在懷中。

「真、真是非常抱歉！這孩子待沒多久就想為了吃龍跑到外頭去……」

「現在這裡好像沒有龍喔。」

「咦……？」

娜亞環顧停龍場。這裡平時總是待著好幾頭龍，但現在一頭也沒有。

「咕嚕嚕！」

托摩古逸一叫，停龍場就出現巨大的魔力球，然後漸漸縮小到跟顆棒球差不多大。魔力球一飛到托摩古逸身旁，牠就「啾」地叫了一聲，張嘴吞下。

緊接著，聲音停止了。

本來響得讓人覺得很吵的神龍歌聲消失得一乾二淨。

「托、托摩？你吃了什麼……？」

娜亞一臉疑惑地看著托摩古逸。瞬間，那頭小龍才剛消失不見，就突然只有「咕嚕嚕、咕嚕嚕」的叫聲響起。

「托摩？你在哪裡？快出來！我們回城裡吧！」

在娜亞擔心地叫喚牠後，就再度聽到托摩古逸「咕嚕嚕」的叫聲。小龍哪裡都沒去，原來就停在娜亞的肩膀上。

「……咦？」

「唔嗯，牠說不定能將吃掉的龍的特性納為己有。」

「咦……？」

娜亞露出疑惑的表情。只會吃龍的托摩古逸把這道歌聲吃掉了。

這也就是這麼一回事吧。

在吉歐路達盧迴蕩的歌聲是神龍發出的，但是從來就沒有人曾經看過神龍——亞希鐵之前是這麼說的。

這話對了一半，也錯了一半。神龍一直都在這塊土地上，不論是誰都曾經接觸過牠，因為牠是肉眼無法看見的聲音之龍，也就是這道歌聲本身。

吉歐路達盧一直都處於巨大的聲音之龍體內。

§ 37 【一千五百年的祈禱】

能聽到微弱的歌聲。

聲音眼看著越來越大，神龍歌聲就跟方才一樣響起。托摩古逸吃掉的是神龍的一部分，牠如果是頭覆蓋住吉歐路達盧全境的龍，那麼這就只是擦傷吧。

我向愣住的娜亞說：

「外頭很危險，回到魔王城裡。」

「是、是的，真的非常抱歉。走吧，托摩！這次你要乖乖待著喔。」

托摩古逸「咕嚕嚕」地回答。

娜亞把龍抱在胸前，進到了魔王城內。

我施展「飛行」飛起來，從空中環顧著吉歐路達盧。

從四方竄起的唱炎倏地漸漸消散。才剛這麼想，就再度從東南西北相同位置竄起火柱。

唱炎與亞露卡娜創造在天蓋上的「創造之月」以及所降下的雪月花結界激烈衝突，迸出火花。

在沿著以「魔王軍」連上的魔法線將魔眼朝向雷伊等人的視野後，我發現全員都早已跟以唱炎發出砲擊、地上的吉歐路達盧教團部隊處於交戰中。敵人是一個大隊，儘管沒辦法瞬間就阻止聖歌，但壓制住也只是時間早晚的問題吧。

神龍歌聲阻礙著魔眼，就連大部隊都能隱藏起來。

將盛大砲擊的部隊用於佯動，恐怕還潛藏著好幾個大隊的伏兵。

而指揮全隊的教皇戈盧羅亞那就在這些伏兵之中，虎視眈眈地等待著以唱炎射穿地上的好機會——他想讓我這樣以為。

所以才會攻擊密德海斯。

為了讓我就算不想也會將注意力傾向那一邊——攻擊了迪魯海德之中有著最多國民的城市——他想讓我去警戒唱炎。

他真正的目的是神龍歌聲。為了讓我以為這是用來隱藏吉歐路達盧部隊的手段，所以才堂而皇之地發出歌聲。

不過，歌聲恐怕沒辦法澈底隱藏起來。聲音之龍的神龍在活動時即使想以魔法隱藏，或許依舊會發出巨大聲響。

這是為了不讓我感覺到不自然，才發動了魔法砲擊。

神龍歌聲有著類似龍域的性質，但既然是聲音之龍，那麼這終究只是叫聲，不過是副產品罷了。既然真的是龍的話，就應該能做到產生出龍域以外的事。

而這很有可能就是教皇的目的。

我將魔眼朝向吉歐路達盧。儘管魔眼會受到阻礙，但要因此找到歌聲最為強烈的地方並非難事。

只要反過來去找看不見魔力的地方就好了。

環顧整個國家，西方有個看不到半點魔力的地點。

是距離這裡兩百公里的地下遺跡利嘉倫多羅路。

我不惜魔力的消耗以全速的「飛行」飛往西方，在瞬間抵達利嘉倫多羅路的上空。

神龍歌聲正以震耳欲聾的大音量多重輪唱著。

我就這樣下降撞破大門，闖進地下遺跡的內部。儘管不斷地下降高度，但是跟昨天來的時候不同，看不見終點。

不久後，應該是闖進了遺跡裡頭，眼前卻出現了天空。天蓋覆蓋著上空，是在痕跡神夢中見過的那片書的荒野。

無垠大地上聳立排列著綿延不絕的巨大書架，中心處站著手持純白書籍、穿著莊嚴服裝的神族。

那是痕跡神利巴爾修涅多。

而跪在一旁獻上祈禱的人，則是教皇戈盧羅亞那。

我一降落在荒野大地上，就筆直朝兩人看去。

「也就是說，痕跡神利巴爾修涅多早就與你締結過盟約了啊？」

在我拋出話語後，戈盧羅亞那就平靜地說：

「沒錯，痕跡神是歷代教皇傳承下來的吉歐路達盧的守護神。早在獲選定神——福音神杜迪雷德選上之前，我就跟利巴爾修涅多締結了盟約。」

地底靠著神力維持至今，因此這是有可能的事。

「神龍歌聲是聲音之龍，只要更加地窺看深淵，就會發現歌聲形成了音韻魔法陣。」

音韻魔法陣源源不絕地產生出來的即是神龍，也就是聲音之龍。

不放開祈禱之手，依舊跪著的教皇睜開眼睛。

我朝著他繼續說：

「過去在地底某處施展過的音韻魔法陣，歷代教皇們藉由撿起那道痕跡，在組合後不斷地重複再生，讓遍及吉歐路達盧全境的音韻魔法陣迴蕩至今，繼承著痕跡神利巴爾修涅多、繼承著教典，等待著應當到來之日。」

那恐怕就是今天吧。

「雖然不知道神龍歌聲是從何時開始響起的，我估計那個音韻魔法陣至今少說持續演奏了千年以上都沒有中斷。用到痕跡神秩序的這種大魔法，說不定就連奇蹟都能輕易引發。」

不改虔誠的表情，戈盧羅亞那莊嚴地說：

「要是亞希鐵沒有違背教義，你現在明明就不會站在這裡。」

他大概已經不打算隱瞞了吧。

阿蓋哈的預言者迪德里希曾說過，假如讓戈盧羅亞那活下來，迪魯海德就會陷入危機。教皇之所以不打算裝傻到最後，以及想以對地上的砲擊絆住我，都肯定是因為有那道預言。

「豈止是密德海斯，你的目標是迪魯海德。不對，考慮到這個音韻魔法陣的規模，該說是地上的一切吧。」

我朝著持續獻上祈禱的戈盧羅亞那拋出話語。

「把那個天蓋炸掉就是神的教義嗎，吉歐路達盧的教皇？」

「如果在龍的胎內讓人轉生成子龍的王龍是阿蓋哈的教義，吉歐路達盧就是以在龍的胎內讓世界蛻變成新生的神龍為教義。」

戈盧羅亞那莊嚴地說明著教義。

「將世界吞噬，在胎內孕育，正確地重新創造。讓地底與地上的境界、讓那個天蓋轉變成天空的神使正是神龍。蛻變新生的天空將會降下恩惠之雨，地底將會蛻變成樂園。」

「讓天蓋轉變成天空，也就是要將地上化為灰燼吧？」

「就只是要消除境界，讓世界轉生。還請放心，生活在地上的人們不會死去。這是神對於國家雖然不同，但同樣生活在這個世界上的你們所施予的慈悲。」

「這沒什麼好談的。失去地上，在地底生活？這就等同失去現在的人生，不惜奪走無罪的地上人民的幸福。你就這麼想要樂園嗎，戈盧羅亞那？」

「我應該說過我們無法攜手共進。我們就連同樣是地底的人民，都分裂成吉歐路達盧、阿蓋哈與蓋迪希歐拉，沒辦法互相理解，又更何況是跟地上的人民呢？」

教皇會回應我的話，是因為需要時間發動作為音韻魔法陣的神龍吧。只要回話，就能爭取時間。

「你還真是說了沒出息的話。」

「地上的王啊，世界是分隔開來的。位於地上與地底之間的這道境界、這道隔閡，不論發生什麼事都絕對無法填補。」

戈盧羅亞那帶著堅定不移的決心朝我瞪來。

「你來此路上有看到一整片的荒野吧。」

教皇以靜謐的聲音說：

「地底的人民靠著召喚龍與召喚神的恩惠過活，反過來說，要是沒有這些恩惠的話就活不下去。跟眾神為地上帶來的秩序恩惠相比，給予我們的恩惠太過稀少。為何無罪的地底人民會比地上的人民缺乏恩惠呢？」

教皇發出詢問，接著又說：

「境界不能隔開人們的幸福，既然如此，那就只能消除境界，讓世上的眾生平等。神將會實現那個任誰都懷有的理想鄉。」

「就算你說會降下恩惠之雨，但你以為至今在地上生活的人們會有辦法在地底過活嗎？到頭來就只會產生不公。去向神說為時已晚，打從最初就不該創造境界吧。」

我筆直瞪向教皇，用力地說：

「神所犯下的失敗，為何必須由地上的人們付出代價？」

「就算現在會產生不公，這一切也是為了未來。即使現在無法實現，為了百年之後持續祈禱乃是心繫這個國家的教皇之責。」

「急遽的變化只會帶來鬥爭，就算你想在這塊土地上創造出真正的平等，人們的意識也不會如你所願。即使把話說得再漂亮，終究是掠奪者與被掠奪者。你想讓持續千年的仇恨連鎖束縛住人民嗎？」

雖然不覺得他不會是不懂這種道理的愚者，大概是被什麼給束縛住了吧。

「想要改變世界，就只能慢慢地去改變。除了讓明天的生活過得比今天更好的努力之外，別無其他捷徑。」

「假如你是地底的王，還能說出相同的話嗎？」

「既然如此，那就向地底的人民說出真相。」

在我提出這句話後，利嘉倫多羅路瞬間寂靜下來。

「天蓋上有著魔族、人類與精靈，就跟地底的人民一樣生活著。你們要奪走他們的恩惠納為己有吧？」

「這是教典所傳承下來的吉歐路達盧的教義，該背負這項罪的只有歷代教皇。以此身背負地底人民的罪，為此獻上祈禱，乃是這個國家的教皇——我的責任。」

閉上眼睛，戈盧羅亞那向神深深地獻上祈禱。

「只因為出生的地方不同，為何不得不遭到冷遇，我也不是不懂你的這種意見。既然你懷有如此慈悲的想法，既然你想實現理想的世界，那就不要向神祈禱，握住我的手吧。」

我走到他面前伸出手。

「不只是我，也試著跟阿蓋哈與蓋迪希歐拉，還有其他眾多國家攜手合作吧。我向你保證，那樣將會抵達比這愚蠢的選擇好上一點的未來。」

儘管看向我伸出的手，戈盧羅亞那還是繼續祈禱著。

「要打破天蓋，就等我違反約定之後也不遲吧？」

聽到我這麼說，戈盧羅亞那沉默數秒，就像祈禱似的沉思著。然後以為他睜開了眼睛，卻發現他用像是要貫穿我的眼神盯著我說：

「……很遺憾，已經太遲了。早已就連去考慮這種事都已經太遲了。今日此刻，是神龍能在真實天空展翅的唯一之日，不會再有第二次機會了。我所相信的是『全能煌輝』艾庫艾斯。神才是唯一能帶給這個地底救贖的存在。」

也就是自古在吉歐路達盧迴蕩的神龍歌聲，那個音韻魔法陣能發揮效果的，就只有今日此刻吧。

「我的父親、祖父，甚至是祖父的父親，他們全都祈禱著救贖，然後在這塊土地上逝去。自天啟降下之日至今，歷代教皇所傳承下來的這個教義，持續一千五百年的這個祈禱，不知是怎樣的機緣託付到了我身上。他們的祈禱、他們的夙願，不能在此化為烏有。」

就像在說自己一步也不打算退讓一樣，教皇揚聲說：

「我已是退出選定審判之身，但就讓我盡到作為救濟者的最後責任吧。不適任者，你意圖毀滅選定審判的意志是錯的。我要否定你的神，讓你退下選定者的聖座，然後救濟你。」

「哦？」

「阿諾斯．波魯迪戈烏多，我就伴隨著這一千五百年的祈禱告訴你，我是對的吧。」

「唔嗯，你就試試看吧。」

我畫起魔法陣，讓雙手染上漆黑的「根源死殺」。

「被祈禱過的歲月蒙蔽雙眼，讓你們不論是誰都深信著這麼做是對的。一千五百年早已不是能輕言重來的時間。即使如此，你真正必須要做的是鼓起勇氣去承認錯誤。」

我瞪向戈盧羅亞那與站在他身旁的痕跡神。

「不論是你們的祈禱，還是你們的神，我就將一切全部粉碎，然後告訴這個國家，你們的一千五百年其實是徒勞一場吧。」

魔力粒子升起。

從我與戈盧羅亞那身上溢出的魔力粒子就像互相推擠似的交錯，迸發出開戰的火花。

我將染成漆黑的「根源死殺」右手刺向戈盧羅亞那。

依舊跪著祈禱的他絲毫沒有意思要避開來到眼前的這一擊。

我用漆黑指尖不客氣地轟掉教皇的臉。

將他的根源大卸八塊，讓他的身體化為塵埃。

「此為地下遺跡利嘉倫多羅路，乃銘刻著一切過去的痕跡大地。」

痕跡神利巴爾修涅多莊嚴地說。

往一旁看去，就見教皇戈盧羅亞那以仍在祈禱的姿勢出現。應該確實大卸八塊的根源，就像什麼事都沒發生過一樣。

「將時間扭曲了啊？」

我用魔眼（眼睛）凝視，一面注視著祂的深淵一面說。

「然也。在痕跡大地上無法抵達未來，吾之信徒——戈盧羅亞那的性命已被銘刻在過去，絕不會毀滅。」

「只要先收拾掉祢就好了吧？」

「然也。但吾也同為不滅。此身乃痕跡的秩序，是萬物的過去。不論怎麼塗改時間，都無法改變曾經存在的事實。」

已經過去的存在、紀錄與記憶是痕跡神的秩序。想要毀滅祂的話，改變過去大概會是最好的方法吧，但即使用時間魔法挑戰掌管這方面秩序的神也毫無勝算。
祂確實曾經存在過的這個事實不論如何都無法改變，而這也是身為過去的痕跡神之所以不滅的理由。
可以理解賽里斯為何會想趁痕跡神沉睡的時候毀滅祂了。
「我問祢，利巴爾修涅多。將天蓋吞進神龍的胎內，是祢的目的嗎？」
「吾乃銘刻紀錄與記憶的秩序，就僅是將歷代教皇的祈禱、痛楚與願望一味地銘刻至今。做出選擇之人並非吾，而是締結盟約的教皇戈盧羅亞那。吾就僅是將他們走過的路、世界的歷史銘刻在此身上。」
很像是神族會有的回答。
神龍歌聲終究只是締結盟約的歷代教皇的意志啊……
「喔喔，作為不適任者的地上魔王。」
戈盧羅亞那宛如歌唱般地說：
「你將迎來試煉，偉大的光刃將會撕裂你的身軀吧。痕跡書第一節〈試煉再臨(azupefu)〉。」
利巴爾修涅多翻開手上的純白書本。那就是痕跡書吧。書本籠罩著光芒，才剛浮上空中就變化成一把聖劍。
是靈神人劍伊凡斯瑪那。
利巴爾修涅多將那把劍握在手中。
我已在祂劍的攻擊範圍內。我不以為意地踏出一步，以「根源死殺」的指尖貫穿利巴爾修涅多。

我用力捏爛心臟，連同根源一起破壞掉。

「就算毀滅現在，過去也不會毀滅。」

眨眼間讓身體再生的利巴爾修涅多揮下靈神人劍，讓「四界牆壁」纏繞在左手上打算接住這一劍的我瞬間睜大雙眼。

「痕跡乃刃——」

彷彿過去重現，痕跡神就跟雷伊一模一樣地劈下那把聖劍。

「『天牙刃斷』。」

純白光芒聚集在伊凡斯瑪那上，發出了耀眼光線。

在喘息之間，無數劍光撕裂著我的身體。

早在揮劍之前，劍擊就打在身上、斬斷宿命。那是靈神人劍的祕奧之一「天牙刃斷」。

這些劍擊全都讓我的根源留下傷痕，就連會腐蝕攻擊的魔王之血也對唯一為了毀滅魔王而誕生的聖劍缺乏效果。

我在全身纏上「四界牆壁」撐過靈神人劍的劍擊，然後就在要轉守為攻的瞬間——

「痕跡乃刃——『天牙刃斷』。」

利巴爾修涅多再度發出靈神人劍的祕奧，「天牙刃斷」無數次地撕裂著我的身體，削弱我的根源。

即便是雷伊，也沒辦法將靈神人劍的祕奧連發這麼多次吧。痕跡神就像在說祂的魔力與體力無窮無盡似的，源源不絕地讓劍光閃起。

「我從世界的痕跡中挑選了毀滅你的劍。你所認同的敵手——勇者加隆所揮出的劍，此乃無止盡的試煉『試煉再臨』。直到你化為痕跡為止，這把劍將不斷重複。」

戈盧羅亞那朗朗說道。

「唔嗯，這確實是雷伊的劍。」

我將「四界牆壁」疊在「森羅萬掌」上，將祂發出的無數劍擊統統抓住。

「然而同時——這也不是雷伊的劍。」

「……唔…………」

痕跡神發出低吟。

高舉過頭劈下的靈神人劍本體，被我的右手確實抓住了。

「你能重現過去的痕跡，這個『天牙刃斷』毫無疑問是雷伊過去發出的。」

在聖劍被抓住的情況下，痕跡神發出「天牙刃斷」。光之斬擊被我用「森羅萬掌」與「四界牆壁」抓住封起。

「那個男人的劍是每次揮動都會成長，邁向未來的劍。正因為每一劍都會超越過去，所以才無法預測。祢的劍就只是在模仿過去。」

因為是痕跡神，所以祂無法揮出新的劍。

這樣就絕不會是雷伊的劍。

「冒牌的勇者一擊，祢難道以為能傷得了我嗎？」

我用「根源死殺」的手刀砍斷痕跡神的右手，把漆黑右手刺進祂的腹部。

「『魔咒壞死滅』。」

利巴爾修涅多身上一浮現蛇形黑痣，就像要咬破祂似的激烈暴動起來。這是讓對手的魔力失控，最終導致死亡的詛咒。

神的魔力暴動起來，使得身體逐漸腐朽。我就像是要強行扯下畫在根源上的那道魔法陣一樣抽回右手。

我將扯出體外的魔法陣用力捏爛。在這一瞬間，痕跡神的身體就澈底腐朽風化了。

當然，這只是緩兵之計。要是這樣就能毀滅祂的話，就不用這麼辛苦了。

「我大致看出機關了。看來要毀滅祢，必須先毀滅掉這塊痕跡大地呢。」

這裡是時間秩序失常的世界。

既然如此，多少拿出真本事來也沒有問題。

我伸手畫起多重魔法陣，將其就像砲塔一樣層層疊起，朝向利巴爾修涅多。

漆黑粒子從魔法陣的砲塔中溢出。這是向暴虐魔王阿諾斯·波魯迪戈烏多、創造神米里狄亞與破壞神阿貝魯猊攸借取力量的起源魔法——「極獄界滅灰燼魔砲」。

「不適任者啊。」

伴隨著聲音，利巴爾修涅多出現在遠處。

手上果然還是拿著痕跡書。

「一切痕跡皆乃吾之同伴。汝作為王牌的起源魔法，無法對痕跡的秩序施展。」

從魔法陣砲塔中溢出的漆黑粒子忽然散去，應該從過去借來的魔力眼看著消失無蹤。

「喔喔，作為不適任者的地上魔王。過去並非你的同伴，然而這塊大地乃是未來被封閉的場所。」

戈盧羅亞那再度宛如歌唱般地說：

「你將迎來最大的試煉。這個世上最大的毀滅將會降落在你身上，痕跡書第六節〈世界崩潰(azaeru)〉。」

利巴爾修涅多的痕跡書翻開，同時變化成魔法陣。

畫出砲塔的形狀從中溢出漆黑粒子。狂暴的魔力碎片有如生物般捲起漩渦，纏繞在魔法陣的砲塔之上。

光是餘波就讓痕跡的大地震動，衝天的巨大書架「嘎啦嘎啦」地掉下無數本書籍在空中飛舞。

「哦？是『極獄界滅灰燼魔砲』啊？」

「不適任者啊，你以為起源魔法對借用魔力的對象無效吧？但一切的過去都是痕跡神利巴爾修涅多的同伴。」

對我也有效嗎？從痕跡神的秩序來看，這不是在虛張聲勢。

魔法陣的砲塔緩緩對準了我。

「就給你懺悔的機會吧。向神獻上祈禱悔改吧，你將會因此獲得救贖。否則你將會以一己之身承受世界的毀滅。」

「那麼，假如能好好打中我很好；但要是打偏的話，這塊痕跡大地說不定會消失喔。」

戈盧羅亞那毫不遲疑地說：

「謹遵『全能煌輝』的意思。」

漆黑粒子以砲塔為中心畫出七重螺旋，痕跡大地裂開深不見底的龜裂，將這個世界分成了兩半。

「毀滅的痕跡——『極獄界滅灰燼魔砲』。」

利巴爾修涅多發出重低音，魔法陣的砲塔出現終末之火。

這道漆黑火焰畫出七重螺旋，伴隨著轟響擊出。

在這瞬間，四肢感覺到了阻力。

「束縛的痕跡——『緣由縛鎖（gichierujie）』。」

不知從何出現的透明鎖鏈要綁住我的四肢。

不對，是已經被綁住了。就彷彿過去遭到竄改一樣，我的身體早在這瞬間之前就被綁上了「緣由縛鎖」。

在我扯斷這些鎖鏈之前，終末之火已經逼近我的身體，然後燃燒起來。被毀滅世界的火焰焚燒，使得我的根源瀕臨滅亡。

但另一方面，魔力眼看著爆發開來了。

「利巴爾修涅多與這塊大地能夠不滅，是因為這是萬物的過去，也就是萬物的痕跡。」

一面緊盯著被終末之火焚燒的我，戈盧羅亞那一面瞪大眼睛。

「……為何…………？」

他就像是無法理解我為何沒被瞬間毀滅一樣，不自覺地問道。

「這會是不論我再怎麼回溯過去都不會消失的不滅足跡吧。」

我看向在大地上形成的自身足跡。

「儘管能在這塊大地上留下足跡，但是絕對無法消除。既然如此，那麼要怎麼消滅這道足跡？」

利巴爾修涅多茫然注視著應該要邁向毀滅的我。

「這就是答案。」

我微微抬腳，再度踏在地面上。

隨後，本來在周圍的足跡就消失得無影無蹤。因為我帶有魔力的踏步，留下了就連這塊大地都足以覆蓋的巨大足跡。

「只要留下比這塊大地還大的腳印就好。原本的痕跡被踏平消失，新留下的足跡沒辦法容納在這塊大地上。也就是說，痕跡的秩序混亂了。」

「不可能。此處乃將世間一切盡數收納的痕跡大地。自時間之始到今日為止的痕跡為七億年，足以將這些痕跡重複一百遍的容器，即是這塊大地的寬度。天地之間不存在比這還要大的痕跡。」

利巴爾修涅多莊嚴地說。

「這是過去的事吧？」

我對自己邁向滅亡的根源畫起魔法陣。

將毀滅世界的終末之火納入自己的身體裡。

「不好意思，我要邁向未來。」

儘管千鈞一髮，看來是趕上了。

「極獄界滅灰燼魔砲」使得我的根源瀕臨毀滅。這是好久沒有感受到的滅亡氣息、終焉之時。

也就是「臨欲滅時光明更盛，以更盛之光克服燈滅」。這雖是適用一切根源的道理，但擁有毀滅根源的我，這股力量會更加強大。

越是瀕臨毀滅就會變得越是強大，最終克服那個毀滅。

本來不可能會有能遭到「極獄界滅灰燼魔砲」攻擊的機會。

所以我特意承受了這一擊。

「這是沒有銘刻在祢的痕跡之中，剛剛誕生的魔法。」

吞入體內的毀滅之力溢出，七重螺旋的漆黑火焰纏繞著我的全身。

我靜靜地唸出那個魔法。

「『涅槃七步征服（girieriamu nabuiemu）』。」

這是將在根源凝縮的毀滅魔力一步一步地解放開來，讓我的力量瞬間增強的深化魔法。

我朝著痕跡神緩緩踏出一步。

藉由「涅槃七步征服」，我這次所做的就只是走過去——

第一步——排列在大地上的巨大書架盡數倒塌，記錄著世界痕跡的書籍全部都被拋到了空中。

接連翻開的頁面是這個世界的痕跡。荒野上不斷出現著無數的人影，然後在下一瞬間被我踏出的一步踏平，無影無蹤地滅去。

第二步——在空中飛舞的所有書籍解體，無數的頁面飛散開來。水中出現生物群，空中出現鳥與龍的影子。這些痕跡被我一腳踏平，一切的生物滅去。

第三步——大地震動，飛散的無數頁面炸開。天蓋消失，天空一顯現出來，就浮現出太陽、星星與月亮的痕跡。這些影子被我的一步踏平，朝著天空的另一端滅去。

第四步——支離破碎的頁面碎片，痕跡的碎片變得更加粉碎。大地逐漸裂成碎塊，湖水乾枯，一切的草木枯萎，然後滅去。

第五步——就像在銘刻著破壞的痕跡一般，大地再度升起無數書架。這些書架才剛劇烈搖晃一下，就像被踏平似的瞬間粉碎。天空被我的一步踏平，粉碎的天空在上方閃爍。

第六步——早已空無一物的痕跡大地，就只是被踏得劇烈搖晃。唯一留在眼前的光被我的一步踏下，世界被封閉在黑暗之中。

第七步——就在要踏下步伐時，我突然停下動作。

痕跡大地消失，周圍恢復成石板地面。這第七步要是踏下去，就險些要毀滅世界一千遍都還有剩了。

「唔嗯，雖然是以走上七步，就連痕跡大地都能征服為目標創造的魔法，但還挺失敗的。要是走上七步的話，就只剩下虛無了。」

到第六步就銘刻下一切毀滅的痕跡，超過痕跡大地的容許量，讓那個神域承受不住地崩潰了。

我解除「涅槃七步征服」，把腳踏在地上。

「……這種、事情……不可能……」

儘管親眼所見也仍然難以置信一樣，戈盧羅亞那瞪圓了眼，渾身顫抖不止。

「……痕跡大地……神所創造的無垠世界竟然……」

我向茫然低喃的戈盧羅亞那說：

「就連能銘刻七百億年痕跡的大地，也承受不住我的七步呢。」

§ 39 【神所作的夢】

歌聲響起。

神龍歌聲在利嘉倫多羅路迴蕩。

「……你想這麼說嗎……？你即興創作的魔法毀滅了神的世界……也就是說，自己所想的新智慧更勝前人們的古老智慧……」

我就像對此一笑置之地說：
「雖說是即興創作，但你難道以為是瞬間就能產生的嗎？」
戈盧羅亞那露出困惑的表情。
「過去不是要去固執的東西，而是要去累積的東西。是過去的累積、這眾多的痕跡，讓我踏出嶄新的一步，讓『涅槃七步征服』產生。」
不可能毀壞的痕跡大地。戈盧羅亞那不可能無視將這塊大地踏平的我說的話。
「就只會不斷地祈禱來說，利巴爾修涅多的力量就只是痕跡、過去的遺物，沒辦法抵達前人們累積下來的眾多答案——在這些解答之前更加正確的解答。」
我朝著默默傾聽的戈盧羅亞那明確地說：
「不去承認過錯、不去糾正錯誤，算什麼毫無隔閡的世界啊？你能斷言自己的想法、自己的思考中，不存在著一千五百年祈禱的時間境界嗎？」
教皇緊咬著牙關。
「在拿掉天蓋之前，先除去自己的境界。」
我用力握起右手注入魔力。
「要是你辦不到的話，我接著就毀掉你的神吧。」
「……我應該說過已經太遲了……」
戈盧羅亞那就像要握緊選定盟珠一樣，以左手用力握住右手，一心一意地祈禱著。
「在你踏平痕跡大地的時候，利巴爾修涅多的職責已經結束了。如今就算毀滅掉我的神也於事無補，神龍歌聲會這樣升上天際，然後神之龍將會孕育天蓋，世界會消除隔閡，蛻變新生，這正是最後的福音──『神龍懷胎』。」

帶著堅定不移的決心，戈盧羅亞那朝我瞪來。

「你的力量是很驚人的毀滅，因此已經太遲了。不論是要毀滅什麼，你都難以守護住那個天蓋。」

「確實就跟你說得一樣，假如我想毀掉『神龍懷胎』的音韻魔法陣，地上不可能平安無事吧。」

好一點，就是地形澈底改變；壞一點，就是地上毀滅。

「只靠我的力量的話。」

我施展「意念通訊」說：

「亞露卡娜，祢聽到了吧？已經沒辦法阻止『神龍懷胎』，但仍有守護的方法。」

祂立刻回覆：

『……該怎麼做？』

「使用全能者之劍里拜因基魯瑪，讓天蓋成為永久不變的大地。如果是在里拜因基魯瑪的審判中，哪怕是『神龍懷胎』也無用武之地。」

對於成為永久不變的亞希鐵，不論是我的攻擊還是「羈束項圈夢現」都毫無效果，所以是能排除掉一切有害的魔法吧。

『……里拜因基魯瑪能變成永久不變的，只有與我締結盟約之人，沒辦法讓你以外的對象永久不變……」

「那就毀滅這個道理。」

我將集中在右手上的魔力往上方飛去。在抵達天蓋之後，朝亞露卡娜所在的位置畫出魔法陣。

「『魔王城召喚（德魯佐蓋多）』。」

畫出的魔法陣冒出漆黑粒子，從中出現魔王城德魯佐蓋多，而在正門處發出漆黑光芒的是理滅劍貝努茲多諾亞。

「將那把魔劍與『創造之月』融合成里拜因基魯瑪吧。就算形體改變，至少能改變成為永久不變的對象。」

亞露卡娜在空中飛行，朝著理滅劍的位置移動過去。

我一邊確認這一幕，一邊朝著戈盧羅亞那看去。

「如果你肯協助我取回記憶，就算要我讓痕跡神活下來也無所謂，你意下如何？」

「……那我問你一個問題……」

戈盧羅亞那話中有話地向我問：

「你想知道的是哪一邊的記憶……？」

「唔嗯，哪一邊是什麼意思？」

他靜靜地說：

「是亞露卡娜早已取回的記憶呢？還是祂還沒取回的其餘記憶呢？」

搶在我回答之前，戈盧羅亞那就繼續說：

「祂早已經在第一次來到這座利嘉倫多羅路時，就在痕跡神的夢中找到自己記憶的一部分。祂之所以沒將這件事告知身為選定者的你，你覺得是為什麼？」

在彷彿詢問般地說道後，戈盧羅亞那把話繼續說下去。

「這是經由痕跡神的秩序所帶來的事實，若有半點虛假，我就將此命歸還於神吧。」

他畫起「契約」的魔法陣在上頭簽字，然後清清楚楚地說：

「祂是背叛與謊言之神——背理神耿奴杜奴布。依照此名，亞露卡娜遲早會背叛你吧。那說不定就是此時此刻。」

「契約」的效果確實運作著。既然戈盧羅亞那還活著，那就是這麼一回事了。

「你本來打算利用夢境守護神的力量追溯記憶，但那就只是個謊言，你不曾有過名為亞露卡娜的義妹，這一切徹頭徹尾都是謊言。」

「契約」沒有被廢除，而且戈盧羅亞那依然活著。

我所看到的那場夢確實是假的。

「祂確實遺忘了記憶，但即使回想起自己是背理神，祂也依舊沒有向你坦白。不對你說出真相，無意義地再度兩個人一起作夢，打算繼續當你的妹妹。祂到底是為了什麼而有必要說這種謊言呢？」

戈盧羅亞那接二連三地告知我真相。

「祂至今是為了什麼而要成為虛假的妹妹呢？」

他這麼做意圖要揭露一件事。

「全都是為了能在這個瞬間背叛你。」

教皇以虔誠的表情，就像在訓誡信徒一般地說：

「不適任者啊，你要仔細想想。地上的命運、你所想守護的事物，真的能託付給那個背理神嗎？託付給那個背叛之神？你能斷言祂不會將地上一掃而空嗎？」

教皇一直在等待此時此刻、這個時機吧。

以痕跡的秩序查看過去，澈底預測到我會怎麼做。剝奪思考的時間、剝奪對話的時間，就為了讓我做出妥協。

他打從一開始就知道自己贏不了，耐心地持續扮演著小丑，全心全意賭在這一步上。

「我就向神發誓吧。『神龍懷胎』不會奪走地上人民的性命，只會消除境界。既然你擁有如此強大的力量，不論境界是否存在，都沒有太大的差異不是嗎？」

這確實是事實。

只要人還活著、只要沒有毀滅，不論幾次都還能重新來過。

即使天蓋消失，生活的場所改變了，也只要將降下的一切悲劇踏平就好。

「不過要是將一切託付到背理神手中的話，說不定就會讓眾多的魔族與人類毀滅。你真的能相信你的神嗎？不信神的你，能將這個選擇託付給甚至不是妹妹的祂嗎？」

教皇就像連珠砲似的質問。

「妥協吧、讓步吧。你方才說不要固執於過去，但是你、你與你的神之間，就連累積下來的過去都沒有。虛偽的記憶、虛偽的夢，這種泡影般的羈絆是不可能比得上這一千五百年的祈禱。」

教皇莊嚴地宣告，同時仰望起上空。

利嘉倫多羅路的大門開啟，能在遠方看到天蓋。

「還請向你的神確認。距離『神龍懷胎』還有一段時間。」

我將魔眼（視線）朝向飄浮在遠方天蓋上的亞露卡娜。只要經由魔法線，就連祂的表情都能看得一清二楚。

『……阿諾斯…………』

就跟當時一樣。跟在利嘉倫多羅路從痕跡神的夢中醒來時一樣，亞露卡娜帶著黯然的表情喃喃說出這一句。

『就如那個龍子所說的，我回想起來了。我是背理神耿奴杜奴布，是反抗秩序的謊言與背叛之神。阿諾斯，我——』

儘管咬緊下唇露出消沉的表情，但祂還是坦白說：

『你是絕對不能相信的。』

那是彷彿撕裂身軀的悲愴聲音。

淚水撲簌簌落下，從祂口中漏出不成話語的聲音。但相對地，祂的心聲經由魔法線傳達給了我。

——當時在痕跡神的夢中，我找到了我的記憶。

——回想起我是背理神耿奴杜奴布。

——回想起自己曾有如焚燒身軀、燒盡根源一般——

——縈繞著深不見底的憤怒。

——我終究無法成為溫柔的神。

——證據就是我一直在欺騙你。

——不說出已經回想起來的記憶，想要繼續當你的妹妹。

——因為我心想，這樣一來不知會有多麼幸福啊。

——現在的話就能明白。

——那確實是我的夢。

——並非什麼記憶。

——就只是我曾經希望過的夢。

——我曾像那樣被人追逐過。

——從小就遭到龍的襲擊，在這塊地底大地上遭到迫害，被龍人們追逐著。

——所有人都是我的敵人，沒有一個人願意保護我。

——所以我曾經想過，要是有哥哥就好了。

——在我被龍襲擊時——

——在龍人們闖進家中，要把我作為祭品獻出時——

——在我被吞進龍的體內時——

——我曾這麼想過吧，要是有個能拯救我的哥哥就好了。

——我直到最後都無法正視記憶，別開了視線。

——沒辦法向你坦白，我保持了沉默。

——因為我想讓那個夢再稍微延續一會兒。

——想至少在夢中忘記自己是個愚蠢的神。

——一切全是謊言，一切全是虛偽。

——我是以虛偽塗裝而成的神。

——我肯定會背叛你吧。我肯定會傷害你吧。

——就連這份感情，就連想拯救人們的心情——

——都只是我以「創造之月」創造出來的虛情假意……

——等時機到來，等一切的記憶與心回來時——

——為了達成目的，我就連自己都會背叛。

——所以，阿諾斯。我希望你能在這之前消滅我。

——我其實不是你的妹妹——

——而是個連自己都會欺騙，並深信那個謊言會是事實的——

——愚蠢且孤獨的不順從之神……

——我原來是說謊的朵菈——

眼前的教皇發出聲音說：

「此乃對你的救贖。你將不會遭到不順從之神背叛了吧。」

戈盧羅亞那就像獻上祈禱般地閉上眼睛。

「一切謹遵『全能煌輝』艾庫艾斯的意思。」

「戈盧羅亞那。」

我平靜地說：

「你甚至動用到痕跡神的力量，想做的事情就是這個嗎？」

他睜開眼睛看向我。

「要是這樣的話，看來你的期望落空了。」

教皇無法理解地蹙起眉頭。

「你說什麼……？」

「我的妹妹是絕對不會背叛我的。」

「……你在說什麼蠢話……？祂並不是你的妹妹，一切全是泡影般的謊言。」

「是啊，沒錯。所以要讓它實現。願望（夢）是會實現的喔。就算能看到過去，你也看不到人心啊，教皇。」

「祂乃背叛與謊言的背理神，並非為人！正因為想要欺騙你，所以才會讓你繼續作夢、持續對你說謊吧！就如亞露卡娜親口說得一樣。」

「愚蠢。就連謊言與願望的差別都不懂嗎？那毫無疑問是祂的夢，亞露卡娜希冀著哥哥。不被任何人相信的神，一心追求著願意一直相信自己的哥哥。」

我朝著被背理神這個過去所束縛的男人說：

「這份孤獨、這道悲傷的痕跡，你難道沒看見嗎，戈盧羅亞那？」

『……阿諾斯……………』

亞露卡娜的聲音傳來，是帶著淚水的悲愴之聲。

「你還記得約定嗎，亞露卡娜？」

就像要傳達給祂似的，我發出話語。

以盡可能溫柔的語調說：

「我應該有要祢絕對要回想起來，祢是我的妹妹。就算我們確實沒有血緣關係，祢也依然是我的妹妹。」

『……我跟你所共度的日子是假的……就連那個約定也……』

「儘管如此，我跟祢所一起看到的那個願望（夢）也絕無虛假。」

亞露卡娜的眼中撲簌簌地落下眼淚。

就如同在那場夢中看到得一樣。

「祢說過要在轉生之後變強吧？祢應該說過要成為我的力量。既然如此，現在就在這裡克服那軟弱的內心變強吧。不論祢是背理神還是背叛與謊言之神都無所謂，祢在夢中對我說過，這次不會是謊言了。」

既然祂的願望沒有傳達給任何人，那就由我來為祂實現吧。

「雖說是夢，祢難道以為就不會實現嗎？」

『……我會、對你……』

「我不會讓祢背叛的。不論發生什麼事，就算要來硬的我也不會讓祢背叛。」

教皇就像懇求似的獻上祈禱。

神龍歌聲變得更加巨大，在地底的天空響徹開來。天蓋馬上就要蛻變新生。

「——福音書最終樂章〈神龍懷胎〉。」

天空劇烈閃爍，覆蓋著讓人無法直視的光芒。

「我的神所說的話，我妹妹的願望，我會相信到最後一刻。要是這樣還不夠，那我就再說一次吧。」

我帶著真心向祂請求。

「成為我的妹妹。」

瞬間的空白，大氣因那道眼淚而震動。

『……哥……哥……』

亞露卡娜伸手握住理滅劍貝努茲多諾亞。

「創造之月」與理滅劍逐漸交錯融合。

戈盧羅亞那當場臉色大變。

「……你居然相信背理神，做出這種愚蠢不已的事……！去將罪孽深重之人、將此世的災害毀滅吧，利巴爾修涅多……！」

痕跡神翻開純白書本，朝我伸出手來。緊接著地下遺跡「轟隆隆隆」響徹著破壞聲響，從頭上降下神劍。

全能者之劍里拜因基魯瑪——我將由理滅劍與「創造之月」所創的那把劍以收在鞘裡的狀態舉起，把手放在劍柄上。

「痕跡乃刃——」

我的身體與魔力宛如波浪一般徐徐搖盪起來。

「『天牙刃斷』。」

利巴爾修涅多發出的無數劍光朝我襲來。為了正面迎擊，我朝著前方踏出一大步。

「『波身蓋然顯現』。」

身體交錯，位置互換。

瞬間的寂靜，痕跡神利巴爾修涅多的身體就在晃動後分離開來。

那副神體被砍成兩半。里拜因基魯瑪依舊收在鞘裡，以那道可能性之刃斬斷了「天牙刃斷」與眼前的敵人。

在作為反抗秩序的秩序——背理神耿奴杜奴布權能的這把劍之前，即使是痕跡神也無法避免毀滅。

「……教皇啊……我將你們的祈禱，留在這裡……」

下一瞬間，戈盧羅亞那的神化為粉碎。僅有祂手上的純白書本彷彿淡淡的痕跡一般留在原地……

我緩緩仰望天蓋。

「神龍懷胎」發動了。然而天蓋——也就是地上毫無改變地位在那裡。

全能者之劍里拜因基魯瑪將天蓋重造成永久不滅，驅散了「神龍懷胎」的力量。

只要豎起耳朵就會發現：代替著總是能聽到的神龍歌聲，亞露卡娜的哭聲正靜靜地在地底的天空中響起。

§ 40　【潛藏於體內之龍】

天蓋發出白銀光芒。

那道光降下地底，照亮地下遺跡利嘉倫多羅路。

跪著獻上祈禱的戈盧羅亞那不經意地仰望上方——

「……一千五百年的……祈禱……」

不自覺地茫然說出這句話。

神龍歌聲消失了。在音韻魔法陣中斷、痕跡神毀滅的現在，已不可能再次施展「神龍懷胎」了吧。

我幫他撿起掉在地上的痕跡書，走到戈盧羅亞那身旁。

「……這就是答案嗎……」

戈盧羅亞那就像自嘲似的說道，以虛無眼神一直注視著天蓋。

「我的祈禱、神，還有『神龍懷胎』全部被你粉碎了。應該要背叛你的背理神沒有背叛你，天蓋如今依舊將我們隔閡開來……」

戈盧羅亞那咬緊牙關。

他虛無的雙眼滲出淡淡淚光。

「神──『全能煌輝』艾庫艾斯引導我走向正確的道路，然而我所走的這條道路已到盡頭，失去了祈禱與神，失去了至今吉歐路達盧的一切……」

戈盧羅亞那看向站在眼前的我。

「難道就如你所說的，我們就只是持續重複著毫無意義的一千五百年，還自以為這些都是有意義的教誨……？」

教皇向我問道。

或許是因為他的祈禱全在瞬間化為泡影了吧，他彷彿要抓住新的希望一般。

「……要是我在聖歌祭殿的聖戰之後放棄祈禱，握住你的手的話，我，我們，今日就能獲救嗎？」

「不知道。」

大概是沒想到我會這麼說吧，戈盧羅亞那臉上滿是驚訝。

「我所否定的就只有讓整個地上一起轉生的愚蠢侵略行為，就只有這件事是徒勞一場，除此之外的事我不知道。我沒有連你們一直希望這個國家、這個地底能獲得救贖的心情一起否定。」

大概是思考跟不上情況吧，戈盧羅亞那茫然注視著我。

這時要是說出煞有其事的話，他說不定會開始崇拜我。

在一千五百年的祈禱化為泡影的現在，應該想倚靠展現出更大奇蹟的我並當成神來膜拜吧。這將會使得迪魯海德與吉歐路達盧建立起更強的羈絆。

但這點我可敬謝不敏。

這樣只不過是祈禱的對象換了罷了。

「吉歐路達盧侵略地上，而身為迪魯海德之王的我阻止了這件事，這場戰鬥沒有除此之外的意義喔。」

一直祈禱，卻沒有獲得救贖。

挑起戰爭，就只是戰敗。

我所指出的就只是這個事實。

「我對於這個國家的要求有兩點：不准侵略，然後盡可能地守護人民的幸福。」

他帶著放棄般的表情，緩緩地左右搖著頭。

「……很遺憾地，我已經沒有資格做出約定了……」

戈盧羅亞那就像虛脫似的鬆開祈禱的雙手。

接著他畫出魔法陣。

戈盧羅亞那把手放進魔法陣的中心，從中取出了短劍。

「教皇一生當中，只被允許停下祈禱一次。」

「請放心，這是懺悔之劍。是誤入歧途的教皇以性命懺悔罪過，請求神原諒的道具。

一千五百年的祈禱沒能傳達，救濟沒能實現，這全是我的罪，是我的祈禱不足吧。」

戈盧羅亞那將懺悔之劍抵在喉嚨上，用力握緊劍柄。

為了自盡，他將自己的魔力近乎極限地化為虛無。

「讓這個罪孽深重的靈魂前往神的跟前。以我的血洗淨罪孽，請您引導吉歐路達盧、引導我們走上正確的道路吧。」

鮮血四濺，大量的血沿著懺悔之劍滴落。

「……呃、哈…………」

他不由得發出不成話語的聲音。

死亡劇痛折磨著戈盧羅亞那，讓他臉上充滿著苦悶。儘管如此痛苦，他還是像最後一次似的再度握起雙手，同時獻上祈禱。

戈盧羅亞那抑制一切對於懺悔之劍的抵抗。假如他連恢復魔法都不施展的話，大概在數秒間就會死去吧。

本來的話。

「……嗚……啊……為……啊……什麼…………？」

教皇露出驚愕之情，心驚膽顫地感到疑問。

「…………為什麼我還活著……」

「我對你施展了『假死(indoru)』的魔法，不論你變成什麼樣的狀態都不會死。」

「……什麼…………」

教皇臉上充滿哀傷。

「教皇能停下祈禱的機會一生只有一次，這樣一來你就已經無法再洗淨那個罪孽了。」

他獻上祈禱的手顫抖起來。

「你沒有奪走地上人民的性命，就只是消除境界。你給了身為敵人的我們慈悲，所以我只從你身上奪走這個懺悔就原諒你吧。」

「……你、你……啊啊、啊啊，我的天啊……！快解開魔法……！快點！」

「我拒絕。」

我伸手將懺悔之劍從他的喉嚨上拔出。

「……咳呃……！」

用光的魔法包覆住戈盧羅亞那的身體，以「治癒(enro)」治好了他的傷勢。

「想死的話，就違背你的教義再度拿起短劍自盡吧。」

戈盧羅亞那就像在說他做不到似的咬緊牙關。

「……無法讓一千五百年的祈禱達成的這個靈魂已經汙穢了……倘若不歸還這條性命，

吉歐路達盧甚至無法洗淨罪孽，將會直接邁向毀滅一途……！」

「那就以汙穢之姿背負著罪孽，作為無法完成懺悔的第一位教皇忍辱偷生吧。」

戈盧羅亞那露出絕望的表情。

無法依照教義尋死的教皇，到底會受到多少信徒在背後指指點點呢？

「你就痛苦、折磨，然後活著靠自己的腦袋去思考補償的手段吧。而且假如你注意到的話，說不定會意外地這麼想——在這裡流下微不足道的鮮血，真的有辦法洗淨罪孽嗎？」

對於今後等待著自己的命運，戈盧羅亞那渾身顫抖起來。

「所謂的罪孽，可沒有輕到能以死補償。偶爾就別依靠神，靠自己親手收拾善後吧。」

我將魔力注入魔眼，強行打開戈盧羅亞那的收納魔法陣，把懺悔之劍與利巴爾修涅多之前持有的痕跡書放進去還給他。

戈盧羅亞那就像無法理解似的扭曲著表情。

「……你和你的神應該都在尋求著過去的記憶……在痕跡神毀滅的現在，痕跡書的力量即使有限，這也應該會成為找回記憶的線索，然而你為何要將書歸還於我……？」

「你忘了痕跡神最後說的話嗎？」

那尊神說了：我將你們的祈禱，留在這裡。

「這本書上寫滿了你們歷代教皇為國家獻上的一千五百年份的願望。要是擔心自己有點健忘就拿走這本書的話，可沒資格說想要和平。」

我只要使用「時神大鐮」就會讓它損毀。

痕跡書也一樣吧。

「……你想要什麼？」

「我的要求就是方才說的那兩點。只要你們遵守的話，不論信神與否都是你們所選擇的道路，我不會過問。」

我舉起一隻手，輕輕地握住一次。

「但我相信，我們攜手共進的日子總有一天會到來。不只是迪魯海德與吉歐路達盧，阿蓋哈、蓋迪希歐拉，還有亞傑希翁也一樣。」

「……我不清楚地上的情況，但地底的爭執根深蒂固，我怎麼樣也不覺得教義不同之人會有互相理解的一天……」

「我在兩千年前的大戰中也曾這麼想過，認為我們無法與人類攜手共進。」

我向困惑的戈盧羅亞那說：

「神與祈禱都才剛剛斷絕，背負著大罪，你應該也有很多事情要思考吧。我不會現在就伸出手，不過在下次見面的機會之前，你就先整理好心情吧。」

我畫起「飛行」的魔法陣注入魔力。

「有件事我要問你。」

我在起飛前問：

「亞露卡娜是背理神這點已毋庸置疑，但你之前曾說祂是創造神米里狄亞。」

教皇傾聽著我的詢問，筆直地看著我。

「那是為了欺騙我的謊言嗎？還是說祂也曾是創造神？」

背理神正確說來並不是神名，就只是反抗秩序、反覆背叛的神，並被地底的人民們這樣稱呼而已。

既然如此，耿奴杜奴布應該擁有原本的神名，就算那是創造神米里狄亞也沒什麼好不可思議的。

「那是……」

戈盧羅亞那低聲喃喃說道。

我回頭看去，就發現他戴著選定盟珠的右手變成了黑色。

「你這是要做什麼？」

「……什麼做什麼？」

戈盧羅亞那臉上浮現疑惑，看起來不像在說謊。

但只要用魔眼（眼睛）凝視，就會發現他右手發出的魔力已上升到異常的地步。

「唔嗯，有什麼潛藏在你體內喔。」

我在開口的同時，用里拜因基魯瑪斬斷戈盧羅亞那的右手。

「……呃……啊……！」

隨後，紫色的龍頭就從右手斷面處突然冒出。儘管警戒著牠會往這裡衝來，但那傢伙卻吃掉了戈盧羅亞那的右手。

魔眼浮現兩道藍色火焰。牠想吃的是選定盟珠——因為毀滅而附在上頭的痕跡神與福音神嗎？

「你是何者的神？報上名來。」

我以「波身蓋然顯現」揮出里拜因基魯瑪，龍頭「咚」的一聲落下。

「……呃……啊啊啊啊啊啊啊啊啊……！」

戈盧羅亞那發出慘叫。

看樣子是寄生在他身上了啊。就連痛覺也共通了吧。

「……霸……霸龍…………是蓋迪希歐拉的霸王嗎？……呃啊！…………」

戈盧羅亞那一面呻吟一面說。突破他的身體，一對龍翼從他背上長出來。

「……愚蠢的異教徒……此身乃要奉獻給神的，以為我會讓你們恣意妄為嗎……！」

教皇畫出的魔法陣中出現巨大長槍。他施展「飛行」讓長槍飛起刺向自己的胸口，把身體釘在地面上。

「嗚……！」

「很好，就這樣別放開。」

我以里拜因基魯瑪斬斷那對龍翼。

「……啊、呃啊啊啊啊阿……！」

「會有點痛，忍耐點。」

我以「根源死殺」的指尖貫穿教皇的身體，一把抓住寄生在根源的什麼叫霸龍的物體，強行將牠扯下。

「吼喔喔喔喔喔喔喔喔喔喔喔喔喔喔喔喔喔喔喔喔！」

龍的慘叫震耳欲聾。

每當我抽回右手，就從戈盧羅亞那體內漸漸拔出巨龍的身體。

「唔嗯，居然潛藏著這麼巨大的龍啊？」

我將巨大的霸龍舉起，使勁地砸在地面上。

儘管如此，紫龍絲毫沒有退卻，就像是要吃掉我似的張嘴衝來。我以里拜因基魯瑪將牠斬成兩截，而龍被一刀兩斷的根源就此消滅。

不過下一瞬間，被斬成兩截的龍身就扭曲變形，逐漸變成了兩頭龍。

而從左右兩側蹬地撲來的這兩頭龍，也被我在一瞬間斬殺了。

兩個根源確實消滅了，然而這次所斬殺的肉片變成了四頭龍。

「呃啊啊啊……！」

戈盧羅亞那的慘叫聲吸引了我的視線，我發現他的身體有一半變成了龍。

戈盧羅亞那飛到上空。

儘管四頭龍朝我撲來，但我以里拜因基魯瑪將牠們斬殺，這次肉片變成了八頭龍。就在我將同時襲來的這八頭龍斬殺掉的瞬間，戈盧羅亞那張開嘴巴，打算朝我噴出紫色火焰。

剎那間，這次是十六頭龍阻擋在我的眼前。等我將牠們斬殺、朝眼前瞪去時，戈盧羅亞那已經消失無蹤。

「……逃掉了嗎？」

龍本來潛藏在戈盧羅亞那體內的根源確實被我撕了下來，合計毀滅了三十一頭龍。

既然如此，霸龍不是許多龍的集合體，就是跟雷伊一樣擁有複數的根源吧。

看來蓋迪希歐拉的目的打從最初就是戈盧羅亞那的樣子。

他們在等待他失去神力，無從抵抗的時機到來。

儘管覺得潛藏在他自身體內一事好像會被痕跡神識破，之所以沒被識破，會是霸龍的力量嗎？

說不定本來還想趁機收拾掉精疲力盡的我，不過從他們沒有發動攻擊的情況看來，似乎不是不懂得實力差距的笨蛋。

外加上賽里斯的事情，本來就想說必須向蓋迪希歐拉的霸王打聲招呼，既然他們特意把戈盧羅亞那帶走而不是殺掉，就肯定會讓他再活一陣子。

這也就是說，有去找他們的理由了。

§ 終章　【～天的隔閡～】

我施展「轉移」回到吉歐路海澤的停龍場。

「啊～阿諾斯弟弟歡迎回來，辛苦你了。」

在魔王城正門前的艾蓮歐諾露朝我嫣然一笑。

「潔西雅我們是……第一名……」

潔西雅豎起食指，強調她們是最早回來的。

「做得好。」

我一稱讚她，她就小碎步地走到我身旁。潔西雅抬頭仰望著我，用食指指著地面上下移動。是要我蹲下吧。

「怎麼了？」

我當場蹲下，讓視線與潔西雅同高。

「……第一名的獎賞……」

潔西雅把臉靠過來，睜著圓滾滾的大眼看著我。

「……阿諾蘇……！」

唔嗯，必須犒勞部下的努力。

我在自己身上畫起魔法陣，施展「逆成長(kurusura)」讓身體縮小到六歲左右。

「這樣就行了嗎？」

隨後，潔西雅滿意地露出笑容，然後就像要保護我一樣地轉過身，驕傲地挺起胸膛。

「……潔西雅……守護住了……！」

「好乖、好乖，很了不起喔，潔西雅。這樣才是魔王大人的部下！」

艾蓮歐諾露摸著潔西雅的頭，還就像順便似的用另一隻手也摸起我的頭。

「阿諾蘇弟弟也很了不起喔，守護住了迪魯海德和地上呢。」

「當然的事。」

艾蓮歐諾露嘻嘻笑了笑，把我的頭髮抓得亂七八糟。

「以這種年紀這樣說，感覺有點囂張喔？」

眼前浮現兩個魔法陣，從中出現了雷伊與米莎的身影。

「只不過，沒料到豈止是密德海斯，目標竟是整個地上呢。」

我跟教皇的對話，也有經由「魔王軍」的魔法線傳達給他們知道。

「要是沒來地底的話，地上險些就要在不知不覺中消失了呢。」

雷伊露出爽朗地微笑。

「說這種不吉利的話。」

說這句話的人是莎夏。跟著米夏一起，她們也轉移過來了。

「我相信阿諾斯一定會守護住。」

米夏喃喃說道，同時朝我看來。

「天曉得，會怎麼樣呢。這次確實運氣很好。」

「神龍懷胎」在發動時，神龍歌聲會巨大地響徹開來，就連地上也受到了魔法的影響吧。只要有注意到，說不定就能靠里拜因基魯瑪設法應付。

「不過，是那個吧？好不容易打贏了，才想說能稍微跟吉歐路達盧進行交涉，教皇就遭人擄走。該怎麼說才好，還真是徒勞一場呢。」

莎夏這樣抱怨著。

「咯、咯、咯，妳在說什麼啊，破滅魔女。這可是擋下耗費一千五百年的大魔法，守護住了地上，沒有比這更好的成果了不是嗎？」

耶魯多梅朵與辛回來了。

「而且，我方什麼都沒有失去，簡直就是大獲全勝！豈止如此，魔王還獲得了新的力量不是嗎！」

他敞開雙手用力握拳。

「『涅槃七步征服』！那個魔法是什麼啊！將以萬物的痕跡構成的世界踏平了！咯咯咯咯，咯～咯、咯、咯，魔王、魔王，完全就是暴虐魔王不是嗎！」

「話說回來。」

我向專心大笑的熾死王問道：

「關於賽里斯的計畫，你真的知道些什麼嗎？」

「不不不，怎麼可能呢。就只是虛張聲勢，沒錯，當然是虛張聲勢不是嗎？你說我會知道那種好像很強的男人什麼事嗎？要是知道的話，我早就設法跟你講了，咯咯咯，還真是遺憾呢。」

受到「契約」的限制，耶魯多梅朵無法說出對賽里斯不利的事。假如真的是虛張聲勢，他就會這麼說吧；就算不是，他也會說是虛張聲勢吧。

「你做得很好。」

「咯、咯、咯，就一如暴虐魔王的期待，我讓他落入圈套裡了。」

不管怎麼說，他都毫無風險地爭取了時間。既然還看不出賽里斯的全部實力，這應該就是最佳策略了吧。

「對了、對了。賽里斯．波魯迪戈烏多有話要我轉達，雖然你說不定也聽到了。」

耶魯多梅朵咧嘴笑起。

「他說『還真是意想不到。今天看來是我輸了的樣子，所以我就老實回去了』。」

意想不到嗎？

「好啦，他說的話到底有多少是真的？」

「……他曾說過我們是背理神耿奴杜奴布，他是知道真相才故意說謊的嗎……？」

莎夏帶著若有所思的表情詢問我。

「應該是這樣吧。他是祭祀背理神耿奴杜奴布的蓋迪希歐拉的人，說不定就連亞露卡娜是背理神的事情也都知道。」

知道這件事，也知道教皇的意圖，於是說了愛夏是背理神耿奴杜奴布。

不知是為了什麼目的。

「對他來說，這說不定只是無聊的惡作劇。」

「目的也可能是吾君的記憶。」

辛這樣說。

利巴爾修涅多毀滅，持有痕跡書的教皇被蓋迪希歐拉擄走，確實也能認為是不想讓我取回記憶。

「欸欸欸，亞露卡娜妹妹怎麼了嗎？」

艾蓮歐諾露環顧著周遭，但是亞露卡娜不在這裡。

「在那裡。」

米夏抬頭看向天蓋。

在密德海斯的方向，亞露卡娜就跟擋下唱炎的時候一樣待在相同的位置上。

「嗯～太遠了，完全看不到喔。」

艾蓮歐諾露把手遮在眉毛附近，瞇眼注視著天空。以她的魔眼而言，好像看不到亞露卡娜的身影。

「為什麼……不回來……？」

潔西雅一臉疑惑地問道。

「確實是不太對勁的樣子。」

我向亞露卡娜發出「意念通訊」。

「發生什麼事了嗎？」

在沉默了一會兒後，祂傳來答覆。

『……沒事……我等一下過去……』

原來如此。

「祢在害羞什麼？快點過來。」

『……我在害羞嗎……？』

「不是的話就過來。」

再度沉默了一會兒後，亞露卡娜說：

『你肯定會說，神可以感覺到害羞吧。』

「當然。」

『……所以我不要過去。所謂沒臉見人的心情就是在說這種感覺吧。』

「咯哈哈，看來祢學到很多人類的軟弱呢。可是亞露卡娜，這我是不會允許的。」

我施展「成長」的魔法再度恢復成阿諾斯的模樣後，本來收進魔法陣裡的盟珠戒指就出現在我的手指上。

「勇氣就是能克服軟弱。祢也順便學會吧，『神座天門選定召喚』。」

盟珠戒指裡的魔法陣層層疊起，眼前才剛集中起光芒形成人形，害羞低頭的亞露卡娜就出現在眼前。

「……就為了這種事施展『神座天門選定召喚』……你究竟是……」

亞露卡娜微微表示不滿，不敢看向我的眼睛。

「要把害羞的妹妹拖出來，這是很剛好的魔法。」

我直直注視著祂低下的臉。

「祢覺得很對不起大家吧？」

亞露卡娜點點頭。

「別在意這種事。背叛與謊言之神又怎麼了？沒有人不會犯錯。實際上我的部下們全都是一面犯錯，一面一起走到這裡來。」

亞露卡娜依舊低著頭，就像偷看似的朝我看來。

「現在一副忠實部下嘴臉的莎夏，最初遇到時可是突然就跑來找我麻煩呢。而且就連在成為部下之後，也捅了米夏一劍背叛了我。」

「等等，這、這都過去了吧！」

莎夏驚慌失措地叫道。

「米夏也一樣完全不抵抗，輕易地就想接受死亡呢。就連我是暴虐魔王這件事也沒辦法立刻就相信。」

米夏直眨著眼。

「…………反省……」

「雷伊則完全是個大騙子。偏偏是要取代暴虐魔王，擅自引發了迪魯海德與亞傑希翁的戰爭。」

雷伊就像很困擾似的露出笑容。

「……聽得很刺耳呢……」

「結果讓阿伯斯・迪魯黑比亞誕生，也就是我的冒牌貨米莎。曾是消滅暴虐魔王秩序的她對魔族們洗腦，向我挑起了戰鬥。」

米莎不滿地噘起嘴。

「誰教我是根據這種傳聞與傳承誕生的，全都是天父神不好。」

「就連看起來一副與其背叛我，還不如選擇自盡的辛，都曾對我刀劍相向。」

辛就像深感羞愧似的別開臉。

「慚愧不已。」

「要說到耶魯多梅朵，就連現在都還在不停地想要怎麼背叛我。」

熾死王發出「咯、咯、咯」的笑聲。

「我不可能會背叛暴虐魔王不是嗎！」

「懂了嗎？」

亞露卡娜儘管害羞，還是筆直地看著我。

「哪怕祢是背理神耿奴杜奴布也無所謂。不論祢過去說過什麼謊、背叛過什麼人，這種瑣碎小事怎麼樣都好，重要的事情就只有一件。」

「……是什麼？」

「那就是我是祢的哥哥，而祢是我的妹妹。」

亞露卡娜眼中泛起淡淡淚光，我溫柔地抱起祂顫抖的肩膀。

「忘了是什麼時候，米夏曾指著祢說，祢就像在沒有水的沙漠裡永遠地徘徊一樣。」

嬌小的神一面被我抱在胸前，一面撲簌簌地落下淚珠。

「一直都很不安嗎？」

「……我沒有記憶……」

亞露卡娜喃喃說出這句話。

「可是不知道理由，讓我一直都很寂寞……一直都只感覺到空虛……在回想起自己是背理神後，我明白了這是悲傷的傷痕……」

「祢不用再擔心了。無論祢回想起什麼樣的寂寞、什麼樣的悲傷，祢身旁都有我這個哥哥陪著。」

我緊緊抱住祂纖細的身軀。

「千萬別忘了，不論祢回想起什麼都一點也不重要。」

「……即使連我的心也是謊言……？」

「那只不過是瑣碎的小事。我覺得說謊的祢也很可愛喔。」

亞露卡娜用手環抱住我的身體，緊緊地靠了過來。

「……哥……哥…………」

祂一面發出微弱的啜泣聲，一面在我胸前哭了起來。彷彿乾枯的沙漠湧出泉水一般，眼淚源源不絕地從祂的金色眼瞳中接連落下。

眾人微笑看著祂這副模樣。

亞露卡娜一直不肯從我身上離開。

在經過好幾分鐘後的不久，莎夏嘀咕說：

「……是不是抱得有點久啊……？」

米夏突然從她背後探出臉來。

「嫉妒？」

「才、才不是呢！」

莎夏立刻否定，就像自言自語似的嘀咕著。

「大致上來說，祂是妹妹，亞露卡娜想當的是妹妹。」

莎夏「嗯」地點頭，並且握起拳頭。

「贏、贏了。」

米夏「呵呵」微笑著。

「亞露卡娜。」

在我叫喚後，祂靜靜地離開我的胸前，以哭腫的眼睛仰望著我。

「先回地上一趟吧。」

我從魔法陣中取出里拜因基魯瑪交給亞露卡娜。

天蓋在受到全能者之劍恩惠的狀態下不會受到一丁點破壞，這樣就連要用魔法挖洞都辦不到。

「我知道了。」

祂就像是要用雙手捧著似的拿起那把劍，微微彎曲膝蓋。雪月花在祂的周圍飛舞，並且溢出光芒。

「明月升起，長劍落下，等待下次的審判之時。」

全能者之劍里拜因基魯瑪發出更加耀眼的閃光，使得「創造之月」亞蒂艾路托諾亞的光芒照亮周遭。

然後——

「咦……？」

等光芒散去後，艾蓮歐諾露一臉疑惑的表情。

亞露卡娜的雙手依舊不變地放著全能者之劍里拜因基魯瑪。

「……那個，結束了嗎？」

對於莎夏的疑問，亞露卡娜搖了搖頭。

「恢復不了。」

「……祢說恢復不了，為什麼……？」

「我不知道。此身被某人施加了限制。」

我用魔眼注視亞露卡娜的身體。

「是在喪失記憶、成為無名之神以前被施加的嗎？」

「恐怕是。或者，是身為背理神的自己對自己施加上的也說不定。」

就連自己也欺騙、背叛的背理神嗎？

亞露卡娜以憂心忡忡的表情仰望天上。

「除了持有里拜因基魯瑪的人之外沒有辦法通過。」

祂就像擔心似的說：

「那個天蓋已經成為永久不滅的隔閡了。」

後記

我從以前就很喜歡玩電玩，最近雖然忙得沒時間玩，但小時候一天差不多會玩十六小時左右。假如是一個人玩的話，我最喜歡的果然還是ＲＰＧ，前往新城鎮時的興奮感直到現在也還是忘不了。本集也因為是要前往未知的地底世界、未知的國度，所以懷著「要是能讓故事充滿小時候玩電玩時感到的興奮感就好了」的想法進行執筆，希望各位看得高興。

容我換個話題，本作的電視動畫預定於四月播放。由於我非常杞人憂天，書籍發售時也曾經擔心是否真的會在書店上架，而這次也跟往常一樣，至今偶爾會擔憂電視動畫是否真的會播放。

關於本作的動畫我也有以原作者的身分進行監修。監修作業最辛苦的就是劇本會議。流程雖是要在收到劇本後進行確認，之後再進行會議討論，不過動畫公司有顧慮到我進行確認的時間，所以期間給得非常充裕。這個工作具體來說就是要在劇本上用紅字加上有什麼樣的問題、要如何修正。由於我是會儘量把時間用到底的個性，所以直到會議開始前都會不斷增加紅字，反而擔心會不會給對方添了麻煩。

老實說我對動畫的事情不熟，但曾經聽過依照原作製作的動畫與跟原作完全不同的動畫各有其優點。關於這次的動畫化，會議的結果決定要以依照原作來製作的方向努力。只不過因為集數有限、媒體不同，所以內容假如完全一樣，臺詞一字一句都不變的話，就算是依照原作來製作，結果也會變成不有趣的動畫。

因此必須配合動畫媒體調整內容與臺詞。當然，這會產生許許多多的問題，所以監修的工作就是要加上紅字，讓成品製作成符合原作伏筆、設定、角色與場景主題的動畫。添入紅字的地方大都受到採用了，所以只要我沒有搞砸的話，就會依照原作完成製作。儘管還沒有全部完成，但照這個感覺下去的話，有種會成為一部好動畫的預感。

雖然熟讀本作的讀者們或許多少會因為看過原作而覺得有哪裡不太一樣，不過核心的部分，也就是重視魔王學院的風格這點，我會為了回應各位讀者們的期待而繼續努力。還剩下一個月的時間，敬請各位讀者期待了。

那麼為了下一集也能讓讀者們看得開心，我要去努力改稿了，還請各位多多指教。

二〇二〇年一月十五日　秋

打工吧！魔王大人 1~21（完）

Kadokawa Fantastic Novels

作者：和ヶ原聡司　插畫：029

日本2021年宣布製作第二季電視動畫！
打工魔王的庶民派奇幻故事大結局!!

魔王與勇者一行人前往天界挑戰神明的滅神之戰最後將會如何發展!?勇敢追愛的千穗可否獲得幸福!?優柔寡斷的真奧到底情歸何處!?這群來自異世界的人能否繼續在日本安身立命過著安穩的生活呢!?平民風格的奇幻故事，將迎來感動的結局！

各 **NT$200~300／HK$55~100**

這是妳與我的最後戰場，或是開創世界的聖戰
the War ends the world / raises the world
細音啓
illustration
猫鍋蒼
10
Kadokawa Fantastic Novels

國家圖書館出版品預行編目資料

魔王學院的不適任者：史上最強的魔王始祖,轉生就讀子孫們的學校/秋作；薛智恆譯. -- 初版. -- 臺北市：臺灣角川股份有限公司, 2022.01-
冊；　公分. -- (Kadokawa fantastic novels)

譯自：魔王学院の不適合者：史上最強の魔王の始祖、転生して子孫たちの学校へ通う
ISBN 978-626-321-112-4(第6冊：平裝)

861.57　　　　110018999